感谢浙江省新昌县人民政府的大力支持

唐诗之路研究丛书·第一辑

唐诗之路研究会 编

粤西唐诗之路探源与诗人寻踪

莫道才 编

中华书局

图书在版编目(CIP)数据

粤西唐诗之路探源与诗人寻踪/莫道才编. —北京:中华书局,2023.4
(唐诗之路研究丛书)
ISBN 978-7-101-16168-7

Ⅰ.粤… Ⅱ.莫… Ⅲ.唐诗-诗歌研究-文集
Ⅳ.I207.227.42-53

中国国家版本馆 CIP 数据核字(2023)第 052134 号

书　　名	粤西唐诗之路探源与诗人寻踪	
编　　者	莫道才	
丛 书 名	唐诗之路研究丛书	
责任编辑	余　瑾	
责任印制	陈丽娜	
出版发行	中华书局	
	(北京市丰台区太平桥西里 38 号　100073)	
	http://www.zhbc.com.cn	
	E-mail:zhbc@zhbc.com.cn	
印　　刷	三河市中晟雅豪印务有限公司	
版　　次	2023 年 4 月第 1 版	
	2023 年 4 月第 1 次印刷	
规　　格	开本/920×1250 毫米　1/32	
	印张 9½　插页 2　字数 230 千字	
国际书号	ISBN 978-7-101-16168-7	
定　　价	78.00 元	

"唐诗之路研究丛书"总序

卢盛江

经过多方努力,"唐诗之路研究丛书"终于问世了。

这是中国唐诗之路研究会组织编纂的学术丛书。中国唐诗之路研究会自成立以来,就致力于唐诗之路的研究。2019 年 11 月在浙江新昌召开了成立大会,2020 年 11 月又在浙江天台举办了首届年会,两次会议共收到一百六十余篇论文,对唐诗之路的一系列重要问题进行研究。现在又推出"唐诗之路研究丛书",旨在全面反映唐诗之路研究的高层次成果,将唐诗之路研究推向深入。关于"丛书"和唐诗之路研究,我想应该注意以下几点:

一、要进行细致全面的资料整理。无论是对某条诗路的具体研究,还是对某些问题的综合研究,抑或是学理层面的理论研究,都要立足于坚实的史料。专门的史料整理工作,在唐诗之路研究初期,尤为必要和重要;唐诗之路研究今后走向深入,这项工作也不可或缺。这是一切研究的基础。要围绕唐诗之路的主题发掘整理史料,注重规范性和系统性,特别要与考证辨伪结合起来,以确定史料的可靠性。既致力于新出史料的发掘,又立足于传统文献的梳理;既有典籍文献包括地方文献的爬剔缕析,又有民间调查和出土文献等史料的发掘探微。对于唐诗之路研究而言,实地考察也是发掘新史料的一个重要途径。

二、要弄清每条诗路的面貌。唐诗之路的关键是"路"与"诗"，路是载体，诗是内涵，而作为灵魂主体一定是"人"。"诗""路"与"人"三个方面的面貌都需要弄清。路是怎样形成的？路与交通有关，唐代交通面貌如何？走过这条"路"的诗人有哪些？这些诗人，何时因何而走上这条"路"？又何时因何而离开这条"路"？他们在这条"路"上的生活状况如何？有怎样的创作和其他活动？漫游，宦游，贬谪，寓居，是个人活动，还是群体活动等等，这些面貌都要弄清。就某个诗人而言，要进行重要行迹的考证；就某条诗路而言，要进行诗歌总集的编纂；就诗路发展而言，要进行源流演变的梳理。诗歌之外，这一诗路有怎样的文化遗存？民俗风物、名山胜迹、宗教文化、石刻文献等等，这些方面怎样共同形成诗路文化？这些面貌都要弄清。把国内各条诗路、各种问题的面貌弄清后，再进一步，可以从国内延伸到海外，研究海外唐诗之路。从学术的角度实地考察，利用考察成果研究唐诗之路的问题，也可以写成学术著作。

三、要有问题意识，认清问题研究的重要性。清理史料和面貌的过程，也是清理和研究问题的过程。我们需要现象的描述，更需要问题的研究。史料和面貌的清理，本身就有一系列的问题。我们更要关注，唐代为什么会有诗路？一些诗路为什么流寓的诗人比较多，为什么诗歌创作比较繁荣？为什么一些诗路诗人群体比较多，诗人联唱和唱和比较多？复杂现象的解释，历史原因的分析，学术焦点与前沿问题的回答，一些特有的重要的现象，都是问题。现象与现象之间、事物与事物之间、问题与问题之间的联系，都会有问题。着力于发现、提出和研究问题，从一个问题推向另一个问题，我们就能够把诗路研究由浅入深，层层推进。

四、要有科学严格的主题界定。如从地域来说，一条诗路包括哪些范围？其历史行政区划和当代行政区划有何联系和区别？古代不同时期的区划变化如何？主题界定要符合历史面貌，要特别注意文化特点，既要有整体性，又要有包容性和开放性。没有整体性，无法界定范围；没有包容性和开放性，无法把握复杂面貌。

五、要体现"诗路"的特点。各条诗路都与地方文学有关。唐诗之路研究，还与贬谪文学、流寓文学、地域文学、山水文学、隐逸文学等等密切相关，与文学地理学、历史地理学等等密切相关，还与宗教包括佛教道教等等文化有关。具体诗人的诗路研究，必然涉及这些诗人的生平轨迹、他们的生活与创作道路。不要把唐诗之路研究简单地写成地方文学史，不要写成一般的贬谪文学、流寓文学、地域文学、山水文学、隐逸文学研究，不要写成一般的文学地理学、历史地理学研究和宗教文化研究，不要写成一般的作家论、作家传记，或一般的诗人生活与创作道路研究。既要注意与相关研究和问题的联系，扩大我们的视野，启发我们的思路，又不为之所囿，特别是不要落入固有的模式化的套路，要探讨"唐诗之路"作为一个新的学术增长点的丰富内涵和深刻本质，探寻出符合"唐诗之路"特点的新的研究之路。

六、要有大格局。可以做具体的局部的问题，甚至是比较小的问题，也可以做着眼全局的大选题。只要是唐诗之路的学术问题，都可以做。就目前的研究来说，更需要综合的研究。问题不论大小，不论是综合研究还是其他形式的研究，都要有大的格局，做高层次的研究，切实地沉下心来，用三年五年，甚至十年八年时间，沉潜到材料和问题的最深处，系统全面彻底深入加以清理和研究。做一个题目，就把它做深做细做全做彻底，把课题内所有相关材料和问题一网打尽，使之成为进一步研究的坚实基础。

七、期待从理论的高度研究唐诗之路。理论研究是一项研究的提升和必然发展趋势，唐诗之路的理论研究和理论认识，应该来源于唐诗之路的研究实践。我们需要切实从材料出发，在诗路各种具体问题研究的基础上,进行更为宏观的综合研究和理论研究。理论研究有它的独特性,有它特有的对唐诗之路的思考方式。它要提出更为普遍的问题,进行更为综合的宏观思考,对唐诗之路的普遍问题从理论的高度进行总结和提升。

八、不论什么研究,都要锐意创新。唐诗之路研究在全国刚刚起步,处处都有待拓荒的领地,每一块领地都有创新的课题。有些领地前人已经耕耘过,就要处理好利用已有成果和创新的关系。不论拓荒还是接续前人的研究,创新都是第一位的。要发掘新材料,寻找新视角,发现新问题。切忌四平八稳的老调重弹,也不要刻意标新立异,求险求怪,而要把研究对象本身的面貌弄深弄透,对事物有更为准确全面的把握,在此基础上,站得更高一些,视野更开阔一些,着眼全局和整体,着眼发展和变化,提出独特的见解。有的时候,观点的某些方面不那么完善,但它新颖,能启发人们关注一些新的问题,对事物和现象作进一层的思考。我们需要这样的独到创新的深入思考。

这也是这部"丛书"的宗旨和写作要求。

感谢中华书局接受"唐诗之路研究丛书"出版。感谢浙江省新昌县慨然资助。他们资助了第一辑,还计划继续资助以后各辑。

新昌对唐诗之路的贡献有目共睹。新昌是唐诗之路发源地。新昌学者竺岳兵先生发现并首倡唐诗之路。还在 20 世纪 80 年代,他就努力探寻,并首次提出"唐诗之路"的概念。他提前退休,潜心著书研究,又四处奔走呼吁,组建"唐诗之路研究开发社",举办十多次国际国内学术研讨会和其他学术活动,首先倡议唐诗之路申报世界文化遗产。临终之际,还念念不忘,用尽生命的最后力气,嘱托成立全国性的唐诗之路研究会。唐诗之路一直得到新昌县委县政府的高度重视和大力支持。批准竺岳兵先生成立"唐诗之路研究中心",并拨经费,给编制。大力支持竺岳兵先生举办国际国内学术研讨会。比较早就进行唐诗之路的文化建设和旅游开发,积极打造浙东唐诗名城,建成全国首家唐诗之路博物馆,编修唐诗之路名山志,并且在政府层面,联络各方,开展推进唐诗之路文化建设的各项活动。这些努力,最终在浙江省乃至全国各地产生重大影响,唐诗之路被写进省政府工作报告,为浙江省大花园建设的一项重要工作,唐诗之路被推向全省并开始推向全国。中国唐诗之路研究会成立之际,新昌全力支持,成立大会办得隆重热烈。现在又积极资助"唐诗之路研究丛书"出版,将继续为唐诗之路做出新的贡献。

中国唐诗之路研究会的宗旨,是联络国内外学术力量,进行唐诗之路及相关领域研究和文化建设交流。"唐诗之路研究丛书"的编纂是研究会工作的一个重要方面。唐诗之路研究会自成立以来,得到国内各方,特别是浙江省内各方的大力支持。除新昌之外,浙江天台县就高规格承办了唐诗之路研究会首届年会。我们的理念是会地共建。"唐诗之路研究丛书"的出版,是会地共建的典范。我们希望继续得到各方支持,与各地方联手,与全国各高校联手,共同把唐诗之路事业推向深入。

2021 年 6 月 25 日

目 录

粤西诗路与诗歌创作

李义山《海上谣》与桂林山水及当日政局

叶嘉莹

一　引论

　　李义山的诗风以晦涩难解著称,而我个人则天性好奇,越是难解的诗,我对之越有研读的兴趣。以前我曾经写过一篇讨论义山《燕台四首》的文稿,便是为了满足我个人好奇心的一种尝试探讨之作。《海上谣》是义山另一首难解的诗,关于这一首诗,我也有个人的一点推测。现在先让我们把这首诗抄录出来一看:

> 桂水寒于江,玉兔秋冷咽。海底觅仙人,香桃如瘦骨。紫鸾不肯舞,满翅蓬山雪。借得龙堂宽,晓出揳云发。刘郎旧香炷,立见茂陵树。云孙帖帖卧秋烟,上元细字如蚕眠。①

这首诗在冯浩及张采田所编的《玉谿生年谱》中,都被编列于宣宗大中元年丁卯(847),以为乃义山三十六岁时随郑亚赴桂管幕辟掌书

---

① (唐)李商隐著,(清)冯浩笺注:《玉谿生诗笺注》卷三《海上谣》,中华书局《四部备要》本,1989年,第107页。

记时之所作①。这一般说来乃是可信的。至于这一首诗的含意,则有以下几种不同的说法:第一,以为此诗乃言求仙之事,朱鹤龄笺注主之②;第二,以为此诗乃叹李卫公之贬而郑亚渐危疑之作,冯浩笺注主之③;第三,以为此诗乃义山自伤一生遇合得失之作,张采田会笺主之④。两年前我曾在《抖擞》第三期中,读到任真汉的一篇《桂林山水写生记》,其中有一段提到李义山这首《海上谣》,以为"诗中的玉兔、仙桃、紫鸾、蓬莱仙境、龙堂、香炉、古树等等,皆七星岩内可见到的景物,都是钟乳凝成的"⑤,当时以为此说虽颇为新颖,然而却缺乏确据可资证明,所以也就并未加以注意。其后我于那一年的秋天,也曾有机会回国探亲,并且去桂林游览了一次,亲自见到了桂林山水的奇丽,而且听到了导游人所介绍的与这些奇丽的山水结合在一起的一些神话传说,因此想到以义山这样一位感觉敏锐而富于想象的诗人,如果说他曾经因见到这些奇丽的景物而触发了作诗的灵感,当然也并非绝不可能。

　　一般人多以为桂林山水之得名,盖始于宋朝范成大所写的《桂海虞衡志》,其实早在南北朝隋唐之际,桂林的山水早就得到过不少文士诗人的题咏了。据《广西通志》的记载,南朝刘宋时名诗人颜延之,即曾读书于桂林独秀峰的石室之中,独秀峰即因其诗句而得

---

① (唐)李商隐著,(清)冯浩笺注:《玉谿生诗笺注》附《年谱》,中华书局《四部备要》本,1989年,第21—22页;又(清)张采田:《玉谿生年谱会笺》卷三,中华书局,1963年,第126页。

② (唐)李商隐撰,(清)朱鹤龄笺注:《笺注李义山诗集》卷中,清顺治己亥(1659)刻本,第64—65页。

③ (唐)李商隐著,(清)冯浩笺注:《玉谿生诗笺注》卷三,中华书局《四部备要》本,1989年,第107页。

④ (清)张采田:《玉谿生年谱会笺》卷三,中华书局,1963年,第126页。

⑤ 任真汉:《桂林山水写生记》,《抖擞》1974年第3期。

名①。到了唐朝的时候，古文八大家之一的柳宗元，曾经为桂州的裴
行立中丞写过一篇《桂州裴中丞作訾家洲亭记》，盛称当地景物亭台
之美②。直到现在，"訾洲烟雨"也还是桂林的一个名胜。与柳宗元
同时的另一位诗人，曾经做过桂管观察使的李渤，也曾写过不少描写
桂林山水的诗篇，他的《南溪诗序》就曾经对桂林的山川岩洞有过非
常生动的描述③。柳宗元及李渤时代皆在义山之前，足可见桂林之山
川岩洞，在唐代义山之前，便已曾引起过不少诗人文士的注意及题咏
了。义山虽然不是一位以写山水著称的诗人，可是他在桂林时，却也
曾写过不少吟咏当地山川风物的诗篇。如其《自桂林奉使江陵途中
感怀寄献尚书》一首，即曾有"泷通伏波柱，帘对有虞琴。宅与严城
接，门藏别岫深。阁凉松冉冉，堂静桂森森"④之句，诗中所写的"伏
波柱"就是桂林一处有名的胜景，冯浩注即曾引《桂海虞衡志》云：
"伏波岩突然而起且千丈，下有洞，可容二十榻，穿凿通透，户牖旁出，
有悬石如柱，去地一线不合，俗名马伏波试剑石，前浸江滨，波浪日
夜漱啮之。"⑤次句的"有虞琴"也是当地一处古迹，冯浩曾引《寰宇
记》为注云："桂州舜庙，在虞山之下。"⑥其后"宅与严城接"四句，则

①（清）谢启昆修，胡虔纂：《广西通志》卷九四《山川略·桂林府临桂县》，嘉庆
　五年（1800），第1页。
②（唐）柳宗元：《柳河东全集》卷二七《桂州裴中丞作訾家洲亭记》，中华书局
　《四部备要》本，1989年，第225页。
③（唐）李渤：《南溪诗序》，《全唐诗》卷四七三，中华书局，1980年，第5367页。
④（唐）李商隐著，（清）冯浩笺注：《玉谿生诗笺注》卷三《自桂林奉使江陵途中
　感怀寄献尚书》，中华书局《四部备要》本，1989年，第108页。
⑤（唐）李商隐著，（清）冯浩笺注：《玉谿生诗笺注》卷三，中华书局《四部备要》
　本，1989年，第108页。
⑥（唐）李商隐著，（清）冯浩笺注：《玉谿生诗笺注》卷三，中华书局《四部备要》
　本，1989年，第108页。

义山写的正是他处身的府署前所见的景物。冯浩也曾引《桂故》云：
"此数句状府廨与独秀山相接，如在目中。"① 可见义山在桂林时，必
曾对当地之山川留有极深刻之印象。如其诗集中之《桂林路中作》
《桂林》《海客》《谢往桂林至彤亭窃咏》《即日》《北楼》《思归》《异
俗》等篇，便也都有着记叙当地山川风物的诗句。此外如其《樊南文
集》及补编中，还曾收有他在桂管幕府中所作的一些祭赛当地山神
及城隍的祝文。这些记述，都可证明义山对于桂林之山川景物原是
相当熟悉的。然则他的《海上谣》一诗，如果说当其写作时曾经自桂
林岩洞中的一些奇景获得灵感，当然便也是十分可能的了。不过，义
山毕竟不是一位只以记叙景物为满足的诗人，他的诗篇中，几乎无不
蕴蓄有他自己个人所特具的一种深微幽隐的情意，而且此种情意与
他的身世遭际更往往结合有密切之关系。因此在他的诗集中，一般
说来以抒情记事的诗为最多，且多以象喻之方式表出之，那也正因为
这些诗与他个人的遭际关系过于密切，所以不便明言的缘故。至于
单纯写景之诗则不仅数量极少，甚至几乎可以说是没有，因为义山的
诗，即使是以写景为标题的，他所写的也必然不仅是眼前所见的景物
而已，而一定糅合有由他自己内心所引发感兴的一份情意。即如他
的《西溪》一诗，题目虽指的是潼川府西门外的一条溪水，可是所表
现的却是他"怅望""潺湲"的一份相思怀想之情；又如其《暮秋独游
曲江》一诗，他所写的也并非曲江的风景，而是他自己因所见"荷叶"
之荣枯，而引发的一份有生的长恨；更如他的《乐游原》一诗，其所写
也不仅是眼前"夕阳"之景，而是他自己对于衰亡迟暮光景难回的深
重的悲慨。何况《海上谣》一诗即使仅从题目来看，也绝不像是单纯

----

① （唐）李商隐著，（清）冯浩笺注：《玉谿生诗笺注》卷三，中华书局《四部备要》
　　本，1989年，第108页。

写景的作品,所以这一首诗虽然可能曾自岩洞中之奇景获得灵感,可是其内容所写绝不仅是义山所见的岩洞中的景象而已,一定有着更深的含意。那么其中的含意又是什么呢?

从我们在前面所引的几家注解来看,其中的含意最少有三种可能:其一是言求仙之事,其二是叹李卫公之贬,其三是伤一生之遇合得失。关于这三种说法,我以为都有可能,但我并不能完全同意他们解说的方法,因为他们可以说完全是用猜谜语的方式来测诗,而不是从诗歌中的意象所直接给予读者的感受,来推求诗歌本身所传达的情意。这种解说,就算能把诗歌中的情意猜对了,也仍然不是正当的说诗之道。不过他们所猜的情意,有时也可能有部分的正确性,那便因为引起他们这种猜测的,原来往往都是由于诗歌中所蕴涵的某一种质素的缘故,只是他们在解说时,却常把这种属于诗歌本身的质素竟完全忽略掉,只按自己的猜测去牵合附会,这就未免舍本而逐末了。现在我们只就引起他们猜测的一些质素来看。"求仙"的说法,盖由于桂林山水的奇丽本来就容易引起人们有关神话的联想,何况义山这首诗中所表现的许多意象,原来也就结合着许多神话故事,这当然是朱鹤龄之所以有"求仙"之猜测的缘故。再从"叹李卫公之贬"一说来看,则是由于写诗之年代与历史背景的结合,盖义山赴桂管幕府在大中元年(847),其时正当宣宗初即位以后,李德裕罢相被贬之时,而义山的府主桂管观察使郑亚,却原来正是李德裕一个派系的人物,因此义山对李德裕的被贬致慨,当然便也是十分可能的。这正是冯浩之所以作此猜测的缘故。至于"伤一生之遇合得失"之说,则一方面是前一种说法的引申,因为李德裕被贬,郑亚就会受到不利的影响,事实是不久郑亚也被贬到循州去做刺史,而义山不久也就失去了他在幕府中的职位,所以他在此时"伤一生之遇合得失",当然也是极为可能的,这正是张采田之所以作此猜测的缘故;何况另一方面就全诗所表现的意象和情调来看,原来也暗示有一种怅惘失意的哀伤,这当然也是使张采田作此猜测的另一因素。可见这几种说法原来也都有可取之处。只是他们在解说时,未能从诗歌本身这几种质素去深入探求,而只想按自己的猜测来牵强比附,这当然就容易步入歧途了。现在我们所要做的,是想要从这首诗本身所表现的意象和感情基调,以及其所能唤起的联想和托意,来做一次整体的分析。只是如果把以上所提到过的三种可能的解说,都同时拿来加以分析,必然会显得过于繁乱,所以我们现在将先把诗中的意象与山水的形象及神话相结合所可能提示的象喻和情感的基调来作第一层的说明,然后再以历史的背景所可能附加于诗歌上的含意,来作第二层的说明。这种说诗法,只是我偶然想到的一种方式,现在就让我们用这首《海上谣》来做一次解说的尝试。

二　意象与神话

首先从诗中之意象及其所可能提示的神话之象喻来看,这一首诗的标题《海上谣》三个字就已经有着双重的含意了。先就意象之得自现实景物者言,桂林位置本来就接近海上,所以一般人往往称桂林为桂海,范成大记叙桂林山川的名著,便题为《桂海虞衡志》,足可为证。而且义山的《自桂林奉使江陵途中感怀寄献尚书》一诗,也有"水势初知海"[①]之句,所以《海上谣》之标题,自然可以有歌咏桂林山川之意。但另一方面《海上谣》却也可能有歌咏求仙之事的喻示,因为海上既原来就有神山之说,而且义山另一首标题为《海上》的诗,

---

① (唐)李商隐著,(清)冯浩笺注:《玉谿生诗笺注》卷三《自桂林奉使江陵途中感怀寄献尚书》,中华书局《四部备要》本,1989年,第107页。

曾经写有"石桥东望海连天,徐福空来不得仙"① 之句,便明明是咏求仙之事的,所以《海上谣》之标题,便自然也可以有咏求仙之含意了。而义山又往往以求仙之不得,来喻托他自己的一份追求向往而终于落空失望的哀感,所以这一首诗的情调便也提示了除求仙以外的另一层可能的托意。再就诗的本文来看,首句"桂水寒于江"之"桂水",在现实地理上当即指桂林之漓江。据《广西通志》,漓江一名漓水,源出临桂县东南之阳海山,其源多桂,故又名桂江或桂水② 。南朝陈苏子卿之《南征》诗,即有"一朝游桂水,万里别长安"③ 之句。至于"寒于江"之"江",则既与桂水有寒温之比较,自然应该不是泛泛之说,而当特指长江而言,盖长江在古代原来就仅称为"江"。至于桂水是否确较江水为寒冷,虽并无切实记录可考,唯就一般地理观念言之,则桂林远在炎方,其地之水实不当较江水更为寒冷。是则"桂水"二字虽为实有之地,而"寒于江"三字的形容,则可能已非实写其温度之寒暖,而当另有一份写远在异域的冷落凄寒之感的喻示了。至于次句之"玉兔秋冷咽",则一方面继首句"桂水"点明地域之后,更以此句之"秋"字来点明时节,这是现实的一层含意;而另一方面则"玉兔"乃指神话中月宫之玉兔,遂又透过神话之传说与地名之桂林相呼应,盖神话所传说之月宫中,本来就不仅有玉兔还有桂树,何况月宫之遥远凄寒,在义山心目中或者也正足以唤起他处身桂林的一份遥远凄寒之感。所以下面就继之以"冷咽"二字,"冷"字一方面

---

① (唐)李商隐著,(清)冯浩笺注:《玉谿生诗笺注》卷一《海上》,中华书局《四部备要》本,1989年,第51页。

② (清)谢启昆修,胡虔纂:《广西通志》卷一〇九《山川》十六,嘉庆五年(1800),第7页。

③ (清)谢启昆修,胡虔纂:《广西通志》卷一〇九《山川》十六,嘉庆五年(1800),第8页引。

虽与"秋"字之时节相应合,而"咽"字则已暗示了他所写的固不仅
是时节气候之寒冷,而更有内心中一种呜咽悲苦之情绪在了。是则
从我们对于此诗之标题,以及对于首两句之分析来看,已经足可见到
这一首诗之确实有着写实与喻托的双重含意,此诗之当写于桂林之
秋日,正当义山远客于桂管幕府之时,当然也是极为可信的了。

　　接下来"海底觅仙人,香桃如瘦骨。紫鸾不肯舞,满翅蓬山雪"
四句,也有着写实景与象喻的双重含意。先从"海底觅仙人"一句来
看,就写实景方面而言,此句盖当指深入于岩洞之中的寻幽探隐之
行。据唐代莫休符所撰之《桂林风土记》,其叙七星山之栖霞洞,即
曾云:"昔有人好泉石……裹粮深涉而行,还计其所行,已极东河之
下,如闻棹楫濡濡之声在其上。"① 可见桂林的岩洞,原来就有着深远
通于海底的传说;而且在这些岩洞中,本来也流传着许多关于仙人的
神话,据《方舆胜览》的记载,其叙述七星岩之栖霞洞,即曾云:"洞如
佛寺经藏,高大庄严,四众围绕,有如台座,刻削平正,疑仙圣之所盘
旋。……唐人郑冠卿遇日华君于洞中。"②《广西通志》也曾引《赤雅》
之记叙云:"乾宁中临贺令郑冠卿来游,遇二客饮酒奏乐……出晬负
刍曰:'碧空之乐,汝知之乎?乃日华月华君也。'"③ 盖岩洞之深隐幽
奇,每令人生神仙之想,而世之吟咏当地之岩洞者,亦每以神仙为说,
如唐代曹松之《桂江》诗即有"乳洞此时连越井,石楼何日到仙乡"④
之句;唐代张固之《七星岩》诗,亦有"岩岫碧屏颜,灵踪若可攀"⑤ 之

---

① (唐)莫休符撰:《桂林风土记》东观条,《学海类编》本,第2页。
② (清)谢启昆修,胡虔纂:《广西通志》卷九四,嘉庆五年(1800),第17页
　　上引。
③ (清)谢启昆修,胡虔纂:《广西通志》卷九四,嘉庆五年(1800),第18页下。
④ (清)谢启昆修,胡虔纂:《广西通志》卷一〇九,嘉庆五年(1800),第8页引。
⑤ (清)谢启昆修,胡虔纂:《广西通志》卷九四,嘉庆五年(1800),第19页
　　上引。

句,足可见因岩洞之幽奇而联想到仙人原是一件极自然的事。更何况在岩洞中的深幽之处,又往往有积水萦回,怪石森列,恍如海底骊宫,所以"海底觅仙人"之句,大有可能乃是义山对岩洞之游所得的意象;而另一方面则从此句所涉及的神仙之故实来看,却也有可能是借神仙之事为喻说之辞。盖《汉书·郊祀志》曾载云:"自威、宣、燕昭使人入海求蓬莱、方丈、瀛洲……诸仙人及不死之药皆在焉……未至,望之如云,及到,三神山反居水下。"①此一故实当然也与在"海底"觅仙人的叙写相应合。而且义山一向也喜欢用这些神仙的故实,来喻写其一份追求向往的渺远之情,如其标题《海上》之"石桥东望海连天"②一诗,及标题《谒山》之"欲就麻姑买沧海"③一诗,便同样都是以神仙之故实,来喻写其追求向往之情的作品,而这种追求向往的结果,在义山诗中又往往表现为失望落空的悲哀。所以"石桥东望"一句,乃继之以"徐福空来不得仙"的否定,"欲就麻姑"一句,乃继之以"一杯春露冷如冰"的失望。而在这一首的"海底觅仙人"一句之下,乃继之曰"香桃如瘦骨",便也同样正是这种落空失望之情绪的表现。虽然诸家笺注对于"香桃"之含意都未加以解说,但从上一句之"仙人"来看,私意以为此"香桃"必当指与神仙之事有关的"仙桃"而言,盖《汉武帝内传》曾载有七月七日西王母下降之事,云:"以(仙桃)四颗与帝。"④而且《汉武故事》也曾记叙仙桃之

①(汉)班固撰:《汉书》卷二五《郊祀志》上,中华书局,1962年,第1204页。

②(唐)李商隐著,(清)冯浩笺注:《玉谿生诗笺注》卷一《海上》,中华书局《四部备要》本,1989年,第51页。

③(唐)李商隐著,(清)冯浩笺注:《玉谿生诗笺注》卷三《谒山》,中华书局《四部备要》本,1989年,第122页上。

④《五朝小说大观》卷一《汉武帝内传》,上海文艺出版社,1991年影印扫叶山房本,第2页。

事云："食此可得极寿。"[1] 可见依传说所言,若果能觅见仙人得其仙桃而食之,则有极寿长生之可能。而现在义山自叙其所见之"香桃",竟然"如瘦骨"之坚硬纤瘦,盖极言其不可得而食之也,这种叙写当然正是义山一向的落空失望之情的表现。而另一方面则七星岩洞之乳石,亦果然有凝结如各种果物之形态者,清代乔莱之诗即有"葩卉无荣枯,梨栗讵餐嚼"[2] 之语,今日之七星岩洞中,尚有花果山之一景。可见义山诗中之"香桃"也可能是自洞中景物所得的意象,而且义山之所谓"如瘦骨"的描写,其坚硬之感觉岂不也大有如岩石的意味?至于下面的"紫鸾不肯舞"两句,同样也可能是洞中景物之意象与神仙之故实的结合。先就神仙而言,鸾鸟本来相传就是一种神鸟,冯浩注即曾引《瑞应图》云:"鸾鸟,赤神之精,喜则鸣舞。"[3] 今义山更称之曰"紫鸾",盖极言其毛羽之美丽也。可是这只美丽的鸾鸟竟然不肯一舞,这当然已经予人一种失望之感;何况传说中的鸾鸟既云"喜则鸣舞",则义山所写的"不肯舞"岂不又可以予人一种悲愁之感?更加之以下一句"满翅蓬山雪"的描写,则更予人以一种高寒寂寞之感。夫"蓬山"仙境也,盖当指鸾鸟所在之地,在此蓬山上之鸾鸟,竟然满翅为冰雪所压,则其所受到的寒冷挫伤之甚,当可想象而知。像这种挫伤悲苦的叙写,自然也是义山一向所惯有的哀愁失意之情绪的表现。而另一方面,则鸾鸟也可能为岩洞中乳石所凝聚的一种形象,清代金虞《咏七星岩栖霞洞》一首长诗,就曾有"灵踪幻景置勿论,化工肖物诚匪夷。烟中指点万蠕动,羽毛角骼兼鳞鬐。赤鲩

---

① 鲁迅校录:《古小说钩沉》,齐鲁书社,1997 年,第 223 页。

②(清)谢启昆修,胡虔纂:《广西通志》卷九四,嘉庆五年(1800),第 15 页上引。

③(唐)李商隐著,(清)冯浩笺注:《玉谿生诗笺注》卷三《海上谣》,中华书局《四部备要》本,1989 年,第 107 页。

飞趁雨工雨,青凤下啄芝房芝"①之句,足可见洞中之乳石盖必有形
如鸾凤者,义山诗中所说的"不肯舞",也就正因其本为乳石之形象而
并非真正之鸾鸟的缘故。至于其翅上之冰雪,则极可能为乳石结晶
之闪烁,而且据范成大的《桂海虞衡志》之所记叙,七星岩栖霞洞中,
也果然有"石液凝冱,玉雪晶荧"②的景象。所以这两句诗中有关神
话的喻说,其意象之曾受到岩洞中一些景物的触发,当然也是大有可
能的。

　　下面的"借得龙堂宽,晓出揲云发"两句,其所谓"龙堂"当然仍
是承神仙之喻说而来,《楚辞·九歌·河伯》即曾有"鱼鳞屋兮龙堂,
紫贝阙兮朱宫"③之句,可见"龙堂"原指海底神人所居,且极为富丽
精美。而这一句除了神仙故实之外,也同样可能是岩洞中的景象。
如明代俞安期之《栖霞篇》一诗,描写七星岩洞之景象,即曾有句云:
"神斤鬼斧构灵窟,绿涂碧缀开仙庭。灵窟仙庭非一所,阴深独有栖
霞府。到如天表叩明堂,入似星躔穿广宇。……讵信青山寂寞区,翻
藏玄圃繁华宅。"④可见地下岩洞中,盖必有如龙宫仙庭之窟室。至
于"龙堂"而云"借得",则可见此"龙堂"之但为暂时憩身之地,而并
不是可以长住久居之所。然则"借得"此"龙堂"之后,又将何所为
乎? 所以下一句之"晓出揲云发"五字,就句法言,实当为上一句之
引申补述。而"揲云发"三字之含意,则又非常难以猜测。盖此句之
"揲"字并不习用。而就"云发"二字来看,则此句所写盖当指女子
而言,再从"揲"字在句中之位置来看,此"揲"字盖当指女子对于其

---

① (清)谢启昆修,胡虔纂:《广西通志》卷九四,嘉庆五年(1800),第 15 页
下引。

② (宋)范成大著:《桂海虞衡志》,文学古籍刊行社,1955 年,第 4 页。

③ (宋)洪兴祖撰:《楚辞补注》,中华书局,1983 年,第 77 页。

④ (清)谢启昆修,胡虔纂:《广西通志》卷九四,嘉庆五年(1800),第 14 页引。

"云发"之一种动作。而"撢"字之作为动词使用,则大约有以下之几种解释:其一,据许慎《说文解字》:"撢,阅持也。"段玉裁注云:"阅者,具数也,更迭数之也。……《易·系辞》传曰'撢之以四,以象四时',谓四四数之也。四四者,由一四二四数之,至若干四则得其余矣。"① 这里所说的原来是古代用蓍草占卜的一种方法,《周易》孔疏即曾云:"分撢其蓍,皆以四四为数。"② 可见"撢"字原可以指占算时对蓍草之计数而言。这是"撢"作为动词用所可能有的第一种解释。其二,据《广雅·释诂》之说,则云:"撢,积也。"其三,据《说文通训定声》云:"撢,假借为缲。"③ 而"缲"字之义,则据《说文》段注乃指"金铜铁椎薄成叶者"④。从以上三种解说来看,"椎薄"之说当然最不可采用,因为"云发"实在无法"椎薄"为金属之叶片。至于"积也"的说法,则似乎较有可能,因为一般人往往会自"积"字联想到"堆积"之意,而一般形容女子之发髻,则常用"堆云"二字为描写,然则义山诗中的"撢云发"岂不也可以有把头发梳为堆云之髻的意思。不过,这种解释实在有一点值得考虑之处,那就是一般所谓"堆云"的"堆"字多为形容描写之词,而并非动词的性质。至于《广雅》把"撢"字解释为"积也",从《广雅疏证》中王念孙所引"《淮南子·俶真训》云:'横廓六合,撢贯万物。''撢贯'犹言积累"⑤ 的说法来看,则当是动词累贯积聚之意,与堆云之形容并不尽合。所以私意以为

---

① (清)段玉裁:《说文解字注》卷一二上,上海古籍出版社,1981年,第596页。
② 《周易注疏》卷七,(清)阮元校刻:《十三经注疏》,嘉庆二十年(1815)江西南昌府学本,第21页。
③ (清)朱骏声:《说文通训定声》,商务印书馆《万有文库》本,1937年,第3册,第567页。
④ (清)段玉裁:《说文解字注》卷一四上,上海古籍出版社,1981年,第705页。
⑤ (清)王念孙著,钟宇讯点校:《广雅疏证》卷一上,中华书局,1983年,第18页引。

义山之"揲云发"一句,所用似仍当以《易·系辞》之"揲"字的解说
最为可信。盖《易·系辞》之说,在旧传统之读书人中,该是最为惯
见习知的一种用法。而且"揲"字如果有占算计数之意,在义山这句
诗中,就可以造成两种提示:一种是将云发梳分为若干绺而整理之,
一如占卜时之将蓍草分为若干组而计数之,这不仅写出了女子梳妆
的一种动作,而且也显示了一种着意梳理的精微的心意;另一种提示
则是由于"揲"字原来有着占卜之意,因而遂使得"揲云发"的动作,
也产生了一种对于未来的遇合有所祝愿祈求的情意。而且从上面的
"晓出"二字来看,应当是说从清晓起身出至龙堂时,便一直在梳理其
云发而期待着有所遇合了。至于此一"揲云发"之女子究竟何指,则
在中国旧诗之传统中一向有"美人香草,以喻君子"之说,所以此一
女子原来并不一定指现实之女子。义山固可以用女子自喻,也可以
用女子喻人,其所要表达者,原来只是一份妆梳自饰期望有所遇合的
情意而已。而从此诗前面所写的"觅仙人"等句来看,其所期望遇合
者,自当属神仙之人。

　　由于前数句表现了对神仙的期望,所以下面乃承以"刘郎旧香
炷,立见茂陵树"两句,以写求仙之落空的结果。盖"刘郎"一句,义
山所用即为汉武帝求仙之故实。据《汉武帝内传》载,武帝曾于"七
月七日……燔百和之香"①以待王母。所谓"旧香炷"者,当即指其
焚香以待神仙之事,而其所得者,则为"立见茂陵树"之结果。盖"茂
陵"者,武帝之陵墓,"立见"者,立时见到之意,以此句与上句之"旧
香炷"合看,其立见其死亡以后之墓树已拱矣。所以此二句所表现
之情调,实在应当是对于诗中所有求仙之喻说的一个总结之语,谓

①《五朝小说大观》卷一《汉武帝内传》,上海文艺出版社,1991年影印扫叶山房
　本,第10页。

此种追求寻觅之终必归于虚幻落空死亡沉灭之下场而已。这种悲感当然也正是义山诗一向所惯有的情调。另一方面,则"香烬"与"陵树"之意象,也可能仍得之于岩洞中所见之景象,明代俞安期之《栖霞篇》诗,记七星岩洞中景物,即曾有"朱坭炉冶炼药地,砾砂阡术分区田"及"琼实青柯积乳液,瑶荑碧叶滋膏泉"①之句,可见洞中之乳石,盖有凝结为仿佛丹炉及树木柯叶的各种形象,而此种想象本来可以因人而异,极为自由,义山岂不也大可以因之而想到汉武帝当日求仙之香烬及其死后之陵树? 不过此句在"撰云发"一句之后,"撰云发"句所写已不仅是洞中乳石之景象而已,更参入了人事的情调,所以如果将此二句中之"香烬"及"陵树"之意象,来与上面诗中的"香桃""紫鸾""龙堂"诸意象相比较,则前面的一些意象,其得自于洞中实有之景象的可能性,实在较此二句为大。而自"龙堂"中出现了"撰云发"之人以后,此二句已转变为对"海底觅仙人"之失望落空的总结之语,主要是借用汉武求仙之故实,来写一份追寻不得的落空失望之情,其意象之得自于洞中实有之景象的可能性,较之以前诸诗句,已经大为减少。而且其所标举的"刘郎""茂陵"等明指汉武帝故实的字样,也给我们另外提出了一条有关当日历史背景的线索。关于此点,我们将留待以后再加讨论。

　　至于最后的"云孙帖帖卧秋烟,上元细字如蚕眠"两句,于"云孙"一词,朱注及冯注皆引《尔雅》为说云:"昆孙之子为仍孙,仍孙之子为云孙。"②是"云孙"盖指后世子孙而言。又于"上元"一句之

---

① (清)谢启昆修,胡虔纂:《广西通志》卷九四,嘉庆五年(1800),第14页下引。

② (唐)李商隐撰,(清)朱鹤龄笺注:《笺注李义山诗集》卷中,清顺治己亥(1659)刻本,第65页;(唐)李商隐著,(清)冯浩笺注:《玉谿生诗笺注》卷三,中华书局《四部备要》本,1989年,第107页。

下,并引《汉武帝内传》云:"帝以上元夫人所授五真图、灵光经、六甲灵飞十二事,自撰集为一卷。"① 是则"上元细字"盖当指上元夫人所授的神仙之书。至于"蚕眠"二字,则朱注及冯注都曾经引《书断》云:"鲁秋胡玩蚕,作蚕书。"② 是"蚕眠"盖当指字迹之如"蚕眠"也。以上关于各词语之出处及解说,各家笺注虽然并没有什么不同,可是有关这两句含意之笺释,却有许多不同的说法。冯注既以为此诗是"叹李卫公贬,而郑亚渐危疑"③ 之作,故其解说此二句乃云"'云孙'比郑亚,君相擢用之庶僚,犹高曾之有云仍。'卧秋烟'者,失势而愁惧也。'上元'句,喻卫公之相业纪在史书,且暗寓为之作一品集序"④。张氏《会笺》则既以为此诗是"自伤一生遇合得失"之作,故其解说此二句乃云:"'云孙'自喻,义山系本王孙。'细字''蚕眠'比己文章,言从此为人记室,以文字为生涯也。"⑤ 这两种说法,都没有从诗歌本身所予读者直接之感受立说,而只是就字面相比附,将诗歌当做谜语去猜测,把"云孙"猜做庶僚,把"细字"及"蚕眠"猜做自己的文章,这种谜语式的猜测,当然使人难以尽信。比较之下,反而是朱鹤龄之说较为可取,因为朱氏对此诗的注释,通篇都是就诗中所

①（唐）李商隐撰,（清）朱鹤龄笺注:《笺注李义山诗集》卷中,清顺治己亥（1659）刻本,第 65 页;（唐）李商隐著,（清）冯浩笺注:《玉谿生诗笺注》卷三,中华书局《四部备要》本,1989 年,第 107 页。

②（唐）李商隐撰,（清）朱鹤龄笺注:《笺注李义山诗集》卷中,清顺治己亥（1659）刻本,第 65 页;（唐）李商隐著,（清）冯浩笺注:《玉谿生诗笺注》卷三,中华书局《四部备要》本,1989 年,第 94 页。

③（唐）李商隐著,（清）冯浩笺注:《玉谿生诗笺注》卷三,中华书局《四部备要》本,1989 年,第 107 页。

④（唐）李商隐著,（清）冯浩笺注:《玉谿生诗笺注》卷三,中华书局《四部备要》本,1989 年,第 107 页。

⑤（清）张采田:《玉谿生年谱会笺》卷三,中华书局,1963 年,第 126 页。

用的神话之故实为说,所以对此二句之解释,也仍然承接着前二句汉武帝求仙之事为说,云:"言武帝云孙皆尽,此上元蚕书亦安在哉。"①所以如果从神话的喻示来看这首诗,则此二句实在正是全首诗所表现的对于神仙之向往追求,终于落空以后的一个非常绝望的总结束。只是这种解说,仍有一点令人难以满意之处,那就是在"云孙"一句中的"帖帖卧秋烟"五个字,并不能切实表现"云孙皆尽"的死亡灭绝的感受,因为既云"卧"就是仍然存在之意,只不过是"卧"于"秋烟"之中而已。那么,义山这一句诗中的意象,又究竟从何而得,又有着什么喻意呢? 首先我们从"秋烟"之意象来看,似乎大有指天上云烟之意味;再则"云孙"一词,除去《尔雅》中指后世子孙的训诂之说以外,实在还可能有来自神话的另一种解说,那就是天上的天孙织女之意。虽然一般对于织女都只称为"天孙",而并不称之为"云孙",然而天孙既有可以织为云锦之说,则天上之云,自然便可以看做是天孙的一种喻象。而且织女之所以被称为"天孙",原来就因为是"天女孙也"②的缘故。如此看来,则"天孙"为其身份,"云锦"为其喻象,然则如果合其身份与喻象而称之为"云孙",此在富于联想之诗人李义山言之,当然也是大有可能的。其实冯浩的《笺注》便也曾经有过这种想法,故在其所附录之补注中,即曾云"按皆以仙家寄意,云孙疑即天孙",冯氏之所以虽然有此想而不敢作此说者,当然主要是因为他以为这种说法找不到出处的缘故。所以他竟然宁可用《尔雅》之说,而把"云孙"猜做"庶僚",这实在是中国旧传统之说诗人过于重视出处故实,而不肯从诗歌本身所提供之意象来推寻的一般通病。

---

① (唐)李商隐撰,(清)朱鹤龄笺注:《笺注李义山诗集》卷中,清顺治己亥(1659)刻本,第 65 页。

② (汉)司马迁撰,(宋)裴骃集解,(唐)司马贞索引,(唐)张守节正义:《史记》卷二七《天官书》,中华书局,2014 年,第 1564 页。

其实用"天孙"之身份与"云锦"之喻象来解释"云孙",不仅与全首诗的神话之喻托相应合,而且与"帖帖卧秋烟"五个字的描写也非常贴切。盖"帖帖"有"服帖"及"安帖"之意,是此句盖谓天孙织女之远在云端,唯静卧于高秋之烟霭中而已。如果就神话之喻托而言,同暗示神仙之渺远不可得近,故继之以"上元"一句,谓上元夫人所留的神仙之书,亦已难以辨识,故既曰"细字",又曰"蚕眠",皆极状其字迹之模糊佶屈不可复读之意。像这种渺茫飘忽追寻不得的怅惘,当然正是义山诗一向所惯有的情调。而且这两句除了神仙之喻说外,其所呈示的意象,也与此诗开端之"桂水寒于江,玉兔秋冷咽"两句所写的景物与时节有着遥遥的呼应。是则就全诗之结构言之,此诗原是从大自然之桂水及秋日之时节写起的,自"海底觅仙人"一句以下,则可以视为进入岩洞以后,对所见种种诡奇之景象所引起的各种神话之想象的叙写;至此句之"云孙帖帖卧秋烟"乃又回到对大自然之云烟及秋日之时节的叙写,大有豁然重见天日之感。至于"上元细字如蚕眠"一句,也可能与所见之岩洞的景象,仍有着密切的关系。盖据《广西通志》所载宋朝尹穑所写的《七星岩栖霞洞铭序》即曾云:"栖霞洞……旧名玄元栖霞洞,唐祖老氏,尊以玄元之号,洞额镌刻篆字奇古不磨。"[①] 所以这一句诗中之意象,也可能得之于义山自岩洞步出时,在洞额所见的奇古之字迹的镌刻。不过,正如我在本文开端所言,义山毕竟不是一个只以叙写景物为满足的诗人,这一首诗中的意象,虽然可能从桂林之山水岩洞之景象获得过灵感,可是在诗中,它们又都曾经与神话相结合,提供了许多情意方面的喻示,其主要的感情基调当然是在表示一种在凄寒寂寞之感中,对于种种追

①(清)谢启昆修,胡虔纂:《广西通志》卷九四,嘉庆五年(1800),第17页上引。

寻向往而终于落空失望的悲慨。只是义山所悲慨的情事又究竟何指呢？为了回答此一问题，所以当我们对于这首诗中的意象之由来、神话之喻示及感情之基调都有了相当了解之后，我们就将对于义山当年写这首诗的历史背景，以及他个人的身世遭际做一探讨。

三　历史背景及作者身世

首先我们要讨论的是这首诗有没有影射当日政局的可能，关于此一点，我们的答复是肯定的。这首诗中的"刘郎旧香炷，立见茂陵树"两句，实在就是暗示着当日政局之变化的一个重要关键。根据《旧唐书·武宗本纪》的记载，唐武宗好道术，信道士赵归真、刘玄靖、邓元起之言，学长生之术，服食修摄，以是得疾，于会昌六年（846）三月崩，同年八月葬于端陵，谥曰至道昭肃孝皇帝，庙号武宗。义山这首《海上谣》就是作于武宗崩后的次年，正当国家政局有过一次大变动之后。诗中之"刘郎"明指汉武帝，暗中即指唐武宗，"茂陵"明指汉武帝之陵墓，而暗中实指唐武宗之葬于端陵。我们这样说是有着足够之根据的，因为不仅作诗之年代与政局之变化相吻合，而且用汉武帝来暗指唐武宗，在义山诗中也原是极为常见的一种托喻。举一个最明显的例证来说，义山在武宗死后曾经写过三首五律，标题为《昭肃皇帝挽歌辞》，其中所引用的就全是与汉武帝有关的故实。冯浩注此三诗，即曾云："武宗大有武功，笃信仙术，绝类西汉武帝，三诗用典，大半取之。"[1] 又如其标题为《茂陵》的一首七律，就也是全首以汉武帝来托喻唐武宗的作品，朱鹤龄《笺注》亦曾云："按史武宗好

---

[1]（唐）李商隐著，（清）冯浩笺注：《玉谿生诗笺注》卷二，中华书局《四部备要》本，1989年，第97页。

游猎及武戏,亲受道士赵归真法箓……此诗全是托讽。"① 从以上的引述,足可证明《海上谣》这首诗中的"刘郎"与"茂陵"两句,其暗指武宗之崩当是非常可信的。只是武宗之崩对义山而言又有什么可悲慨的呢? 谈到此点,我们就不得不对唐代的历史和义山的身世多有一点认识。

义山生于宪宗元和七年(812),卒于宣宗大中十二年(858)②,在其四十六年之生命中,曾经唐代的宪宗、穆宗、敬宗、文宗、武宗、宣宗六世,当时正值唐代多事之秋,外则有藩镇之专据,内则有宦官之弄权,更加之以大臣的党争,帝王之生杀废立尽出于中官,朝士之进退黜升半由于恩怨。现在先就帝王言之,宪宗朝虽有平定淮蔡之功,然而既宠任宦官,又多内嬖,且信方士,终于在元和十五年(820)一夕暴卒,传言为宦官陈弘志所弑;穆宗为诸宦官所拥立,又性好嬉游,遂致政事大坏,在位不过四年,而卢龙、成德、魏博诸藩镇相继为患;及敬宗即位,时年不过十六,好嬉戏,善击球,又喜夜猎,一夕出猎夜还,遽为宦官刘克明等所弑,在位不过两年;文宗亦为宦官所拥立,及即位后,虽有心于勤政图治,然宦官之积势已成,不免为其所制。其后有郑注及李训二人,初因宦官王守澄以进,继而文宗欲倚之谋诛宦官,因诈称左金吾厅后石榴夜有甘露,而伏甲欲待宦官之来而诛之,不幸为宦官所觉,遂酿成历史上有名的"甘露之变",自宰相王

①(唐)李商隐撰,(清)朱鹤龄笺注:《笺注李义山诗集》卷中,清顺治己亥(1659)刻本,第22页。
②(唐)李商隐著,(清)冯浩笺注:《玉谿生诗笺注》附《年谱》,中华书局《四部备要》本,1989年,第11—25页;又(清)张采田:《玉谿生年谱会笺》卷一—卷四,中华书局,1963年,第8—195页。

涯以下千余人被族诛。所以文宗曾经自叹"受制于家奴"[1]，终于郁郁以殁。及武宗即位，用李德裕为相，当其入谢之时，首对武宗所言者，即云"常令政事皆出中书"[2]，因为如此便可以逐渐削减宦官的权势，其后又与"枢密使……议，约敕监军不得预军政"[3]，于是宦官之监军，也逐渐成了无实的虚名。因此武宗之世，遂能内平泽潞，外拒回鹘，一时颇有中兴气象。只可惜武宗也迷信方士之术，终以饵金丹受毒，及其疾笃，旬日不能言，宰相李德裕等请见，不许。诸宦官马元贽等遂密于禁中定策，云："皇子冲幼，须选贤德，光王怡可立当为皇太叔。"[4]光王怡者，宪宗之子而武宗之叔也。武宗崩，遂即位，是为宣宗。即位后仅数日，李德裕即罢相，授为荆南节度使同平章事，未几，又改授为东都留守，解平章事。次年（847）改元大中，二月，又以李德裕为太子少保，分司东都，即逐步解除其政权，同年七月，遂贬李德裕为潮州司马，次年冬，再贬为崖州司户，又次年李德裕遂卒于崖州。义山之赴桂管观察幕在大中元年（847）春，桂管观察使郑亚原与李德裕相善，当李德裕在翰林时，郑亚曾以文干谒，李德裕高其才。会昌初李德裕为相，郑亚始入朝为监察御史，累迁刑部侍郎，又拜给事中。及德裕罢相，郑亚遂出为桂管观察使[5]。李义山的《海上谣》就是大中元年（847）秋季在桂管观察幕府中的作品，则其有慨于武宗

① （宋）司马光编著，（元）胡三省音注：《资治通鉴》卷二四六《唐纪》六二，中华书局，1956年，第7942页。

② （宋）司马光编著，（元）胡三省音注：《资治通鉴》卷二四六《唐纪》六二，中华书局，1956年，第7946页。

③ （宋）司马光编著，（元）胡三省音注：《资治通鉴》卷二四八《唐纪》六四，中华书局，1956年，第8009—8010页。

④ （宋）司马光编著，（元）胡三省音注：《资治通鉴》卷二四八《唐纪》六四，中华书局，1956年，第8023页。

⑤ 以上参见两《唐书》及《资治通鉴》。

之崩及李德裕之贬，便也是极有可能的了。所以冯浩便以为此诗是"叹李卫公之贬"。可是这里面却牵涉一个问题，就是李德裕被贬的时间，究竟是在宣宗大中元年（847）的哪一个月？据《旧唐书·宣宗本纪》所载，李德裕贬为潮州司马在宣宗大中元年（847）七月。冯浩就是根据此一记载而作的解说。可是《新唐书》却记其贬潮州司马在大中元年（847）十二月，《资治通鉴》与《新唐书》之说同，且引前永宁尉吴汝纳讼李德裕冤杀其兄吴湘事，以为乃致贬之由①。然而考之《旧唐书·吴汝纳传》，则因吴湘案而被贬者，实不仅李德裕一人，如郑亚就也因此案而被贬为循州刺史，至其被贬之时间则为大中二年（848）十二月。李德裕亦同时因此案而被再贬为崖州司户。所以如果按《资治通鉴》所云其被贬是由于吴湘案，则当指大中二年（848）十二月再贬崖州司户之事而言。至于李德裕之被贬潮州，则很可能是在大中元年（847）的秋七月。因为在李德裕的《会昌一品集》中，曾载有标题《汨罗》的一首诗云："远谪南荒一病身，停舟暂吊汨罗人。都缘靳尚图专国，岂是怀王厌直臣。万里碧潭秋景静，四时愁色野花新。不劳渔父重相问，自有招魂拭泪巾。"②从其首句之"远谪南荒"来看，足可见此诗为被贬时之所作。又从其中的"秋景静"一句来看，可见被贬之时节正值秋日。且据《旧唐书·李德裕传》之所载，其被贬潮州时，是自洛阳经水路赴潮阳，如此则汨罗江正为其舟行所经之地。不过《旧唐书·李德裕传》又误记此事于大中二年（848），然考之大中二年（848）之再贬乃在冬季，与诗中所写之"秋景"不合，且自潮州赴崖州，也不必经过汨罗。如果谓其大中

①（宋）司马光编著，（元）胡三省音注：《资治通鉴》卷二四八《唐纪》六四，中华书局，1956年，第8031页。
②（唐）李德裕撰：《会昌一品集》补遗，清光绪畿辅丛书本。

元年（847）秋被贬，而于大中二年（848）秋始赴贬，则又难有是理。所以从李德裕自己的诗来看，其贬潮州在大中元年（847）秋，应当是可信的。所以冯浩笺注以为义山这一首《海上谣》是叹卫公之贬自当极有可能。只是如我在前面所言，此诗影射当时政局之线索，主要在"刘郎"及"茂陵"两句，所以此诗之重点仍当以感慨武宗之崩及政局之变为主。当然李德裕之贬，也是此种变故中可感慨的重要情事之一，然而却不是只致慨于李卫公之贬的。

　　至于谈到武宗之崩及李德裕之贬与义山之关系，则我们又须对义山之身世稍有了解。义山少小孤寒，十岁丧父，十二岁就要以"佣书贩舂"的劳苦工作，来负担起养家的责任。所以他自少年时代便刻苦自励于读书，当然盼望着能有一个仕进的机会。除去家贫的因素使他急于求仕进以外，我们从他的诗文来看，更可以知道义山原来也是一个关心国事的有志之士。所以在他的编年诗集中，我们很早便可以看见他所写的，假托咏史而讽刺时政的一些作品，如其《陈后宫》二首之讽敬宗之荒嬉；《览古》一首之痛敬宗之被弑；《隋师东》一首之责诸将讨李同捷之无状，便都是借古讽今之作。及文宗甘露之变，他所写的《有感二首》及《重有感》诸诗，既愤阉竖之横行，又哀大臣之被害，更寄望于刘同谏之清除君侧，其悼痛之情更是溢于言表。从这些诗中，当然都可以见出他对于政治的理想和见解。只是义山科第不利，两次应考，皆未登第。直到文宗开成二年（837）二十六岁时，才因令狐楚、令狐绹父子之推誉考中了进士①。而就在当年的冬天，他就写了《行次西郊作一百韵》这首著名的长诗，先写出了他所见的民间疾苦，如"高田长槲枥，下田长荆榛。农具弃道旁，饥牛死空

①（唐）李商隐著，（清）冯浩笺注：《玉谿生诗笺注》附《年谱》，中华书局《四部备要》本，1989年，第15页；又（清）张采田：《玉谿生年谱会笺》卷一，中华书局，1963年，第43页。

墩。依依过村落,十室无一存"①的荒凉景象;又指出了当时政纲的紊乱,如"中原遂多故,除授非至尊。或出幸臣辈,或由帝戚恩"②以及"巍巍政事堂,宰相厌八珍。敢问下执事,今谁掌其权。疮痍几十载,不敢抉其根"③的各种弊端;更写出了人民的悲苦酸辛,如"儿孙生未孩,弃之无惨颜。不复议所适,但欲死山间"④;而且同情饥民之为盗者云"尔来又三岁,甘泽不及春。盗贼亭午起,问谁多穷民"⑤;更在篇末陈述了自己的愿望说"我愿为此事,君前剖心肝。叩额出鲜血,滂沱污紫宸。九重黯已隔,涕泗空沾唇"⑥,表现出极为热挚地想要救民匡国的一片激情。也就在他写了这一首长诗的次一年,他又去参加宏词科的考试。盖唐制只考中了进士并不能授官,必须再应他科而中,谓之登科,始得授官⑦。当时他虽然已经为吏部所取中,可是把姓名上之中书时,却因为"中书长者言'此人不堪'"遂将名字抹

---

①（唐）李商隐著,（清）冯浩笺注:《玉谿生诗笺注》卷一《行次西郊作一百韵》,中华书局《四部备要》本,1989 年,第 65 页。

②（唐）李商隐著,（清）冯浩笺注:《玉谿生诗笺注》卷一《行次西郊作一百韵》,中华书局《四部备要》本,1989 年,第 65 页。

③（唐）李商隐著,（清）冯浩笺注:《玉谿生诗笺注》卷一《行次西郊作一百韵》,中华书局《四部备要》本,1989 年,第 66 页。

④（唐）李商隐著,（清）冯浩笺注:《玉谿生诗笺注》卷一《行次西郊作一百韵》,中华书局《四部备要》本,1989 年,第 67 页。

⑤（唐）李商隐著,（清）冯浩笺注:《玉谿生诗笺注》卷一《行次西郊作一百韵》,中华书局《四部备要》本,1989 年,第 67 页。

⑥（唐）李商隐著,（清）冯浩笺注:《玉谿生诗笺注》卷一《行次西郊作一百韵》,中华书局《四部备要》本,1989 年,第 67 页。

⑦（唐）李商隐著,（清）冯浩笺注:《玉谿生诗笺注》附《年谱》,中华书局《四部备要》本,1989 年,第 15 页;又（清）张采田:《玉谿生年谱会笺》卷一,中华书局,1963 年,第 46—47 页。

去,因而落选 ①。义山在其《与陶进士书》中,曾经述及此事,唯未言及中书长者为何人。冯谱及张谱皆以为是与令狐相善者。盖因义山是年已娶王茂元之女为妻,而在当时政坛朋党之争中,令狐父子属于牛僧孺之党,王茂元则属于李德裕之党,因而令狐党人遂恶义山之背恩而抹去其名。可是从当日的情形来看,则令狐楚已于前一年病卒,而令狐绹则正在丁忧家居之日,则其相排挤者,或未必尽由于令狐党人,很可能是中书长者中或者有人因义山诗作中对于政坛弊端之揭举有所不喜,因而不愿使其中试入官者。可是义山之好以诗歌表示其对当时政局之感慨的习惯,则依然未改。如其于开成四年(839)所写的《四皓庙》一诗,致慨于文宗时庄恪太子不能得大臣之保全;开成五年(840)所写的《咏史》一诗之哀悼文宗虽有心勤俭图治,而终于抑郁而殁;其后当刘蕡被宦官所诬陷而被贬死之时,义山所写的《赠刘司户蕡》一首,《哭刘蕡》一首,《哭刘司户》二首,及《哭刘司户蕡》一首,对于这一位因反对宦官专政,而终于斥逐潦倒以死的忠义之士,更表现了最大的哀悼和同情。关于刘蕡的政治主张,据史传所载刘蕡于大和二年(828)所上之对策来看,他的重要政见,约有以下数端:其一是解除宦官的专权,提出说:"奈何以亵近五六人,总天下大政祸稔萧墙,奸生帷幄……此宫闱将变也。"其二是反对藩镇的跋扈,曾提出说:"威柄陵夷,藩臣跋扈……则政刑不由天子,征伐必自诸侯,此海内之将乱也。"其三是主张信用大臣,选贤良而划一法度,曾提出说:"揭国柄以归于相,持兵柄以归于将。去贪臣聚敛之政,

---

① (唐)李商隐著,(清)冯浩笺注:《玉谿生诗笺注》附《年谱》,中华书局《四部备要》本,1989年,第15页;又(清)张采田:《玉谿生年谱会笺》卷二,中华书局,1963年,第52—56页。

除奸吏因缘之害……法宜画一,官宜正名。"① 凡此种种主张,在当日都可说是切中时弊之言。义山既对刘蕡极致哀悼同情之意,则其政见自当有与刘蕡暗中相合者,这从他一些讽刺时政的诗中,也足可得到证明。如果从武宗朝李德裕为相时之政绩来看,则竟然与这些政治主张颇有暗合之处。李德裕不仅被召之时,入谢武宗,就曾提出过"常令政事皆出中书"之言,其后于会昌五年(845),给事中韦弘上疏论中书权重,李德裕又曾奏论,引《管子》之言云:"臣按《管子》云'凡国之重器,莫重于令。令重则君尊,君尊则国安……故曰亏令者死,益令者死,不行令者死,不从令者死'。"② 可见李德裕当时所具有的集权中书力行法治的决心,这也正是削减宦官威权的一个极有效的办法。此外李德裕更能以"术"与"法"兼济,用表面结交优礼的态度,逐渐取消了宦官监军之制③。宦官既在朝廷之内与藩镇之外都失去了实权,于是威权曾经震撼朝廷的仇士良,终于不得不告老求退,而且最后曾被削去官爵籍没家资④。所以王夫之在《读通鉴论》中,就曾赞美李德裕说:"夷考德裕之相也,首请政事皆出中书,仇士良挟定策之功,而不能不引身谢病以去。唐自肃宗以来,内竖之不得专政者,仅见于会昌,德裕之翼赞密勿曲施衔勒者,不为无力。"⑤ 然

---

① (宋)欧阳修、宋祁撰:《新唐书》卷一七八《刘蕡传》,中华书局,1975 年,第 5297—5303 页。

② (后晋)刘昫等撰:《旧唐书》卷十八上《武宗本纪》,中华书局,1975 年,第 607 页。

③ (宋)欧阳修、宋祁撰:《新唐书》卷一七八《刘蕡传》,中华书局,1975 年,第 5293—5307 页。

④ (宋)欧阳修、宋祁撰:《新唐书》卷二〇七《仇士良传》,中华书局,1975 年,第 5872—5875 页。

⑤ (清)王夫之著,舒士彦点校:《读通鉴论》卷二六,中华书局,1975 年,第 2124 页。

则德裕之所为,岂不与刘蕡所主张的"解除宦官之权""揭国柄以归于相"以及"划一法度"诸说,皆相暗合。至于平泽潞之叛,当然也部分实现了刘蕡反对藩镇跋扈的主张。义山既曾对刘蕡之直言被斥极为哀悼同情,则其对李德裕为相时的一些政绩,当然也应该会拥护赞赏。所以他对于武宗崩后李德裕之罢相被贬此一政局的改变,当然也必会深有所慨。何况武宗崩后,宣宗之立又同样是出于宫廷中宦竖的密谋,李德裕之贬也出于宦官之报复。王夫之在其《读通鉴论》中就曾论及此事云:"武宗疾笃,旬日不能言,而诏从中出,废皇子而立宣宗。宣宗以非次拔起,忽受大位,岂旦夕之谋哉。宦官贪其有不慧之迹,而豫与定谋……必将曰:'太尉若知,事必不成。'故其立也,惴惴乎唯恐德裕之异己……其得志而欲诛逐之,必矣。"[1]义山之《海上谣》既作于武宗崩后李德裕被斥逐之时,则其诗中之含有以上之种种感慨,当然便是可能的事。何况义山当日的府主桂管观察使郑亚与李德裕又有着很密切的关系,则义山自己之仕途,在此一政局之改变中,当然也会受到很大的影响。以义山终身之坎壈,对于此种变故之发生,除了感慨国事以外,如果说他也杂糅有自己的身世之感,当然也是可能的。

四　诗中可能的托意

以上所言,都是义山《海上谣》这一首诗所可触及的足以引起其感慨的写作背景和情事。以前我在《常州词派比兴寄托之说的新检讨》一文中,曾经提出过如何判断作品之有无寄托的几项原则,以为

---

①(清)王夫之著,舒士彦点校:《读通鉴论》卷二六,中华书局,1975 年,第 2149—2150 页。

第一当就作者之生平为人来作判断,第二当就作品叙写之口吻来作判断,第三当就作品所产生之环境背景来作判断。如果从以上的三项原则来看,则义山平日之为人就喜欢藉诗歌感慨时事,而且又处身于党争政变之中,此其一;诗中的"刘郎"及"茂陵"两句之口吻,可能喻示武宗之崩,此其二;武宗崩后,宦官之拥立宣宗及李德裕之贬,当时的背景,为本诗提供了丰富的本事,此其三。我们既然已经可以确定这一首诗之可能有喻托之意,而且也知道了与当日写作背景有关的一些情事,现在我们就将尝试把诗歌本身的意象和情绪所可能揭示的喻意略加说明。

　　这首诗开端的"桂水"点明了义山所在之地,"寒""冷咽"等字,不仅点明秋季,也喻示了义山远在异域的凄寒之感。"玉兔"以月中之"玉兔"的意象,引起月中之桂的想象以呼应"桂水"暗点桂林。如此则远在月宫之"玉兔",便大似义山之远在桂林,而"玉兔"的"冷咽"也就成了义山的"冷咽"。"海底"句可能喻示其初来桂海时,本来还怀有一份追求寻觅的期望,可是政局的改变,使他逐渐醒悟到在桂海的前途之落空无望,所以才有"香桃如瘦骨"的失望之情。"紫鸾"两句,很可能喻象在政局改变后当日一些失势的大臣。"鸾鸟"的意象,在义山诗中虽有时象喻爱情,可是也有时象喻仕宦,如其《送从翁从东川宏农尚书幕》一首之"鸾凤期一举,燕雀不相饶"[1]之句,及《鸾凤》一首之"旧镜鸾何处,衰桐凤不栖"[2]之句,其为指"仕宦"而言,便都是明白可见的。至于"紫鸾"之究指何人,则以为喻失势之李德裕可,以为喻失意之义山也未尝不可。总之"满翅蓬山

---

①（唐）李商隐著,（清）冯浩笺注:《玉谿生诗笺注》卷一《送从翁从东川宏农尚书幕》,中华书局《四部备要》本,1989年,第60页。

②（唐）李商隐著,（清）冯浩笺注:《玉谿生诗笺注》卷二《鸾凤》,中华书局《四部备要》本,1989年,第83页。

雪"是写失势失意者的挫伤之状。其下"龙堂"两句,张谱以为"比禁近"①,似颇有可能。不过张氏以为"晓出撑云发"谓"一无事事",则其意含混不明。此句之意象似乎在写一女子之精心梳理其发,期望得遇赏爱之人,如此则其所象喻者亦有两种可能,一则可以喻李德裕之曾入朝为相,原冀望精心为政,有更大之绩业;再则也可以为义山之自喻,盖义山于武宗会昌二年(842),曾以书判拔萃授秘书省正字②,这在义山多年流转幕府的漂泊生涯之后,原是可以回到朝廷任职的一个转机,或者也可以产生"借得龙堂宽"之联想,当然更不免会有"晓出撑云发"之精心自饰以求遇合了。至于下面之紧承以"刘郎""茂陵"两句,以暗示武宗之崩,则无论就李德裕而言,或者就义山而言,当然都是期望的落空。以李德裕而言,则武宗之崩不仅造成了他个人被贬逐的不幸,而且也使他为相数年所建树的绩业一旦而随之摧毁消亡,这当然是一件极使人感慨的事;再就义山而言,则义山于会昌二年(842)入官秘书省正字以后,不久就因遭到母丧,丁忧去职。等到服除以后再回到京师来,则已经是武宗崩逝的前夕,故曰"立见茂陵树",盖极言其崩殁之速。于是当初"借得龙堂"之期望,遂亦不免全部落空,这当然也是一件可悲慨的事。至于最后的"云孙"两句,"云孙"指子孙而言当然是可能的,可是冯注将之引申比作"庶僚",以为指郑亚则极为牵强,张谱以为是义山自喻,与上文亦不衔接。所以私意以为此两句既承上文武宗之崩而言,则"云孙"自当指武宗之子孙而言。而且当我们在前面引述当日之史实时,已曾提出过当武宗疾笃,李德裕请见不许,而诸宦官遂在宫廷中密谋立光王怡为皇太叔继武宗而即帝位,所以此二句很可能是指此一事件而

①(清)张采田:《玉谿生年谱会笺》卷三,中华书局,1963年,第126页。
②(清)张采田:《玉谿生年谱会笺》卷二,中华书局,1963年,第86页。

言。而且义山还有另外一首标题《四皓庙》的作品,曾有"萧何只解追韩信,岂得虚当第一功"①之句。冯注即曾云"此诗为李卫公发,卫公举石雄,破乌介……而卒不能早定国储,使武宗一子不得立,有愧紫芝翁多矣"②。何况宦官既以密谋立宣宗,当然李德裕便与之形成了不两立之势,所以很快就被斥逐以去,使朝廷之政局大变,这对义山而言,当然也是一件大可悲慨的事。而且据《新唐书》《旧唐书》之所载,武宗虽共有五子,却都只是但存名字而已,不仅"其母氏位皆不传",而且五人都"并逸其薨年"。其所以然者,显然是因为当年曾受到大力压抑或迫害的缘故,我以为这才是"云孙帖帖卧秋烟"一句,除叙写秋空之景象外,其最可能具有的托意。于此我们也才明白义山不用"天孙"而用"云孙"以暗指子孙的双重取意。而且"帖帖"有蛰伏之象,"卧"字有无可作为之象,"秋烟"有远被摒除的暗示。可以说一切都与当时宫廷之变故相暗合,至于"上元细字如蚕眠"一句,则正是喻言宫廷之秘事,全无记述可考,外人之不得详知也。总之,唐代宦官之祸由来已久,王夫之《读通鉴论》卷二六曾论其自玄宗以来,对天下及诸王太子之生杀弑立云:"李辅国驱四十年御世之天子如逸豚而芟之,其后宪宗死焉,敬宗死焉,太子永死焉,绛王悟、安王溶、陈王成美死焉,三宰相、一节度,合九族而死焉。"③此所以王夫之对李德裕为相时压制宦官之功,特加称美云:"唐自肃宗以来,内

---

①（唐）李商隐著,（清）冯浩详注:《玉谿生诗详注》卷一《四皓庙》,清乾隆四十五年（1780）刻本,第 93 页。

②（唐）李商隐著,（清）冯浩详注:《玉谿生诗详注》卷一《四皓庙》,清乾隆四十五年（1780）刻本,第 93 页。

③（清）王夫之著,舒士彦点校:《读通鉴论》卷二六,中华书局,1975 年,第2126—2127 页。

竖之不得专政者仅见于会昌。"①可是武宗却不幸以信神仙而服药致疾,宫廷宵小遂趁其疾笃不能言,以阴谋篡取政权,斥逐了中唐以来最有政绩的宰相李德裕。所以义山这一首《海上谣》,其所喻示者实在有多方面的悲慨,既悼武宗之崩,又伤德裕之贬,复哀一己之失意,更致慨于宫廷宦竖之弄权。其所蕴蓄之情意,实在极为复杂幽微,本文所提供的只是一些研读本诗时的有关的资料,希望读者能因此而对这一首诗中的意象之形成、意象与神话相结合所喻示的情感基调托意之联想,及其与当日政局的关系,都能有更为周至深入的了解。不过诗歌本身所提供给我们的实在只是一些意象,以及这些意象在不同的句构中所表现的情感的基调。我们对于其托意的解说,则是我们从这些意象和情调与外在之史料相印证而体悟出的一点联想。我们所愿给予读者的,是提示和启发,而不是拘束和限制。读者大可以从我们所提供的资料中,引发更多的感受和联想。至于义山之举进士虽出于牛党令狐父子之推誉,可是在这一首诗中,他竟然对李党之失势表现了深切的悲慨,则正好说明了义山自有其政治上之理想,而不欲结附党人以自限,故其一生所从辟之幕府,也不限于牛党或李党的一党之人。此种心意,自然不易为当时驱逐以相排挤的党争之人所谅,所以既为牛党之令狐氏所怨,复为李党之王茂元所疏。而一为赏拔之恩主,一为翁婿之至亲,所以义山乃不免一生郁抑,坎壈以终,其忧时忧国之心,自伤身世之慨,难以直言者,乃一皆寓之于幽微隐晦之诗篇。这也正是他的诗歌之所以特别以难解著称的一个主要的原因。

---

① (清)王夫之著,舒士彦点校:《读通鉴论》卷二六,中华书局,1975年,第2124页。

五　余论

最后，我还想说明一点，就是义山这一首《海上谣》与他的《燕台四首》，虽然都是曾经引起过我的好奇心的作品，可是义山写这一首诗所用的笔调与他写《燕台四首》的笔调，却实在有着很大的差别。《燕台四首》似乎偏重于作者主观情绪的抒写，而这一首《海上谣》则似乎偏重于客观事物的描摹。虽然两篇诗中都富于奇诡之意象，引人遐想，然而《燕台四首》中之意象，都渗透有作者自己的浓郁的感情，似乎全出于主观假想的创造，而《海上谣》一首的意象，则似乎大多为某些物象与神话之想象的结合。读《燕台四首》，纵然对其内容含意完全不解，一读之下也会深为其情绪所笼罩和感染；然而读《海上谣》一首，则似乎可以不动感情地只作静观的研赏。所以我对《燕台》及《海上谣》虽然同样好奇，可是用以探触的方式却颇有不同。我对于《燕台四首》的探触，是全凭情绪的线索去追溯，虽然也曾提出这四首诗可能有喻托之意，却未曾对其所喻托者加以分析说明，那就因为《燕台》诗中的意象本来就是从情绪酝酿出来的假想，所以也适于从情绪去追溯，而不适于对托意做分析说明。可是我对《海上谣》一首诗的探触，则大多凭藉外缘的资料，如桂林之山水、神话之故实、历史之背景等，而且对于此诗所可能具有的托意，做了较详细的分析说明。这种差别，并不是出于我自己的有心示异，而是由于义山在这两篇诗中，他所用以抒写的笔调和表现的方式，本来也就有着不同的缘故。这种不同，也正是使我愿意相信《海上谣》一诗之意象，很可能是经由外在景象而感发的联想，而不像《燕台四首》之意象乃全出于作者深情锐感之创造的缘故，因顺笔记之于此。

（原刊《迦陵论诗丛稿》，北京大学出版社，2008 年）

论李商隐流寓桂林时期诗作的空间书写

李宜学

一、前言

论者尝谓,李商隐(812—858)是位"极其都市化","都市取向"浓厚的诗人,以其诗中艳体"大多以室内为舞台背景",恋情发生之所,率"都密闭于室内",而此室内又重重层层布满帘幕、帏帐等都市物质故也①。其实这也与李商隐的生平经历有关。

李商隐祖籍怀州河内(河内郡,今河南沁阳),至祖辈而迁郑州荥阳(荥阳郡,今河南郑州),生于其父任职的获嘉县(今河南新乡)。两岁(813),随父下江南,入孟简(?—823)浙东观察使幕、李翱(?—819)浙西观察使幕,展开其六年"浙水东西"②的生活。九岁(820)父卒,"躬奉板舆,以引丹旐",归荥阳,"占数东甸,佣书贩舂"③。文宗

---

① 方瑜:《李商隐七律艳体的结构与感觉性》,《沾衣花雨》,台北远景出版事业公司,1982年,第204页。又,李商隐诗中"帘""幕"等物质性的描写,可参拙著《李商隐诗与〈花间集〉词关系之研究》第二章第三节,高雄"中山大学"中文系硕士论文1990年,第46—66页。

② (唐)李商隐著,刘学锴、余恕诚校注:《李商隐文编年校注·祭裴氏姐文》,中华书局,2002年,第814页。

③ (唐)李商隐:《祭裴氏姐文》中"占数东甸"之"东甸",实指其户籍所在地荥阳(今河南郑州),非旧说之洛阳。详刘学锴:《李商隐传论》,安徽大学出版社,2002年,第40—44页。

大和三年（829）三月，李商隐十八岁，谒令狐楚（766—837）于东都洛阳（洛州，今河南洛阳）；十一月，即受令狐之辟，召至天平军节度使幕（平昌郡，今山东东平）。期间曾两赴长安应进士试，均不第。大和六年（832）二月，令狐楚调任太原尹、北都留守、河东节度使（并州，今山西太原），二度落第的李商隐乃入太原幕。大和七年（833）春，三试进士试，仍落第。该年六月末，令狐楚入朝，任检校右仆射兼吏部尚书，可能推荐李商隐为太仓署属吏①，因居长安；十二月，入崔戎（764—834）华州幕（华阳郡，今陕西华县）。大和八年（834）三月，随崔戎调至兖海观察使幕（鲁郡，今山东兖州）；六月，崔氏猝逝，兖幕罢，李商隐遂返荥阳。此后，便频繁往返于京、郑间。大和九年（835），四度落榜。文宗开成二年（837）正月，历经五试礼部试，终于登第；二月，又通过吏部关试，释褐，但未等待"守选"，故不铨叙官职。明年（838）春，再试吏部"博学宏辞"科，原已录取，且注拟后上报中书审批，却意外为"中书长者"驳下，落选。后赴王茂元（？—843）泾原节度使幕（安定郡，今甘肃泾川）。又明年（839）春，再赴长安参加吏部"书判拔萃"科考试，上榜，释褐秘书省"校书郎"。时年二十八岁。

　　回顾李商隐这二十八年行履，所至皆通邑大都、繁荣富庶之域。长安、洛阳固不待言，分属京兆府、河南府，且为大唐帝国之首都与陪都。户籍荥阳，上县②，自汉代以来，便是"富冠海内"的"天下名都"③。浙东，"文人荟萃之地。除西川、淮南两个大镇雄藩以外，浙

---

① 刘学锴：《李商隐传论》，安徽大学出版社，2002年，第80页。

②（唐）杜佑撰，王文锦等点校：《通典》卷三三《职官十五》，中华书局，1988年，第919—920页。"大唐县有赤、畿、望、紧、上、中、下七等之差。"注："京都所治为赤县，京之旁邑为畿县，其余则以户口多少、资地美恶为差。"

③（汉）桓宽著，张敦仁考证：《盐铁论》卷一《通有》，台湾商务印书馆，1980年，第5—6页。

东、浙西、宣歙、荆南、江西等土地肥沃、产物丰饶的江南一带方镇对文人有很大的吸引力"①。浙西,"方镇辖润、常、苏、湖、杭等州,均为江南殷实富庶之乡,苏、杭二州,尤为风景佳胜之地"②。郓州,紧县,"与淮海竞,出入天下珍宝,日日不绝"③。太原,属太原府,唐朝北都,"风景恬和,水土深厚",乃"丰沛遗疆",有"陶唐故俗"④。华州,上辅,乃"右辅之地,地临河、潼,位置十分重要"⑤。兖州,上都督府,"曲阜遗封,导河旧壤,列九州之数,带五岳之雄,古为诗书俎豆之乡,今兼鱼盐兵革之地"⑥。泾州,上郡,位于秦、陇交界处,向为兵家必争之地,也是丝绸之路上的重镇。总此,李商隐之为"都市化"浓厚之诗人,其来有自,良有已也。

释褐入仕后,李商隐也始终只想担任京官,不愿受聘外职⑦。秘书省"校书郎"掌雠校典籍,工作轻松,生活舒适,兼以在朝为官,地位清贵,李商隐对这首任官职,谅必相当满意。但大约三四个月后,却忽然被调补为弘农尉(弘农郡,今河南灵宝),且是六曹中地位相对

---

① 刘学锴:《李商隐传论》,安徽大学出版社,2002年,第35页。

② 刘学锴:《李商隐传论》,安徽大学出版社,2002年,第37页。

③(唐)李商隐著,刘学锴、余恕诚校注:《李商隐文编年校注·齐鲁二生》,中华书局,2002年,第2277页。

④(唐)李商隐著,刘学锴、余恕诚校注:《李商隐文编年校注·上令狐相公状一》,中华书局,2002年,第1页。

⑤ 刘学锴:《李商隐传论》,安徽大学出版社,2002年,第82页。

⑥(唐)李商隐著,刘学锴、余恕诚校注:《李商隐文编年校注·为安平公谢除兖海观察使表》,中华书局,2002年,第42页。

⑦ 赖瑞和:《唐代基层文官》,中华书局,2008年,第274页。云:"一般而言,唐人重京官,轻外官,但中晚唐外官的俸钱收入高于京官,又产生一种外官重于京官的趋势。"杜牧便是著例,曾三度请求外放。准此,入仕前后的李商隐依然重京官甚于外职,此现象在中晚唐文官心态中仍有其特殊性。

较低的兵、法尉^①，掌军防、刑法、盗贼等，职事官阶骤然从正九品上降为从九品上，更由中央贬至地方，清职沦为俗吏。此番调派对李商隐而言，无疑是一次重大打击，因此，赴任途中，经潼关、宿盘豆馆，不禁顿兴"关外心"^②之叹；到任后，更因"活狱忤观察使孙简，将罢去，会姚合代简，谕使还官"^③，才又多待了一年左右。开成五年（840）九月，任期当尚未届满^④，已迫不及待离职；十月，自怀州济源^⑤（河内郡，今河南沁阳）移贯长安樊南^⑥。其后，除短暂赴王茂元陈、许节度使幕（淮阳郡，今河南淮阳；颍川郡，今河南许昌）、周墀（793—851）华州刺史幕外，仍回长安参加调选，终于武宗会昌二年（842）春，再试吏部"书判拔萃"科中选，受秘书省"正字"，重返中央。

　　揆其"两被公选，再命芸阁"^⑦之举，正显示了意在京官的隐衷。李商隐起家官：秘书省"校书郎"，虽为正九品上小官，却是"文士起

---

① 砺波护：《唐代的县尉》，载刘俊文主编，夏日新、韩升、黄正建等译《日本学者研究中国史论著选译》，中华书局，1992年，第4卷第558—584页。赖瑞和：《唐代基层文官》，中华书局，2008年，第139页。

② （唐）李商隐著，刘学锴、余恕诚集解：《李商隐诗歌集解·出关宿盘豆馆对丛芦有感》，台北洪叶文化事业有限公司，1992年，第328页。后文凡引用李商隐诗，均据此书，为节篇幅，仅于文中标明页码，不复一一注明出处。

③ （宋）欧阳修、宋祁撰：《新唐书》卷二〇三《李商隐传》，中华书局，1975年，第5792页。

④ 赖瑞和：《唐代基层文官》，中华书局，2008年，第105页："县尉的平均任期是四年"；第108页："唐人每任一官，都有年限，一般为四年"。

⑤ 彼时李商隐弟羲叟奉母居于此地。详刘学锴：《李商隐传论》，安徽大学出版社，2002年，第132页。

⑥ 李商隐长安住处，详刘学锴：《李商隐传论》，安徽大学出版社，2002年，第178—179页。

⑦ （唐）李商隐著，刘学锴、余恕诚校注：《李商隐文编年校注·祭徐氏姐文》，中华书局，2002年，第690页。

家之良选"①,且最为诸校书之美职,若按正常管道迁转,甚至有机会官至宰辅,张说(667—731)、张九龄(678—740)、元稹(779—831)、李德裕(787—850)等,即其前例②。典型在夙昔,李商隐对此,应也心向往之,视为人生最大目标。因此,初离秘书省,尽管自怨自艾,无可如何,却终以强大的意志力,花了三年时间重回秘阁,新任"正字",官阶虽较"校书郎"低一等(正九品下),但"其官资轻重与校书郎同"③,皆"掌校典籍等工作",地位"比外州府参军、外县主簿和县尉等更为清贵"④,且"都是流内官","远胜许多未入流的流外官,而且将来的前景不错,可官至宰相,或爬升到中书舍人、给事中、侍郎、郎中等高官"⑤。此番矢志重返中央政府组织的行止,说明李商隐想走一条京官的道路——尤其辞弘农尉后,举家搬迁,落籍长安,更体现了破釜沉舟的决心。因为辞弘农尉后,前途未卜,能否重返西京、再任京官,尚在未定之数,而李商隐竟毅然决然占籍长安,这无异于打定主意在此落地生根、置之死地而后生了。可以说,长安是李商隐三十一岁以前,最在意、最看重的生命据点。

　　然而,宣宗大中元年(847)三月,历经丧母、家族迁墓、移家蒲州永乐(河东郡,今山西永济)、复官秘省、长子衮师出生等,年届三十六岁的李商隐,居然弃守多年来的坚持,辞去京官,等而下之选择了无品秩、任期不固定的幕职,离长安,赴桂林,远投桂管观察史郑亚

---

① (唐)杜佑撰,王文锦等点校:《通典》卷二六《职官八》,中华书局,1988年,第736页。

② 赖瑞和:《唐代基层文官》,中华书局,2008年,第15页。

③ (唐)杜佑撰,王文锦等点校:《通典》卷二六《职官八》,中华书局,1988年,第736页。

④ 赖瑞和:《唐代基层文官》,中华书局,2008年,第14页。

⑤ 赖瑞和:《唐代基层文官》,中华书局,2008年,第62页。

（？—851）幕（今广西桂林）下，担任"支使"，执掌奏记[①]。自此以后，李商隐便一直流转、迁徙于各幕府中，行踪遍湖南、徐州、东川、西川等地，开启了"在政治上穷途抑塞、生活上漂泊天涯的时期"[②]，直至宣宗大中十二年（858）冬，卒于荥阳，年四十有七。这大概是前半生觑定京官、多以都市为生活圈的李商隐，始料未及的事。

由此可见，赴郑亚桂幕，是李商隐后半生、近十二年流寓生涯的起点，于其生命中具有指标意义。不唯如此，桂幕为期并不长，始于大中元年（847）六月，讫于大中二年（848）三、四月间，约仅十个月，但诗作数量，据刘学锴、余恕诚《李商隐诗歌集解》统计，共七十六首，占其诗歌总数的五分之一，"这个数字和比例，充分说明桂幕时期是李商隐诗文创作的丰收期和又一个高潮期。从诗文创作的质量来说，也是他创作历程中的黄金时期"[③]。重要性不言而喻。基于此，本文以李商隐流寓桂林时期诗作为研究对象，透过文本分析，探赜诗人此一阶段的心灵世界。

文化地理学（Cultural Geography）学者认为，文本中的地理，并不等同于现地风景，如实映照外在世界，而系文学与地景（landscapes）的结合，是作者透过个人经验观照后，于文本中创造出来的空间[④]。而这一再现（represent）后的空间，"并非填充物体的容器，而是人类

---

① 戴伟华：《唐代使府与文学研究》，广西师范大学出版社，2007 年，第 35 页。戴伟华：《唐方镇文职僚佐考》，广西师范大学出版社，2007 年，第 419 页。戴伟华：《方镇使府掌书记与李商隐在桂管幕之幕职》，载张采民编《郁贤皓先生八十华诞纪念文集》，中华书局，2011 年，第 337—344 页。

② 刘学锴、李翰：《李商隐诗选评》，上海古籍出版社，2003 年，第 75 页。

③ 刘学锴：《李商隐传论》，安徽大学出版社，2002 年，第 267 页。

④ Mike Crang 著，王志弘、余佳玲、方淑惠译：《文化地理学》，台北巨流图书公司，2005 年，第 75、76 页。

意识的居所"①。循此,细究文本中的空间内涵,将可逆窥作者的潜在心理。因此本文将借镜加斯东·巴舍拉(Gaston Bachelard,1884—1962)在《空间诗学》②中所揭示的空间理论,观察李商隐桂管时期诗作如何描绘桂林? 如何塑造桂林地景及承载其流寓生涯的孤独感? 又如何透过此私密性的孤独感,激发日梦(rêveries),将空间转化为地方(place),创造出充满个人地方感(sense of place)的桂林文学地景(literary landscapes)? 以此深刻掌握李商隐流寓桂林时期的诗艺表现与潜在心理。唯须进一步分辨的是,《空间诗学》一书的研究范围仅限于"幸福空间"(espace heureux)、"被歌颂的空间"(espace louangés),而"很少提及有敌意的空间、仇恨与斗狠的空间"③。但细绎李商隐流寓桂林时期诗作的空间内涵,却含有上述两者,故下文所述,亦将涉及这两重空间,并分节展开讨论。

二、充满敌意的外部空间

　　李商隐所赴郑亚桂管,为唐代岭南地区五管之一,领有桂、梧、贺、连、柳等十四州,治所桂州,属中督府,户万七千五百,口

---

① 毕恒达:《家的想象与性别差异》,载加斯东·巴舍拉(Gaston Bachelard)著,龚卓军、王静慧译《空间诗学》"序",台北张老师文化事业股份有限公司,2010年,第14页。

② 毕恒达:《家的想象与性别差异》,载加斯东·巴舍拉(Gaston Bachelard)著,龚卓军、王静慧译《空间诗学》"序",台北张老师文化事业股份有限公司,2010年,第14页。

③ 加斯东·巴舍拉(Gaston Bachelard)著,龚卓军、王静慧译:《空间诗学》,台北张老师文化事业股份有限公司,2010年,第55—56页。又,空间、地景、地方、地方感等术语之意涵及彼此之间的异同,将于后续正文中提及处,再予说明、分辨。

七万一千一十八,县十一 ①,亦岭南一大重镇。但此重镇在李商隐眼中,却是个"俗杂华夷,地兼县道,文身椎髻" ② 的未开化之地;当其思乡殷切,"远书""归梦"两皆落空之际,面对无所不在却无从把捉的秋季氛围,竟至发出"只有空床敌素秋"(《端居》,页 646)之语,"敌"字下得奇险,却正显示了他与外部空间的紧张对立关系。总此,桂林于李商隐而言,称得上是加斯东·巴舍拉所说的"有敌意的空间"。下文即析论此一空间内涵。

(一)蛮荒之域:逼仄封闭、气候不调

1. 逼仄封闭

宣宗大中元年(847)六月九日 ③,李商隐随府主郑亚抵达桂林。未几,即写下一首题为《桂林》的五言律诗,诗云:

> 城窄山将压,江宽地共浮。东南通绝域,西北有高楼。神护青枫岸,龙移白石湫。殊乡竟何祷,箫鼓不曾休。(页 621)

诗中所写,代表了李商隐对桂林的第一印象,具体呈现了他眼中、心中的桂林。首、颔两联,描绘殊乡形胜;颈、尾两联,则写其风俗。请先论前者。

首联提供了两组意象:"城窄""山压";"江宽""地浮"。

---

① (宋)欧阳修、宋祁撰:《新唐书》卷四三上《地理志七上》,中华书局,1975 年,第 1105 页。

② (唐)李商隐著,刘学锴、余恕诚校注:《李商隐文编年校注·为荥阳公桂州谢上表》,中华书局,2002 年,第 1296 页。

③ 李商隐抵桂时间,冯浩定为四月;张采田定为五月初。此据刘学锴之说,详氏著:《李商隐传论》,安徽大学出版社,2002 年,第 263—264 页。

　　"城"当即指桂州城,城之"宽窄",系一相对概念,视其比较组而言。而李商隐此处隐然的比较组,或即他此次万里流寓行程的起点:长安城。据今考古资料显示,唐长安城东西 9721 米,南北 8651.7米,城周 37.7 公里,面积广达 84 平方公里[①]。放在古今中外历史都城来看,均罕见其匹,难有出其右者[②]。相较于这座气势恢弘、雄伟壮观的大唐帝国首都,桂林城区之幅员,自难望其项背。因此,李商隐言"城窄",可谓之实写。至于"山"景,亦写实。桂林本多山,可谓环桂皆山也,柳宗元(773—819)《桂州裴中丞作訾家洲亭记》即云:"桂州多灵山,发地峭竖,林立四野。"[③] 所指当即今日称为"喀斯特岩溶地形"形成的兀立石峰。其特点在于:由下往上,"自平地崛然特立""突起千丈"[④];然而,李商隐却对此特点视而不见,反强调其自上而下的动势:"压",此则显然已由实入虚,纯属个人心理的主观投射。桂林纵然群山环峙,总不至于由"城"上往"压"下,其为想象之词、文学笔法,固无可疑。李商隐是想表现出山势给人的压迫感;且是"'将'压",一种随时可能倾倒,瞬间轰然塌下的险峻之感。

---

① 叶骁军:《中国都城历史图录》,兰州大学出版社,1986 年,第 143 页。

② 王世平:《盛唐气象:恢弘灿烂的华美乐章》,浙江人民美术出版社,1999 年,第 28 页。"唐长安城……较面积三十五平方公里的西汉长安城大 2.4 倍,较七十三平方公里的北魏洛阳城大 1.2 倍,较四十五平方公里的隋唐洛阳城大 1.8 倍,较五十平方公里的元大都大 1.7 倍,较四十三平方公里的明南京城大 1.9 倍,较六十平方公里的明北京城大 1.4 倍,较今天还存在的明西安城大9.35 倍。在世界上,较公元 300 年修建的 13.68 平方公里的罗马城大 6.2 倍,较公元 447 年修建的 11.99 平方公里的拜占廷大 7 倍,较公元 800 年修建的30.44 平方公里的巴格达大 2.76 倍。"

③（唐）柳宗元:《柳宗元集》卷二七《桂州裴中丞作訾家洲亭记》,台北华正书局有限公司,1990 年,第 726 页。

④（宋）范成大:《志岩洞》,孔凡礼点校《范成大笔记六种·桂海虞衡志》,中华书局,2002 年,第 123 页。

　　第一组意象,成功传达出逼仄的空间感:原已并不宽敞的横向空间,更因险峻的山势,再添纵向空间的压迫感。一横一纵,描摹出桂林城的范围,具体勾勒出局促的城市规模。这样逼仄的空间感,对向来活动于北方繁荣都市、辽阔关中平原的李商隐而言,是非常陌生且难以适应的,试看同期之作《北楼》诗,其颈联曰:

　　　　异域东风湿,中华上象宽。(页716)

　　"异域"与"中华"对举,"湿"与"宽"对照,凸显出"异域"不如"中华"。"中华",原指华夏民族的发祥地:黄河流域一带,因居四方之中、文化美盛而得名,后亦代称京城、首都。在此指长安城。"上象"即"天象",不言"天象"而曰"上象",除平仄考量之外,盖"上"字可更精确地指明方位,与起句"东风"之"东"字形成严对;犹有进者,"上"字还能在语言的联想轴(associative axis)上,予人以"上邦""上国""上京"等丰富的联想,与首二字"中华"在语序轴(syntagmatic axis)上结合后,即传递出一种地域优越感的潜藏信息。又,古人相信"天则有列宿,地则有州域"[1],天上星宿与地面州域有其对应关系,如"井鬼"之于雍州;"翼轸"之于荆州,即所谓"分野"。天有多大,地便有多宽。因此,"中华上象宽"亦等同于"长安地域宽",以之与《桂林》诗之"城窄"对读,则李商隐如何看待、评价这两座城市,可以明晰了。此外,"山将压"之"山"字,纯用"始原语"[2]:即不假任何形容词以修饰"山"字,再与"城窄"语序相联系后,更烘

----

[1]（汉）司马迁:《天官书》,见〔日〕泷川龟太郎注《史记会注考证》卷二七,台北大安出版社,1998年,第83页,总第477页。

[2] 梅祖麟、高友工著,黄宣范译:《论唐诗的语法、用字与意象(上)》,《中外文学》1973年第10期。

托出此一"窄""城"的蛮荒感。纵言之,相较于长安城,桂林的一切都是蹙迫的、原始的。

第二组意象,"江",指的是桂州之漓水。据杜佑(738—812)《通典》云:

> 漓水,一名桂江。……其源多桂,不生杂树。①

又据《灵川县志》云:

> 漓江自白石而下,深潭广浸,与湘江埒。②

而"白石"者,即李商隐该诗颈联中的"白石湫",位"在县南三十五里"③。漓水过此,流域便益发深广。可见"江宽",亦是写实。并且,这应该对李商隐造成了颇为强大的视觉冲击,其《自桂林奉使江陵途中感怀寄献尚书》诗有"水势初知海"(页 676)句,自言观漓水而首次体认到大海,则可见漓江水势之湍急澎湃。但过渡至本句下三字"地共浮",则又属虚写、悬想之词。盖照常情而论,"地"不会"浮",更遑论"共"江而浮,故知此乃李商隐的进一步笔法,更夸大而逼真地描写出漓江水势之盛,一波波汹涌翻腾至崖岸,甚至掀动起岸上土地也随之上下起伏、高低俯仰,极目所见,尽是一片汪洋,渺漫无

---

①(唐)杜佑撰,王文锦等点校:《通典》卷一八四《职官八》,中华书局,1988 年,第 4924 页。

②(唐)李商隐著,刘学锴、余恕诚校注:《李商隐文编年校注·赛白石神文》,中华书局,2002 年,第 1518 页。

③(唐)李商隐著,刘学锴、余恕诚校注:《李商隐文编年校注·赛白石神文》,中华书局,2002 年,第 1518 页。

际,不辨牛马。

这组意象,一方面专写漓水江面之辽阔,落想奇特,出人意表,却又无理而妙,与上组意象一陆路一水路,分进合击,立体地描绘桂林城;另一方面透过水路之宽广,迂回曲折地侧写了陆路之狭隘,再次呼应、印证首句之"城窄",着眼点仍是其逼仄的空间感。

总结这两组意象,除了缘于文学笔法,企图传神捕捉桂林形胜之奇险外,并皆寓有双关之意。这又可分从两个层面言之。

就李商隐个人言,此次赴任西南边域,诚如前文所述,是他生命中一次重大的决定,从日后来看,也是一次重大的转折,夹杂着对自我人生目标的期待与对儿子未来前程的期许、小我与大我的拉锯、坚持与放弃的天人交战(详后文)。因此,此一阶段的李商隐,心情相当低落、沉郁、起伏不定,并不平静。

再就当日政局言,武宗朝是晚唐最具中兴气象的时期,尤其会昌三年(843)发动的两次对外、对内战争:讨伐回鹘与泽潞叛镇刘稹(?—844),都取得胜利,直可视为此一中兴气象的最高峰。而这主要得力于武宗所任用的宰相李德裕(787—849),以及对他的完全信任。李德裕堪称晚唐最杰出的宰相,对于回鹘、藩镇,一致采取强硬的政治措施,绝不姑息妥协;对于北司宦官,也以巧妙手段令其自行收敛,缔造了"唐自肃宗以来,内竖之不得专政者,仅见于会昌"①的政治奇迹。双管齐下的结果,终于重振李唐皇室声威,再现大唐气势。可惜,会昌四年(844)八月,平定泽潞后的武宗,志得意满之余,开始追求长生不老,耽溺于服食金丹,身婴痼疾,"旬日不能言。诸宦官密于禁中定策",阴立光王怡(即日后的宣宗)继位。会昌六

---

① (清)王夫之:《读通鉴论》卷二六,台北汉京文化事业有限公司,1984年,第928页。

年（846）三月二十三日，武宗崩。三日后，宣宗即位。宣宗"素恶李德裕之专"①，不久即"罢李德裕为检校司徒、同中书门下平章事，荆南节度使，俄徙东都留守"，解平章事。明年（847）二月，又以"太子少保分司东都，再贬潮州司马"。又明年（848），"贬为崖州司户参军事"。越明年（849），李德裕遂卒于崖州（珠崖郡，今海南三亚）②。此一政治斗争，也影响了李商隐赴桂、居桂时的决定与心情。这除了因为李商隐的政治立场接近李德裕，赞成其强硬的政治作为之外，尚如叶嘉莹所云："义山当日的府主桂管观察使郑亚与李德裕又有着密切的关系，则义山自己之仕途，在此一政局之改变中，当然也会受到很大的影响。以义山终身之坎壈，对于此种变故之发生，除了感慨国事以外，如果说他也揉杂有自己的身世之感，当然也是可能的。"③

　　综合上述两个层面，则李商隐笔下所体现的局促桂林城，便也象征着他此一时期的心灵世界，是其内在方寸图景的外现：群山压向桂林城头，犹如私事、国事沉甸甸压向李商隐心头；令桂林城仿若载浮载沉于其间的壮阔漓水，应当也让李商隐联系起自己多年来的宦海浮沉，官场风波，兴起恐将灭顶之叹。邓中龙曾解析此诗道：

　　　　第一联"城窄山将压，江宽地共浮"也绝不是赞美的句子。高山峭竖，仿佛要压倒狭窄的城市，则住在这城中的人，自然有一种闷得透不过气来的感觉，大概也不需要再加解释了。江面

---

① （宋）司马光著，（元）胡三省注：《资治通鉴》卷二四八，台北天工书局，1988年，第8023页。
② （宋）欧阳修、宋祁撰：《新唐书》卷一八〇《李德裕传》，中华书局，1975年，第5341页。
③ 叶嘉莹：《李义山〈海上谣〉与桂林山水及当日政局》，载《中国古典诗歌评论集》，台北源流文化事业有限公司，1983年，第96页。

太宽,连地面都仿佛与江水共浮,则住在地面上的人,是不是也有一种四顾茫然的感觉呢?　①

所论甚是,可与本论点相补充。

首联二句,属定点聚焦的特写,颔联则将镜头拉远,转由全幅宏观的角度,鸟瞰桂林,从大处落笔。出句"东南通绝域",此亦实写。桂林及其东南,均属唐代岭南道,以地处遐荒、未尽开发,向为流人之所②;更远,即是涨海,今"中国南方以外的广阔海域"③。桂林虽"去海犹千余里"④,但一直被视为滨海,至有"桂海"之称⑤。而遐荒、大海,均恶劣、极远之地,故曰"绝域"⑥。李商隐此句谓:桂林已是中原大地陆路的最后一站,前无去路,再一步,将涉身险境,有蹈海之危。

① 邓中龙:《李商隐诗译注》,岳麓书社,2000 年,第 743 页。

② 尚永亮:《唐五代逐臣与贬谪文学研究》,武汉大学出版社,2007 年,第 80 页。"从高宗朝开始,岭南道已是文人贬官的首选之地。"

③ 陈佳荣:《涨海考》,载阎文儒、陈玉龙编《向达先生纪念论文集》,新疆人民出版社,1986 年,第 649—661 页。

④ (宋)范成大:《杂志》,孔凡礼点校《范成大笔记六种·桂海虞衡志》,中华书局,2002 年,第 128 页。

⑤ (梁)江淹《杂体诗三十首·袁太尉》有"文轸薄桂海,声教独冰天"句,李善注:"南海有桂,故云桂海。"见(梁)萧统编,(唐)李善注:《文选》卷三一,台北艺文印书馆,1991 年,第 28a 页,总第 462 页。此云"桂海",仍属泛称。以之专指桂林,未详其始于何时,然李商隐《上尚书范阳公启》第一启,已有"去年远从桂海,来返玉京"之句。见(唐)李商隐著,刘学锴、余恕诚校注:《李商隐文编年校注》,中华书局,2002 年,第 1788 页。其后,又有范成大《桂海虞衡志》专书,并诗数首,均以"桂海"称桂林。此名遂流传寝广。

⑥ "绝域"一词,于唐宋之间属具有专有名词的性质,《新唐书》卷二二一《西域传下》赞曰:"东至高丽,南至真腊,西至波斯、吐蕃、坚昆,北至突厥、契丹、靺鞨,谓之'八蕃',其外谓之'绝域'……"(宋)欧阳修、宋祁撰:《新唐书》卷二二一,中华书局,1975 年,第 6264 页。

落句"西北有高楼",论者或谓此楼即桂林北城之城楼雪观楼①。所考固是。但此句实为虚笔,不须落实为言。不论所指为何楼,其方位总在西北;西北何所有? 有京华,有故乡也。因此,该句要传达的是:眺望京华、想念故乡之思,而西北向的高楼,适足以协助他满足、完成所思。李商隐另有一首五律《北楼》,专门写此,其尾联云:

　　　　此楼堪北望,轻命倚危栏。(页 716)

句中"此楼",即诗题上的"北楼",亦《桂林》诗中的"西北有高楼"。该楼之所以"堪北望",乃因北望可以望乡;望乡之切,令诗人一至于轻贱生命、不顾危险敧倚于高栏之上,欲藉延伸身体可能之极限,以此探身北向之势,更靠近故乡一寸——无论是实质上的,或心理上的靠近。以此回扣"西北有高楼"一句,可窥见其意旨。再转进一层言,虽有西北高楼可供眺望故乡,终究可望而不可即,心,纵可飞渡千山,返回长安;身,却依然还牢牢扎根在原点,双脚无论如何也跨不出桂林城。循此,与其"有高楼"还不如"无高楼",至少可以斩断所有念头,不存任何一点幻想。如今徒有高楼,却无济于事,改变不了泥淖般进退不得的现况,情绪更为哀婉。

　　结合上述两句,远镜鸟瞰下的桂林,成了一个左冲右突却始终冲决不出的封闭空间。字面上虽曰"通",曰"有",但实际上是无路可通,一无所有。白居易(772—846)《严谟可桂管观察使制》称桂林"东控海岭,右扼蛮荒"②,精确定位桂林所在区域:东与"海岭"、西与

①(宋)范成大:《杂志》,孔凡礼点校《范成大笔记六种·桂海虞衡志》,中华书局,2002 年,第 128 页。
②(唐)白居易:《严谟可桂管观察使制》,《全唐文》卷六五七,中华书局,1983年,第 6a 页,总第 6686 页。

"蛮荒"毗邻,为海、岭、荒重重包围,正是封闭空间的具体化描述。

而在此空间形态背后,自然也潜藏了李商隐一段幽微心事,不单纯只是描绘地理而已,姚培谦即云:

> 山重水阔,南则杳然绝城,北则但有高楼,孤身作客,真无可告诉之地也。①

邓中龙亦云:

> 如果我们更深一层的来分析一下作者写此诗时的心境,似乎还可以牵引到作者在这两句诗中所涵蕴的某种心态,那就是:我从长安远来桂郡……万里投荒,到此已无路可走,远眺东南,此路只能通向滨海绝域;回首西北,楼台高耸,也是可望而不可即。……第三四句,就绝对不可以当作纯粹写地势的句子来看待了。……若纯作写景诗看,那就实在有负作者的深意了。②

所述均深中肯綮。一言以蔽之,李商隐那"无可告诉"的"深意",盖穷途末路之悲也。

2. 气候不调

除了上述以视觉勾勒、建构桂林形胜之外,李商隐还透过身体各种感官去认识、掌握桂林气候,从而呈现出充满视觉、听觉、触觉意象的桂林四季。

---

① (唐)李商隐著,(清)姚培谦笺注:《李义山诗集笺注》卷三,京都中文出版社,1979年,第6a页,总第117页。
② 邓中龙:《李商隐诗译注》,岳麓书社,2000年,第743页。

春天如《思归》：

岭云春沮洳，江月夜晴明。（页719）

写岭头白云至春依然浊重潮湿 ①，以致白天天色阴霾，反倒是夜晚，澄江映月，一片"晴明"。又如《北楼》：

异域东风湿，中华上象宽。（页716）

写春风袭来，湿热黏腻，全无半点春寒料峭之感。"湿"字仄声，短促急收，对比平声"宽"字之洪声悠扬，则其身处"异域"气候下的烦躁与难耐，尽在其中矣。又如《昭州》：

桂水春犹早，昭川日正西。（页726）

写"气候既自舛错" ②，春天姗姗来迟，未见踪影，不知尚待多久？着一"犹"字，透露多少期待与无奈。

秋天如《访秋》：

殷勤报秋意，只是有丹枫。（页650）

---

① 左思《魏都赋》"隔壤纤漏而沮洳"，张铣注："沮洳，泉泥相和貌。"杜甫《龙门镇》："细泉兼轻冰，沮洳栈道湿。"朱熹《诗集传》笺释《诗经·汾沮洳》"彼汾沮洳，言采其莫"，亦云："水浸处下湿之地。"
② （唐）李商隐著，（清）姚培谦笺注：《李义山诗集笺注》卷四，京都中文出版社，1979年，第11b页，总第156页。

写秋意不浓,唯见"丹枫"尽力妆点,"内地习见之萧瑟秋色殊不易睹","故特访寻之"①。又如《海上谣》:

> 桂水寒于冰,玉兔秋冷咽。(页651)

写秋天桂江出奇寒冷,有甚于冰,即连月宫中的玉兔也感此寒冰而抽咽哭泣。又如《桂林道中作》:

> 地暖无秋色,江晴有暮晖。(页672)

写桂林秋天地气尚暖,红绿争发;江面晴朗,铺着薄薄一层夕照。全无秋日凄清氛围,"气候绝异京师"②。

冬天则如《高松》:

> 有风传雅韵,无雪试幽姿。(页642)

写桂林冬天风大③,却无雪,高松无从藉严冬霜雪以展现其苍翠挺拔之姿。又如《即日》:

---

① 刘学锴、余恕诚:《李商隐诗歌集解》,台北洪叶文化事业有限公司,1992年,第651页。

② 朱鹤龄笺注,程梦星删补:《李义山诗集笺注》卷上,台北广文书局,1989年,第54b页,总第316页。

③ (宋)范成大:《杂志》,孔凡礼点校《范成大笔记六种·桂海虞衡志》,中华书局,2002年,第128页。"桂林多风,秋冬大甚,拔木飞瓦,昼夜不息。俗传:朝作一日旨,暮七日,夜半即弥旬。……予试论之,桂林地势,视长沙、番禺千丈之上,高而多风,理固然也。"

　　　　　独抚青青桂,临城忆雪霜。(页714)

仍写桂林冬季无雪,只能抚桂树遥忆之。

　　综上所述,李商隐笔下的桂林气候,似乎经常四季不调:春湿、秋暖而冬无雪,难以捉摸,难与和谐共处。

　　而事实上,桂林天候果真如此恶劣? 恐未必然。且看李商隐之前,杜甫(712—770)所写《寄杨五桂州谭》:

　　　　　五岭皆炎热,宜人独桂林。梅花万里外,雪片一冬深。闻此宽相忆,为邦复好音。江边送孙楚,远附白头吟。①

一、二句藉由小、大对比,凸显"桂林"和"五岭"与众不同之处:气候宜人,并不炎热。何以为证? 三、四句即补充申述道:因为下雪,而且下得又广(万里外)又多(一冬深)。黄鹤笺此句云:"岭南无雪,惟桂林有之。"②可见桂林不但降雪,且还是岭南地带唯一降雪之域,此正其"独""宜人"处。再看李商隐后,范成大(1126—1193)《桂海虞衡志序》(1176)云:

　　　　　始予自紫薇垣,出帅广右,姻亲故人张饮松江,皆以炎荒风土为戚。余取唐人诗,考桂林之地,少陵谓之"宜人",乐天谓之"无瘴",退之至以湘南江山胜于骖鸾仙去,则宦游之适,宁有逾于此者乎! 既以解亲友而遂行。……既至郡,则风气清淑,果如

---

① (唐)杜甫著,(清)杨伦笺注:《杜诗镜铨》卷八,台北天工书局,1994年,第339页。

② (唐)杜甫著,(清)杨伦笺注:《杜诗镜铨》卷八,台北天工书局,1994年,第339页。

所闻……①

再其后，周去非（1135—1189）《岭外代答》（1178）亦云：

> 桂林气候，与江浙颇相类。……杜子美谓宜人独桂林，得之矣。②

杜甫未曾到过桂林，所描述的桂林好处，系出自耳"闻"，或许不够有说服力，但范成大、周去非两人皆以亲身践履的方式，走访桂林，印证杜甫所"闻"之桂林气候，再三确认、肯定其"宜人"；兼以这两部著作均属地理志，故所载内容，具有相对的真实性，非徒乡壁虚造者可比。总此，桂林气候之佳，言而有据，信而可征，并非空穴来风。

循此，便可再进一步追问：李商隐又为何如此"丑化"桂林气候？叶嘉莹析论《海上谣》"桂水寒于冰"句时尝云：

> 桂水是否确较江水为寒冷，虽并无切实记录可考，惟就一般地理观念言之，则桂林远在炎方，其地之水实不当较江水为寒冷。是则"桂水"二字虽为实有之地，而"寒于江"三字的形容，则可能已非实写其温度之寒暖，而当另有一份写远在异域的冷

① （宋）范成大：《桂海虞衡志序》，孔凡礼点校《范成大笔记六种》，中华书局，2002年，第81页。又，韩愈：《送桂州严大夫》，见钱仲联集释《韩昌黎诗系年集释》卷一二，上海古籍出版社，1998年，第1242页。"苍苍森八桂，兹地在湘南。江作青罗带，山如碧玉篸。户多输翠羽，家自种黄甘。远胜登仙去，飞鸾不假骖。"

② （宋）周去非：《岭外代答》卷四《风土门》，《丛书集成新编》第九四册，台北新文丰出版社，1985年，第146页。

落凄寒之感的喻示了。①

析论《北楼》"花犹曾敛夕,酒竟不知寒"句时又云:

　　如今远在炎方的桂林,虽然计算时节,该已是春天,但却并没有这些显示出鲜明的季节变化的与诗人"相干"的春日之感受,在这种寂寥落寞的心情中欲求强欢,所以才有开端之"春物岂相干,人生只强欢"之语。而第三句的"花"及第四句的"酒",便正是叙写诗人欲藉看花饮酒以求强欢的一种情绪。然而炎方的春日既无万紫千红轮番开放的盛事,所见的唯一属于花的变化的仅有槿花之朝开暮萎而已。是故诗人才说"花犹曾敛夕",这正是诗人看花以求"强欢"所得的感受。至于就"饮酒"言,则如在北国中原,每当春来之际,往往余寒犹厉,所以诗人们向来在赏花时也常要饮酒,这不仅因饮酒的微醺可增加赏花的意兴,同时也因春寒犹厉才更需要在赏花时饮酒以抵御身外的春寒,何况在身外的春寒中也才更能领略到饮酒的兴致。如今李义山既远在炎方,则虽欲勉强藉饮酒以求强欢,然而却可惜竟全无身外春寒之感,如是则情味全非矣,所以才会说"酒竟不知寒"。这两句诗合起来读,乃是写义山在炎方春来之际,因全然不见使他感到"相干"的"春物"之变化,然而人生行乐耳,所以乃有借着看花饮酒以求强欢之意。看花枝强欢虽然犹可感到仅花朝开暮萎的一点变化,可是饮酒的强欢却竟然全无助人酒兴的身外春寒之感。在这二句诗中,义山实在不仅写出了炎方的

① 叶嘉莹:《李义山〈海上谣〉与桂林山水及当日政局》,载《中国古典诗歌评论集》,台北源流文化事业有限公司,1983 年,第 78 页。

气候,也写出了自己在异域勉强寻欢的一种惆怅无聊的心情。①

所论极为深细,令人信服,故不惮其烦征引如上。简言之,并非桂林四季不调,是李商隐心情不调;并非桂林气候不宜人,而是李商隐心情不宜人。桂林的好,多被李商隐个人寥落的主观心情给遮蔽了;反之,桂林之恶,则被李商隐有意无意放大,乃至以偏概全了。

据此,还可解答一个问题:何以杜甫、黄鹤、范成大、周去非再三致意、称赏的桂林冬雪,李商隐却偏说"无雪"? 岂其有意与前人抬杠,大作翻案文章? 试阐之,其故或有二:一则,心情低落,无心赏雪,对雪视若无睹,故武断径言"无雪";二则,南方桂林纵有冬雪,但看在久惯北方隆冬大雪的李商隐眼中,根本不成其为雪,范成大《桂海虞衡志》尝云:

> 南州多无雪霜,草木皆不改柯易叶,独桂林岁岁得雪,或腊中三白,然终不及北州之多。②

可见桂林虽然岁岁有雪,有时甚至可以腊中得雪三次,但整体而言,雪量普遍不算丰沛。李商隐对此,正所谓"登泰山而小天下""观于海者难为水",故曰"无雪"。

由是以推,在李商隐的内心深处,始终有个隐形的空间对照图式:北方/南方,长安/桂林;而那个春寒料峭、秋意凄清、冬雪覆城的北方长安城,方为李商隐独在异乡为异客时,心心念念之所在,故

---

① 叶嘉莹:《关于评说中国旧诗的几个问题》,《迦陵谈诗二集》,台北东大图书股份有限公司,1985年,第52—53页。

② (宋)范成大:《杂志》,孔凡礼点校《范成大笔记六种·桂海虞衡志》,中华书局,2002年,第128页。

处处拏定长安与桂林相比较。《即日》诗云：

> 桂林闻旧说,曾不异炎方。(页714)

题下自注:"宋考功有'小长安'之句也。"按,宋考功,即宋之问(约656—712),晚年流放钦州(宁越郡,今广西钦州),后赐死于桂州。对于宋之问是否有"小长安"之句,曾引起一些争论①,却可姑置弗论。总之,李商隐所"闻旧说",即桂林有"小长安"之称。这点,或许让他抱着或安然或期待的心情,选择了桂幕,前往桂林,以为此去不会有太大的适应不良,无需调整过多的心态——未料,想望落空,桂林何尝有一点长安的影子? 简直与其他"炎方"无异! 一个"曾"字,表露多少诧异,流露多少失落。也正因为诧异、失落,所以李商隐更要努力在桂林寻找长安意象,复制长安感觉,以便说服自己有继续栖身下去的勇气。换言之,李商隐是拿着一把长安的尺,衡量桂林,甚至挑剔桂林,欲以长安代替桂林,而非走进桂林,化身其中,以发现殊乡之美。

(二)落后之乡:不可/不愿理解的当地风俗

前文尝谓,李商隐初抵桂林后所写《桂林》,后半描绘当地风俗。诗云:

> 神护青枫岸,龙移白石湫。殊乡竟何祷,箫鼓不曾休。(页621)

---

① 刘学锴、余恕诚:《李商隐诗歌集解》,台北洪叶文化事业有限公司,1992年,第714—715页。

颈联双句，一写岸上，一写湫底，都充满灵怪色彩。岸上神迹为：

> 五岭之间多枫木，岁久则生瘤，一夕遇暴雷骤雨，其树赘暗长三五尺，谓之"枫人"。越巫取之作术，有通神之验，取之不以法，则能化去。①

白石湫的历史典故是：

> 昔藏妖蜃，伤堤害物。南齐永明四年，始安内使裴昭明梦神女七人，云冠玉佩，各执小旗圭印，自言为荆楚以南司祸福之神，此方被妖蜃所害，今当禁之于白石湫。既觉，询其故，得知。先时湫水险急，舟触无所不败，乃为建祠秩祀，水遂平。②

可见"青枫岸""白石湫"俱当地实景，而李商隐又缀以"神护""龙移"点染之，更增添其两地神秘迷茫、若有神焉的灵异氛围。

但李商隐之所以选择这两个特写镜头入诗，其意并不在猎奇，而是批判。尾联曰："殊乡竟何祷，箫鼓不曾休。"上句对于当地乡民的祷告仪式，充满难以理解、不可置信之意，玩其"竟"字可知；下句则对伴随着祷告仪式而来的吹箫打鼓，嘈嘈切切，深觉"聒耳不休"，透露出一种不耐、烦躁之感，味其"不曾休"三字可得。而在此联开端，李商隐特别志以"殊乡"二字，其反面义即为：他所自来的"故乡"不

---

① （西晋）嵇含：《南方草木状》卷中，《景印文渊阁四库全书》第五八九册，台湾商务印书馆，1983 年，第 1a 页，总第 6 页。

② （明）曹学佺：《广西名胜志》卷二，四库全书存目丛书编辑委员会编《四库全书存目丛书》史部第一七〇册《大明一统志》，台北庄严文化事业有限公司，1996 年，第 5a 页，总第 330 页。

会如此,如此迷信,如此落后。这显然有一种文化上的优越感,自处于一个高高在上的指导位置。但追根究底,种种不适应感,其实都来自"自伤留滞""作客异乡之愁绪"①,是此番愁绪的发泄、反扑,乃一藉否定对方以贞定自我价值的心理机制表现。

其后,李商隐又有《异俗》二首:

> 鬼疟朝朝避,春寒夜夜添。未惊雷破柱,不报水齐檐。虎箭侵肤毒,鱼钩刺骨铦。鸟言成谍诉,多是恨彤襜。
>
> 户尽悬秦网,家多事越巫。未曾容獭祭,只是纵猪都。点对连鳌饵,搜求缚虎符。贾生兼事鬼,不信有洪炉。(页720—721)

题下自注:"时从事岭南。"故知诗题之"异"字,指的便是桂林。二诗前六句,几乎皆以列举的方式,一句一风俗,遍数当地可怖可怪之事,"未惊""不报""未曾""只是"数语,藉当地居民之司空见惯、不以为意,反衬自己的瞠目结舌、不知所对,逼显出"异"样之感。再于结尾处,暗透讽刺、否定之意,如第二首:

> 末则云巫风所染,文士亦信鬼神而不自信自然造化之道,盖深慨南中之荒远迷信,王化所不及。②

此外,又有《昭州》:

---

① 前者为清代屈复《玉溪生诗意》之说;后者乃刘学锴、余恕诚《李商隐诗歌集解》之说。引自刘学锴、余恕诚:《李商隐诗歌集解》,台北洪叶文化事业有限公司,1992年,第623页。
② 刘学锴、余恕诚:《李商隐诗歌集解》,台北洪叶文化事业有限公司,1992年,第726页。

桂水春犹早,昭川日正西。虎当官道斗,猿上驿楼啼。绳烂金沙井,松干乳洞梯。乡音吁可骇,仍有醉如泥。(页726)

《射鱼曲》:

思牢弩箭磨青石,绣额蛮渠三虎力。寻潮背日伺泅鳞,贝阙夜移鲸失色。纤纤粉箨馨香饵,绿鸭回塘养龙水。含冰汉语远于天,何由回作金盘死。(页729)

并皆描写极力呈现其蛮荒、原始、落后的风俗,且表达出抗拒、害怕的心态,如"乡音吁可骇""何由回作金盘死"等语。

葛兆光《山海经、职贡和旅行记忆中的异域记忆》云:

古代中国人相信自己的"文明",而想当然地认定四夷的"野蛮",当他们仍处在这一历史传统中,挟着本土的想象去看异域的生活时,总是把一些恐怖怪异、不可理喻的事情附益在自己并不熟悉的空间里。①

特别突出"夷"与自身的差异性。而这种凸显,表面上是对异俗"不可"理解,但深层心理却是"不愿"理解,因为一旦愿意理解,就代表了接受异俗、融入当地,循此,仿佛就背叛了过去的自己,摧毁了坚持多年的价值体系,这对很多人而言,是猝然难以接受的事。李商隐此时此刻的焦躁不安、烦闷难耐,正反映了这种矛盾心理。

---

① 葛兆光:《山海经、职贡和旅行记忆中的异域记忆》,载钟彩钧、杨晋龙主编《明清文学与思想中之主体意识与社会——学术思想篇》,台北"中研院"文哲所,2004年,第355页。

　　而吊诡的是,李商隐的初衷虽不在猎奇,但最终却以其一而再、再而三的否定、批判书写,意外塑造了属于他自己的桂林地景,介入了书写桂林、建构桂林"场所精神"(genius loci or spirit of place)的集体行列,不断召唤着后代的桂林游人与读者,满足了他们猎奇的眼光与期待。

　　尽管李商隐对桂林当地浓厚的迷信风俗深不以为然,甚至嗤之以鼻,但身为"支使",却仍必须为长官撰写各式祈祷文,以祭祀诸神。总计十个月中,李商隐便写了将近二十篇赛文,数量之众、频率之繁,远胜日后其他幕府期间;而所祭对象,广被众灵,就中还包括他原本惊诧的白石神。《赛白石神文》曰:

　　　　年月日,赛于白石之神。……昨者俯忧旱岁,俾祷遗祠。果能爱我大田,贶余膏泽,不俟于公之雪狱,无烦洛令之曝身。……①

祈求白石神能解桂林旱灾于倒悬。

　　综上所述,李商隐对桂林的观察非常准确,也非常全面。初抵桂林时所写的《桂林》诗,已将桂林地貌、民俗,一网打尽,这不得不令人佩服诗人的敏锐观察。而除了宏观扫描桂林空间外,李商隐其实也曾踏访过不少桂林地点,如《海上谣》(页651),据叶嘉莹的诠解,诗中意象与神话,多与桂林岩洞现地场景若合符节,其写作灵感当即来自亲身游览②。它如《桂林道中作》《江村题壁》(页672、页674)

①(唐)李商隐著,刘学锴、余恕诚校注:《李商隐文编年校注·赛白石神文》,中华书局,2002年,第1518页。
②叶嘉莹:《李义山〈海上谣〉与桂林山水及当日政局》,载《中国古典诗歌评论集》,台北源流文化事业有限公司,1983年,第77—88页。

二诗,均其近游桂林之作;《自桂林奉使江陵途中感怀寄献尚书》诗
更将桂林诸多形胜如:伏波柱、舜庙、严城、独秀山等,均宣之于诗。
可见李商隐"在桂林时,必曾对当地之山川留有极深刻之印象"。"不
过,义山毕竟不是一位以记叙景物为满足的诗人,他的诗篇中,几乎
无不蕴蓄有他自己个人所特具的一种深微幽隐的情意,而且此种情
意与他的身世遭际更往往结合有密切之关系。"因此,他"单纯写景
之诗则不仅数量极少,而且甚至几乎可以说没有,因为义山的诗,即
使是以写景为标题的,他所写的也必然不仅是眼前所见的景物而已,
而一定糅合有他自己内心所引发感兴的一份情意"。因此,即如《海
上谣》一诗,"虽然可能曾自岩洞中之奇景获得灵感,可是其内容所
写却绝不仅是义山所见的岩洞中的景象而已,而一定有着更深的含
意"①。

　　换言之,桂林形胜只是李商隐藉以抒发情志的出发点,他并不正
面刻画山川景色,因此,这些景色的抒情性大于写实性,抽象多于具
象。从这样的书写特色中可以分辨出:李商隐无意将桂林视为一个
"地方"(place),而只当作"地景"(landscape)。两者之别在于:

　　　　地景结合了局部陆地的有形形势(可以观看的事物)和视
　　野观念(观看的方式)。地景是个强烈的视觉观念。在大部分地
　　景定义中,观者位居地景之外。这就是它不同于地方的首要之
　　处。地方多半是观者必须置身其中。②

---

① 叶嘉莹:《李义山〈海上谣〉与桂林山水及当日政局》,载《中国古典诗歌评论
　集》,台北源流文化事业有限公司,1983年,第74—75页。
② Tim Cresswell 著,徐苔玲、王志弘译:《地方:记忆、想象与认同》之《导论:定
　义地方》,台北群学出版有限公司,2006年,第19—20页。

据此,李商隐不住在桂林地景里——李商隐观看桂林地景。

三、笼罩幸福辉光的私密空间

因外部空间充满敌意,所以李商隐宁愿转过身去,躲入个人小小的内部空间,独自日梦、伤悼、悬想远方家屋。此时的李商隐成了一名隐遁者,于桂林城中觅得"引退之所",深深蜷伏,犹如一只飞累了的北方燕子,敛翮收翅,于窝巢中舐舐着自己疲倦、褪色的羽毛。那窝巢或许才真正逼仄封闭,但对李商隐而言,却是一个笼罩着幸福辉光、具有私密性的广阔自由空间。

所谓"私密性"(intimacy),余德慧《诗意空间与深广意识》分析道:

> 意味着"人与自己的关系",亦即,人蜷伏在世间某个空间,在那里,人自身与自己最接近,亦即最富有真挚性。在此所谈的"真挚"并不含有任何道德的意思,而是"深入自己"的不能自己,所谓"家屋"则是自身的栖息处,但是指的是"非现实"那部分,也就是"情态氛围"。①

凭借着这"情态氛围",人们因而拥有了"足以抵抗敌对力量"②的勇气,勇于"日梦"。"日梦"在加斯东·巴舍拉的《空间诗学》中

---

① 余德慧:《诗意空间与深广意识》,载加斯东·巴舍拉(Gaston Bachelard)著,龚卓军、王静慧译《空间诗学》"序",台北张老师文化事业股份有限公司,2010年,第7页。

② 加斯东·巴舍拉(Gaston Bachelard)著,龚卓军、王静慧译:《空间诗学》,台北张老师文化事业股份有限公司,2010年,第55页。

具有关键性地位,其言曰:

> 家屋是人类思维、记忆与梦想的最伟大整合力量之一。而
> 这整合中的根本原理,就是日梦。①

而唯有"我们身在自己孤寂独处之空间"②时,方能到达此一境界。
简言之,孤寂感正是激发日梦最直接的根源。下文即析论此一空间
内涵。

(一)高阁:心灵休憩的疗养所

从李商隐写于桂林城内的诗作可以发现,其寓所系一靠近"夹
城"的高阁,他将自己安顿其上,深居简出。

请先看其《晚晴》:

> 深居俯夹城,春去夏犹清。天意怜幽草,人间重晚晴。并添
> 高阁迥,微注小窗明。越鸟巢干后,归飞体更轻。(页626)

首联"俯"字,表明人在高处,可以下瞰,下瞰"夹城",也下瞰"幽
草"。颈联即明确点出其所在位置:"高阁",阁中且有一"小窗"。也
因为人在高处,所以几乎平视即可看到"越鸟"归巢。同时期诗作
《寓目》(页528)有"小幌风烟入,高窗雾雨通"句,此"高窗"即彼
"小窗",李商隐便在这高迥、密闭的阁楼上,渡过春去夏来,承受着晚

---

① 加斯东・巴舍拉(Gaston Bachelard)著,龚卓军、王静慧译:《空间诗学》,台
北张老师文化事业股份有限公司,2010年,第68页。
② 加斯东・巴舍拉(Gaston Bachelard)著,龚卓军、王静慧译:《空间诗学》,台
北张老师文化事业股份有限公司,2010年,第70页。

晴雾雨，自锢于一"孤寂独处之空间"。也正因为这份孤寂，李商隐展开了"日梦"的翅膀，让自己飞翔于现实身体所不能到的远方。这归功于他的栖身之处，"拥有塔楼的垂直纵深（verticalité）"，而如此一座塔楼，既"展现了人类存有的垂直纵深，也具有梦境上的完整度"①。

　　颔联"幽草"，既是眼中所见实景，也暗喻自己；草生长于幽暗处，即如自己流寓于桂管——相较于中原，僻处西南的桂林，自然也属"幽"处了——但尽管如此，李商隐安慰"幽草"，也安慰自己，"天意"无私，雨露均沾，不因处地之幽明而有所偏私。此"天"，亦同样双关，既是"老天"，也是"天子"。因此，即便"晚晴"、桑榆暮景，也自有其值得"珍重"的价值。这不能说不是李商隐的日梦！他之所以会有这样的日梦，从《空间诗学》的角度来说，是因为"屋顶代表理性"，"越接近屋顶之处，我们的思考与做梦越清明，因此我们爬上阁楼以获取清楚的视野"，"当我们爬上阁楼的时候，不会为奇怪的声响所震慑，因为我们位于理性的区域"②。当我们梦到跟高度有关的事情时，我们是处于知性投射的理性领域里③。

　　因为此番理性的自我说服，瞬间觉得天地无限辽阔起来，故有颈联"并添高阁迥"之句。雨后初晴的夕阳，又适时煦煦射入窗棂："微注小窗明"，将这阒寂的阁楼，映照得一片明亮，让阁楼中的隐遁者对自己的未来有了"山重水复疑无路，柳暗花明又一村"的惊喜之感，

---

① 加斯东·巴舍拉（Gaston Bachelard）著，龚卓军、王静慧译：《空间诗学》，台北张老师文化事业股份有限公司，2010年，第89页。

② 加斯东·巴舍拉（Gaston Bachelard）著，龚卓军、王静慧译：《空间诗学》，台北张老师文化事业股份有限公司，2010年，第15页。

③ 加斯东·巴舍拉（Gaston Bachelard）著，龚卓军、王静慧译：《空间诗学》，台北张老师文化事业股份有限公司，2010年，第81页。

同时也拥有了温暖感受。加斯东·巴舍拉曾如此形容家屋中的理想塔楼，其言曰：

> 里面有一方"狭窄的窗户"，射出一道"简洁的光"。……不断以其君临空间的姿态张望着过去。①

又曰：

> 我们可能觉得，阁楼的小房间似乎太过狭小，也可能觉得它夏热冬冷。然而，现在，透过日梦在回忆中的重新捕捉，我们很难说明白，究竟经过了什么融合，让这个阁楼的小房间既宽大又窄小，既温暖又凉爽，总是让人感到安慰。②

所述竟几与李商隐此联诗歌意境吻合！准此，再回观首联落句"春去夏犹清"之"清"字，也就可以理解，那不仅仅只是因为"晚晴"：傍晚雨霁天晴，客观温度上的清爽，更是栖居于高阁之上的诗人，主观心境上感受到的清爽。此外，李商隐更"触及了寂静的绝对状态，寂静空间扩展为浩瀚感（immensité）"③。诚如加斯东·巴舍拉引述《马力克瓦》一书所言：

---

① 加斯东·巴舍拉（Gaston Bachelard）著，龚卓军、王静慧译：《空间诗学》，台北张老师文化事业股份有限公司，2010年，第89页。
② 加斯东·巴舍拉（Gaston Bachelard）著，龚卓军、王静慧译：《空间诗学》，台北张老师文化事业股份有限公司，2010年，第72页。
③ 加斯东·巴舍拉（Gaston Bachelard）著，龚卓军、王静慧译：《空间诗学》，台北张老师文化事业股份有限公司，2010年，第112页。

没有什么东西能够像寂静一般,让我们感受到一种无边无际的空间感。……声音的阙如却让空间更显纯粹,而在寂静当中,我们陷入了某种巨大、深沉而没有界限的感受当中。①

尾联"越鸟巢干后,归飞体更轻"。此处,"越鸟"显然是李商隐的自喻。同时期之作,如《深树见一颗樱桃尚在》:

　　越鸟夸香荔,齐名亦未甘。(页624)

《念远》:

　　北思惊沙雁,南情属海禽。(页656)

皆属同一种手法。既如此,则李商隐所蜷曲的高阁,便也具备了巢窝(nids)的功能。加斯东·巴舍拉尝论及巢窝意象如下:

　　对鸟而言,巢窝无疑地是一个美好温暖的家。它是生命的居所。
　　而鸟之于巢窝,就等于人之于家屋。具有双向隐喻的作用。
　　窝巢,就像所有关于休憩、宁静的意象般,总会直接与一户单纯的家屋联结在一起。②

---

① 加斯东·巴舍拉(Gaston Bachelard)著,龚卓军、王静慧译:《空间诗学》,台北张老师文化事业股份有限公司,2010年,第113页。
② 加斯东·巴舍拉(Gaston Bachelard)著,龚卓军、王静慧译:《空间诗学》,台北张老师文化事业股份有限公司,2010年,第173、177、178页。

准此,这桂林高阁便成了李商隐心灵休憩的疗养所,养好伤、晒干翅膀后,便可轻快地飞回北方。

此外,加斯东·巴舍拉又尝云:

> 阁楼上总是有"'往上攀爬'到阁楼的阶梯,这种阶梯比较陡峭,也更原始一些,因为它们的特色,就是上升到一个更安静、孤寂之处。当我回到阁楼上,梦见往日的时光,我便再也无法走下来"。①

李商隐桂林时期诗作中,与阁楼意象有异曲同工之效的,还包括"城楼"。因其"宅与严城接"(《自桂林奉使江陵途中感怀寄献尚书》,页676),所以,李商隐也经常爬上城楼,徘徊于城楼之上,"再也无法走下来"。除前文曾提过的《北楼》"此楼堪北望,轻命倚危栏"(页716),又如《城上》:

> 有客虚投笔,无憀独上楼。(页640)

题为《城上》,故知句中"楼",乃是城楼。李商隐因烦闷而无所归依,"上楼"远眺,拟消散心中"无憀"。如何消散? 往往借酒浇愁。如《访秋》:

> 酒薄吹还醒,楼危望已穷。(页650)

楼上醉酒,酒醒后恢复理智,分外清楚知晓,纵然登高可以望远,但视

---

① 加斯东·巴舍拉(Gaston Bachelard)著,龚卓军、王静慧译:《空间诗学》,台北张老师文化事业股份有限公司,2010年,第91页。

野依然有限,渴望见到故乡,终归望而不见。又如《思归》:

固有楼堪倚,能无酒可倾。……鱼乱书何托,猿哀梦易惊。（页719）

从"固有……能无"的句型中再次说明,当李商隐伫立城楼、锦书无托时,酒是唯一的陪伴者,是其获得精神慰藉的最后倚靠。

（二）旧居:终要归返的远方家屋

诚如前文反复所述,居桂时期的李商隐,其意向、视线总是投向西北方,西北方的首都长安城,城南的旧日家屋。

加斯东·巴舍拉论及家屋的好处,曰:

家屋庇护着日梦,家屋保护着做梦者,家屋允许我们安详入梦。

就日梦而言,对于狭小、单纯、紧缩的孤寂空间的片刻回忆,我们经验到的却是一个窝心的空间、不想要往外扩延的空间,而想要一直这样保持下去。①

李商隐正是藉由蜷缩"窝巢"般的高阁、想望远方幸福家屋,以抵御那充满敌意的外部空间。与此同时,家屋亦由庇护所变成一个"隐遁者的坚强堡垒","隐遁者必须在里面学会征服恐惧""征服孤独"②。

---

① 加斯东·巴舍拉（Gaston Bachelard）著,龚卓军、王静慧译:《空间诗学》,台北张老师文化事业股份有限公司,2010年,第68、72页。
② 加斯东·巴舍拉（Gaston Bachelard）著,龚卓军、王静慧译:《空间诗学》,台北张老师文化事业股份有限公司,2010年,第115页。

《念远》云：

> 日月淹秦甸，江湖动越吟。（页 656）

"秦甸""越吟"对比，拉出一北一南夐远的空间距离。又如《桂林道中作》：

> 村小犬相护，沙平僧独归。欲成西北望，又见鹧鸪飞。（页 672）

西北望，自是望长安。但视线却为层峦迭嶂所遮，故乡可望而不可即；可即者，独眼前"飞必南翥""其志怀南，不徂北也"[1] 的鹧鸪鸟，就更添悲伤，因为李商隐是要"徂北"的！再加上"鹧鸪"之啼"行不得也哥哥"，一声声都是家的呼唤。姚培谦笺云："犬护僧归，人、物各有依栖之所，而望乡远客，又见鹧鸪之恼我情绪也，真是无可奈何。"[2]

　　再如《访秋》：

> 江皋当落日，帆席见归风。（页 650）

"眼穿当落日"，落日西向，自然也是望向故乡。又如《即日》：

———————

[1]（明）李时珍：《本草纲目》卷四八《禽二》引《禽经》，《景印文渊阁四库全书》第七七四册，台湾商务印书馆，1983 年，第 31b—32a 页，总第 375—376 页。
[2]（唐）李商隐著，（清）姚培谦笺注：《李义山诗集笺注》卷三，京都中文出版社，1979 年，第 13a 页，总第 131 页。

　　几时逢燕足,着处断猿肠。独抚青青桂,临城忆雪霜。(页714)

　　尽管身之所立,在桂林城头,但心之所忆,却是北方霜雪。

　　甚至,李商隐的视线还深入旧日家屋的某个熟悉角落。如《寓目》云:

　　　　新知他日好,锦瑟傍朱栊。(页528)

　　"新知"者,近知,最近知道也;"他日",既可指过去某一日,也可指未来某一日①,味其上下文语意,显指前者。此句盖谓:近几日才体会到过去的美好。如何美好?"锦瑟傍朱栊"。"锦瑟"是李商隐诗中重要意象,除腾于众口、却言人人殊的《锦瑟》("锦瑟无端五十弦",页1420)之外,凡两见,一见于此;一见于悼亡诗《房中曲》:"归来已不见,锦瑟长于人。"(页1034)合而观之,可想见李商隐平日卧房中当置有锦瑟。"栊"者,窗上棂木、格木,鬃以朱漆,则又可想见卧房之暖香旖旎,而乐器锦瑟,即置于此朱窗底下。这个有锦瑟、朱栊的僻静角落(coin),过去不觉其好,"当时只道是寻常",如今,在时空的遥隔下,却别具有意义了,拥有了"地方"的意涵,让远在南方桂林高阁上的李商隐,独自品味着那僻静角落里特有的宁静②,仿佛可以听到自丝弦流泻而出的琴音,仿佛可以触摸得到那朱红窗牖的纹路色泽,想起过去琴瑟和鸣的美好回忆。加斯东·巴舍拉曰:

　　　　家屋的内部配置营造的不是一个同质地方,而是一连串有

---

① 王锳:《诗词曲语辞例释》第二次增订本,中华书局,2011年,第290页。
② 加斯东·巴舍拉(Gaston Bachelard)著,龚卓军、王静慧译:《空间诗学》,台北张老师文化事业股份有限公司,2010年,第71页。

自己的记忆、想象和梦想的地方。……家是享有特权的地方，塑造了人们继续思索更宽广宇宙的方式。①

据此，李商隐引导读者感应到某些特质——如幸福感、安全感、宁静感，但它们是诗意象所欲呈现的意境②，并不完全等同于现实中那个长安城南的樊南家屋。李商隐把"自己放在一个日梦的门槛上"，"让自己栖身在过去的时光里"③。

又如《思归》：

旧居连上苑，时节正迁莺。（页 719）

"上苑"，汉上林苑也，"苑南至御宿，亦即樊川"④。《诗经·小雅·伐木》："伐木丁丁，鸟鸣嘤嘤。出自幽谷，迁于乔木。"此二句固是实写，但更重要的是，李商隐在追忆中赋予了"旧居"金碧辉煌的想象：与皇家南苑"连"成一气。这是视觉。此外，更兼有听觉：百啭黄莺，此起彼落。共同营造出一个可能存在的美好空间。加斯东·巴舍拉说：

借着重新活在受庇护的记忆中，让自己感到舒服。⑤

① Tim Cresswell 著，徐苔玲、王志弘译：《地方：记忆、想象与认同》之《导论：定义地方》，台北群学出版有限公司，2006 年，第 43 页。
② 加斯东·巴舍拉（Gaston Bachelard）著，龚卓军、王静慧译：《空间诗学》，台北张老师文化事业股份有限公司，2010 年，第 29 页。
③ 加斯东·巴舍拉（Gaston Bachelard）著，龚卓军、王静慧译：《空间诗学》，台北张老师文化事业股份有限公司，2010 年，第 75 页。
④ 刘学锴：《李商隐传论》，安徽大学出版社，2002 年，第 179 页。
⑤ 加斯东·巴舍拉（Gaston Bachelard）著，龚卓军、王静慧译：《空间诗学》，台北张老师文化事业股份有限公司，2010 年，第 67 页。

李商隐居长安樊南时,正任秘书省"正字",对未来仕途还有一份单纯的期待、幻想。彼时的李商隐,谅必有种受到庇护的感受,深觉那是一处可以遮风避雨、想象未来宏图的庇护所。如今,透过日梦,即可以随时、自由回到那美好家屋,也回到那段自我人生的黄金岁月。

再如《夜意》:

> 帘垂幕半卷,枕冷被仍香。如何为相忆,魂梦过潇湘。(页648)

日有所思,夜有所梦。该诗写李商隐梦见妻子远涉潇湘前来相会;梦寐之际,但见帘幕半卷,枕虽冷而衾被似犹残留余香,仿佛妻子真的来过。将虚幻梦境描摹得缠绵婉转,情意动人。但既然是梦寐之际,则第一、第二"景句",便既可以是指桂林寓所,也可以是指长安旧居,迷离惝恍,似梦似真,真时疑假。循此,所写衾被之香气,其实正是过去记忆家屋(maison du souvenir)中那"独一无二的味道,而这味道正是私密感的标志"①。

综上所述,相较于但视桂林外部空间为"地景",李商隐有意在桂林觅得一座小小阁楼,蜷伏其中,营造一个属于自己的私密空间,让此"空间"变成"地方",营造一个充满李商隐个人"地方感"(sense of place)的空间。所谓"地方",是指:

> 人类创造的有意义的空间。它们都是人以某种方式而依附其中的空间。这是最直接且常见的地方定义——有意义的区位(a meaningful location)。……当人将意义投注于局部空间,然后

---

① 加斯东·巴舍拉(Gaston Bachelard)著,龚卓军、王静慧译:《空间诗学》,台北张老师文化事业股份有限公司,2010年,第76页。

以某种方式依附其上,空间就便成了地方。①

至于"地方感",则是指:人类对于地方有主观和情感上的依附,是"一个地方对局内人(住在那里的人)和局外人(到访者)激起的主观感觉"②。藉由回忆起旧日长安"家屋",李商隐让"整个往日时光都进驻到新家屋里来了"③,因而可以"安居"(logeés)在桂林高阁寓所,并从中找到归属感。

四、余论

"观看先于言语","然而,这种先于言语的观看,这种永远无法以言语完全阐述的观看,并不是机械式的刺激反应。……我们只看见我们注视的东西。注视是一种选择行为。……我们注视的从来不只是事物本身;我们注视的永远是事物与我们之间的关系"④。藉由约翰·柏格(John Berger)《观看的方式》的提法,可知:李商隐的桂林空间书写,正是他主观选择后的观看行为,行诸语言后的再现,绝非客观视觉接触下,桂林风景地理的呈现。李商隐的个人背景、主观意识等"前理解"(pre-understanding),已事先决定了他"不看见什么""看见什么"以及"如何看见"。

---

① Tim Cresswell 著,徐苔玲、王志弘译:《地方:记忆、想象与认同》之《导论:定义地方》,台北群学出版有限公司,2006 年,第 14、19 页。
② Paul Cloke、Philip Crang、Mark Goodwin 编,王志弘等译:《人文地理概论》之《地方》,台北巨流图书有限公司,2006 年,第 302 页。
③ 加斯东·巴舍拉(Gaston Bachelard)著,龚卓军、王静慧译:《空间诗学》,台北张老师文化事业股份有限公司,2010 年,第 67 页。
④ 约翰·柏格(John Berger)著,吴莉君译:《观看的方式》,台北麦田出版社,2011 年,第 10—11 页。

　　至于造成李商隐如此观看桂林、书写桂林空间的"前理解"为何？亦即究竟是什么原因，使李商隐放弃京官，远逐桂林，乃至于心情如此低落？刘学锴认为这是"朝局变化中的选择"，其言曰：

> 在牛党势力复炽、李德裕政治集团遭到有计划的打击时，商隐罢秘省正字而入李德裕主要助手之一郑亚的幕府，其行动的政治含义和所表示的政治倾向是相当清楚的。这既不能用"为贫而仕"来解释，也不是单纯酬答恩知，而是在较长时期的观察与思考的基础上作出的一种政治抉择。①

所论甚是。但，"为贫而仕"确属不可回避的现实考量。

　　武宗会昌四年（844）三月暮春，李商隐举家自长安樊南搬至蒲州永乐（今山西芮城），"搬家的原因，可能是由于长安米珠薪桂，生活费用太高，居大不易"②。可见两年多的京华生活，已使李商隐的生计捉襟见肘，难免断炊之虞，"加上会昌三年（843）以来，为母亲的丧葬及其他亲属的迁葬，已花费了他这些年来仅有的积蓄"③。此后，李商隐便常有"贫病相仍"的自道之语，如《上李舍人状七》云："某羁官书阁，业贫京都。"④《樊南甲集序》云"十年京师寒且饿"，自称旁人称己为"樊南穷冻人"⑤。武宗会昌六年（846），李商隐长子李衮师诞

① 刘学锴：《李商隐传论》，安徽大学出版社，2002 年，第 249 页。
② 刘学锴：《李商隐传论》，安徽大学出版社，2002 年，第 213 页。
③ 刘学锴：《李商隐传论》，安徽大学出版社，2002 年，第 213 页。
④（唐）李商隐著，刘学锴、余恕诚校注：《李商隐文编年校注·上李舍人状七》，中华书局，2002 年，第 1174 页。
⑤（唐）李商隐著，刘学锴、余恕诚校注：《李商隐文编年校注·樊南甲集序》，中华书局，2002 年，第 1713 页。

生，前此，他已先有了一女，如今又添一口，生活开销无疑更大，更迫切需要一份稳定、持续、无缝接轨的工作，而不能静待漫漫无期的"守选"，所以，秘书省"正字"尚未秩满，李商隐便马上接受了郑亚桂管幕府之邀。

所谓"守选"，盖指唐代官员一任届满后，尚需等候若干年，才有机会选上下一任官。此所以《新唐书·选举志》有"士人二年居官，十年待选"①之说。这造成唐代低层官员，往往严重"就业不足"，并非经常都有官做，但"方镇使府的幕佐不必守选"②。李商隐此番自投桂幕，一来，解除了即将任期届满之秘书省"正字"的"守选"警报，二来，也着眼于至少四年后，无论是另觅新幕府，或是再度入朝为京官，亦皆无需"守选"，符合他现实经济情况之所需。

此外，相较于京官多有任期，或三年或四年，且每年都需一次考课、考绩，"巡官、推官和掌书记等幕职的任期，则不固定，可长达十多年，亦有短至一年，甚至几个月者，视幕佐和府主的私人依附关系而定"③。李商隐此行，亦可谓下了赌注，只要幕职时间超过京官的三到四年，便已值得——况且，幕职薪水还远高于京官。

戴伟华《唐代的方镇和使府》一文尝言："文人进入幕府，大致由两个因素决定：仕进与生计。"④而李商隐入桂管，显是为了生计。那么，其前、后两任官职的俸钱究竟多少？据赖瑞和研究，会昌年间"校

---

① （宋）欧阳修、宋祁撰：《新唐书》卷四五《选举志下》，中华书局，1975年，第1179页。
② 赖瑞和：《唐代基层文官》，中华书局，2008年，第287页。
③ 赖瑞和：《唐代基层文官》，中华书局，2008年，第279页。
④ 戴伟华：《唐代使府与文学研究》，广西师范大学出版社，2007年，第18页。

书郎""正字"的薪俸是 16000 文 [1]；应聘桂管，担任的是"支使"，据戴伟华研究，此地位相当于地方畿县上县令，而这个等级的县令，俸钱 40 贯，相当于 40000 文，比起"正字"，整整多了 24000 文，且"幕职的收入很好，实际收入当更多"[2]。因此，"生活困难的文士就希望方镇辟召他们入幕或帮助他们解决实际困难"[3]。所以，收入较丰、足以担负较为沉重的家计、为儿女提供较好的生活条件，应该是让李商隐放弃多年京官坚持的原因之一 [4]。

李衮师是李商隐唯一的香火，因此，自然对他抱着很大的期望，期望他将来能成为帝王之师——一如当初父亲对自己的期许一样。这从"商隐""衮师"的名字意涵即可觇一斑。李商隐对于儿女的怜爱与期待，在诗中表露无遗。《骄儿诗》云：

　　便为帝王师，不假更纤悉。（页 846）

太太过世后，李商隐的悼亡诗《房中曲》云：

　　娇郎痴若云，抱日西帘晓。（页 1034）

---

① （唐）白居易著，谢思炜校注：《白居易诗集校注·常乐里闲居偶题十六韵兼寄……方时为校书郎》，中华书局，2009 年，第 447 页。"小才难大用，典校在秘书。……俸钱万六千，月给亦有余。"亦可为旁证。

② 戴伟华：《唐代使府与文学研究》，广西师范大学出版社，2007 年，第 26 页。

③ 戴伟华：《唐代使府与文学研究》，广西师范大学出版社，2007 年，第 26 页。

④ 赖瑞和：《唐代基层文官》，中华书局，2008 年，第 274 页。"晚唐诗人李商隐，一生绝大部分时间都在各幕府任幕职……就俸料钱而言，他的收入应当可观，可能还好过他那些在京城朝中任官的朋友。"

《王十二兄与畏之员外相访见招小饮时余以悼亡日近不去因寄》亦云：

> 嵇氏幼男犹可悯，左家娇女岂能忘。（页1088）

甚至，当他再一次为了家计，远赴四川，遇到来自长安的故人，也忙着打探衮师的近况，写下《杨本胜说于长安见小儿阿衮》，云：

> 渐大啼应数，长贫学恐迟。寄人龙种瘦，失母凤雏痴。（页1214）

"长贫"一语，透露了李商隐此一阶段心中最大的隐忧。而这忧虑，并非为了自己，而是怕耽误了儿子的"学"。幕府较高的薪水，正足以供给儿子较好的学习条件，解决燃眉之急，但如此一来，也就离自己的理想越来越远。这或许便是李商隐此次既选择远赴桂林、却又不能安于桂林，心绪低落，以至于如此书写桂林空间的可能原因了。

（原刊《古代文学理论研究》2019年第1辑）

惊恐的喻象——从韩愈、柳宗元笔下的岭南山水看其贬谪心态

〔日〕户崎哲彦

中国的山水文学发展到唐代,有所开拓。其中贡献最大的,是古文家柳宗元(773—819)。他的好友韩愈(768—824)也写过不少山水文学作品,而至今很少有人关注。韩、柳二人的山水文学具有共同之处,例如他们将石山比喻为剑戟,又将山林视为监牢,这些都是新的文学手法、新的观念。韩、柳描写岭南的恶劣险恶、令人恐惧的自然环境,既丰富了山水文学的内涵,也使中国山水文学在唐代展开了新的一面。

一、韩愈、柳宗元对岭南山水的新的比喻及新的观念

中国南方与北方在许多方面存在不同,山水也不例外,尤其是五岭北麓及其以南地区,以喀斯特地形发达举世闻名。那里雨多河多,石灰岩地带很发达,雨水自古侵蚀溶岩,随处有奇山怪石,江河绕流其间。韩愈、柳宗元都是北方人,先后被贬到此地,目睹山水,都觉得新奇、惊异,但是他们描写的不一定是优美的山水。

（一）用"剑戟"比喻石山的表现手法

柳宗元在柳州作《与浩初上人同看山寄京华亲故》诗，云："海畔尖山似剑铓，秋来处处割愁肠。若为化得身千亿，散上峰头望故乡。"[①] 这首诗较有名，主要原因在于"海畔尖山似剑铓，秋来处处割愁肠"这两句新奇的表现，深深印入读者心里。例如苏轼《东坡题跋》卷二《书柳子厚诗》条云："仆自东武适文登，并海行数日，道傍诸峰，真若剑铓。诵柳子厚诗，知海山多尔耶。子柳子云：'海上尖峰若剑铓，秋来处处割人肠……'"[②] 又同书《对韩柳诗》条云："韩退之诗云：'水作青罗带，山为碧玉簪。'柳子厚诗云：'海上群山若剑铓，秋来处处割愁肠。'陆道士云：'二公当时不相计会，好做成一属对。'东坡为之对云：'系闷岂无罗带水，割愁还有剑铓山。'此可编入诗话也。"[③] 苏轼的对句见《苏轼诗集》卷四十《白鹤峰新居欲成，夜过西郊翟秀才二首》其一。韩、柳二人描写岭南山水都很新颖，形成了鲜明的对照。韩愈将桂林的石山视为"碧玉簪"，加以赞美，柳宗元则把柳州的石峰看成"剑铓"，表现忧愁。此外，柳诗《得卢衡州书因以诗寄》亦云："临蒸且莫叹炎方，为报秋来雁几行。林邑东回山似戟，牂牁南下水如汤。"[④] 岭南地区确实有奇峰林立的特殊地形，柳宗元看到它就联想到剑戟。但是这种看法并不算新奇。柳文留给苏东坡等

---

① （唐）柳宗元撰，尹占华、韩文奇校注：《柳宗元集校注》卷四二《与浩初上人同看山寄京华亲故》，中华书局，2013 年，第 2773 页。

② （宋）苏轼撰，（明）茅维编，孔凡礼点校：《苏轼文集》卷六七《书柳子厚诗》，中华书局，1986 年，第 2108—2109 页。

③ （宋）苏轼撰，（明）茅维编，孔凡礼点校：《苏轼文集》卷六七《对韩柳诗》，中华书局，1986 年，第 2116 页。

④ （唐）柳宗元撰，尹占华、韩文奇校注：《柳宗元集校注》卷四二《得卢衡州书因以诗寄》，中华书局，2013 年，第 2828 页。

宋代名人的印象很深,其实,喜欢把山看成剑戟的就是韩愈,如《郴口又赠二首》其一云:"山作剑攒江泻镜,扁舟斗转疾于飞。"[①] 又《送区册序》云:"阳山,天下之穷处也。陆有丘陵之险、虎豹之虞;水有江流悍急,横波之石,廉利侔剑戟。"[②] 这些"作""侔"是隐喻,字义同"如""似"。此外,韩愈有"石剑"的专用语,如《答张彻》诗云:"泉绅拖修白,石剑攒高青。"[③] 又《喜侯喜至赠张籍张彻》诗云:"地遐物奇怪,水镜涵石剑。"[④]《南山诗》云:"参参削剑戟,焕焕衔莹琇。"[⑤] 此处"剑戟"亦指石山奇峰。关于用剑戟比喻石山的表现法,清人方世举注《南山诗》指出已见于《水经注》"立石崭岩,亦如剑杪"[⑥],这与柳文"似剑铓""似戟"的比喻手法相同,都是明喻。但韩愈用过五次,最后形成了"石剑"的词语,可以说是韩愈爱用的比喻法,又集中在一段时期。除《南山诗》外,其他四例指的都是岭南连州一带的石山,皆作于贞元十九年(803)末至元和元年(806)之间。韩愈笔下岭南的奇峰形成了固定的形象,因为那些石山很有特色,留给他的印象极为深刻。唯《南山诗》一首作于召还到京之后不久的元和元年(806)初秋,可见在岭南时掌握的比喻手法影响了《南山诗》。

---

① (唐)韩愈撰,(宋)魏仲举集注,郝润华、王东峰整理:《五百家注韩昌黎集》卷九《郴口又赠二首》,中华书局,2019年,第569页。

② (唐)韩愈撰,(宋)魏仲举集注,郝润华、王东峰整理:《五百家注韩昌黎集》卷二一《送区册序》,中华书局,2019年,第1005页。

③ (唐)韩愈撰,(宋)魏仲举集注,郝润华、王东峰整理:《五百家注韩昌黎集》卷二《答张彻》,中华书局,2019年,第143页。

④ (唐)韩愈撰,(宋)魏仲举集注,郝润华、王东峰整理:《五百家注韩昌黎集》卷二《喜侯喜至赠张籍张彻》,中华书局,2019年,第156页。

⑤ (唐)韩愈撰,(宋)魏仲举集注,郝润华、王东峰整理:《五百家注韩昌黎集》卷一《南山诗》,中华书局,2019年,第50页。

⑥ (唐)韩愈著,(清)方世举编年笺注,郝润华、丁俊丽整理:《韩昌黎诗集编年笺注》卷四《南山诗》注,中华书局,2012年,第213页。

　　韩愈对"剑"是如何形容的呢？韩愈作过一篇题为《利剑》的古调诗："利剑光耿耿,佩之使我无邪心。故人念我寡徒侣,持用赠我比知音。我心如冰剑如雪,不能刺谗夫,使我心腐剑锋折。决云中断开青天,嚱! 剑与我俱变化归黄泉。"[①]据此分析,凡"剑"的形象有三:(甲)形状:长而尖锐;(乙)颜色:发光清冽;(丙)功能:作为武器,刺、斩,能伤害人。前二者都是外观的特点,是给诗人留下视觉上的印象。后者刺伤、斩杀等功能,是内在特点,让诗人感到恐惧,如人们常说"刀光剑影",佛教也有"刀山火海""刀山油锅"等说法。当然,这三种形象分不开,诗人比喻都具有这三个特点,故用得恰当,但是韩、柳二人对"剑"的形容有些不同。韩愈用的重点主要在于(甲)和(乙)的方面,如"廉利""参参削"("参参",长貌)、"高青"。又韩愈《感春三首》其三云:"艳姬蹋筵舞,清眸刺剑戟。"[②]宋人孙汝听注:"言眸子清朗如剑戟之刺,甚称其俊快也。"[③]但柳宗元的用法注重于(丙)。他在柳州时,对一样的连峰既说"岭树重遮千里目"[④],又说"海畔尖山似剑铓"。后一句主要是指(丙),虽与韩诗"石剑攒高青"等相同,但用"尖"字来强调特点,然后说"秋来处处割愁肠",因"尖",故"割"。这样用"剑"的比喻表露了诗人的恐惧情绪。韩愈的比喻应该是一样的,如"地遁物奇怪,水镜涵石剑"之后说"荒花穷漫

① (唐)韩愈撰,(宋)魏仲举集注,郝润华、王东峰整理:《五百家注韩昌黎集》卷二《利剑》,中华书局,2019年,第167页。

② (唐)韩愈撰,(宋)魏仲举集注,郝润华、王东峰整理:《五百家注韩昌黎集》卷七《感春三首》,中华书局,2019年,第421页。

③ (唐)韩愈撰,(宋)魏仲举集注,郝润华、王东峰整理:《五百家注韩昌黎集》卷七《感春三首》注,中华书局,2019年,第422页。

④ (唐)柳宗元撰,尹占华、韩文奇校注:《柳宗元集校注》卷四二《登柳州城楼寄漳汀封连四州》,中华书局,2013年,第2815页。

乱,幽兽工腾闪"①,这表现了在南方山川里潜藏的各种危险性,映在江水的"剑"样般的石山不仅仅代表其"高""青"的视觉性特征,同时表现了诗人的心理感受,那就是似一把把利剑袭来的恐惧感。这样,用"剑"比喻奇山秀峰的修辞法与用"莲""塔""林""簪"等的比喻完全不同。

(二)将山林视为"牢狱"的比喻及其观念

柳宗元在永州写过一篇《囚山赋》。这篇作品也属于山水文学,但与《永州八记》等山水游记不同,非常特殊。不但在柳宗元作品中,而且在历代山水文学中也极为罕见。宋人晁补之《续楚辞》指出这一点说:"仁者乐山。自昔达人有以朝市为樊笼者矣,未闻以山林为樊笼也。宗元谪南海久,厌山不可得而出,怀朝市不可得而复,丘壑草木之可爱,皆陷阱也,故赋《囚山》。"②这也说明了对山水"正""负"相反的形象。据了解,将朝市看成樊笼的古代"达人"之中最有名的是陶渊明,他的《归园田居》其一结尾说:"久在樊笼里,复得返自然。"③比他早的有老子、庄子等道家。道家向往"自然",回归田野山林,孔孟等儒家却与此相反。儒家追求文明制度,推动官僚社会化。因此"以朝市为樊笼""复得返自然"的观念可谓属于老庄思想。简单说,这里有儒家价值"朝"与道家价值"野"的对立。之后,随着官僚制度的发展和社会的文明化、复杂化,又随着佛教思想

---

① (唐)韩愈撰,(宋)魏仲举集注,郝润华、王东峰整理:《五百家注韩昌黎集》卷二《喜侯喜至赠张籍张彻》,中华书局,2019 年,第 156 页。

② (唐)柳宗元撰,尹占华、韩文奇校注:《柳宗元集校注》卷二《囚山赋》集评,中华书局,2013 年,第 175 页。

③ (晋)陶渊明著,逯钦立校注:《陶渊明集》卷二《归园田居五首》,中华书局,1979 年,第 40 页。

的渗入,文官们开始寻找逃避充满矛盾的官场的出路,产生了所谓
"吏隐""中隐"等的意识形态,这就是摸索"朝"与"野"统一的生活
方式,体现者诸如宋之问、王维、刘禹锡、白居易等,唐代自称"吏隐"
的文官居多。他们不论在京或左迁外地,身为官而心不羁,向往生活
在自然中的自由境界,唐代爱好山水的风尚也是如出一辙。因此,即
使有"以朝市为樊笼"的发言,也不应归于道家思想,"以朝市为樊
笼"并不代表什么哲学思想上的派别。当时的文官多少都有以官场
为樊笼、对吏隐的向往的观念。晁补之开头说的"仁者乐山",出于
《论语》。《论语》说:"知者乐水,仁者乐山。"据晁补之的理解,自古
有乐山乐水的生活,儒家圣贤也乐山乐水。因此"以山林为樊笼"的
文官很少,在唐可能只有柳宗元一人,直至宋代,晁补之"未闻"。不
只是晁补之,还有陆游。陆游仿效《囚山赋》作了《囚山》诗。这也
是柳文对宋人的影响之一。其实,除了柳宗元,据笔者所知,还有韩
愈,例如他在《祭河南张署员外文》里回顾被贬到岭南时说:"彼婉
娈者,实惮吾曹。侧肩帖耳,有舌如刀。我落阳山,以尹鼯猱;君飘
临武,山林之牢。岁弊寒凶,雪虐风饕。颠于马下,我泗君咻。"[1] 其
中,"我落阳山,以尹鼯猱;君飘临武,山林之牢"这四句,作文极为巧
妙,总结了他们生活在岭南的自然环境。"阳山"即连州阳山县,"张
员外"即朋友张署,被贬到"临武",即郴州临武县,在州西南。两地
相近,都在五岭正中。"以尹鼯猱""山林之牢"两句相通,都表现了
流放地的野蛮而恶劣的环境,也都表露了对"婉娈者"如此处分"吾
曹"的愤怒。韩、柳二人用法的共同点就在这里。柳宗元《囚山赋》
说:"楚越之郊环万山兮……攒林麓以为丛兮,虎豹咆嗥代狴牢之吠

---

① (唐)韩愈撰,(宋)魏仲举集注,郝润华、王东峰整理:《五百家注韩昌黎集》
卷二二《祭河南张署员外文》,中华书局,2019 年,第 1063 页。

嗥……匪兕吾为柙兮,匪豕吾为牢。"①说"柙""牢",不说"樊笼"。南方的自然环境因恶劣危险,似牢狱,而"匪兕吾为柙""匪豕吾为牢"等说法包含着以人为野兽的那些凶恶无能者的狠毒的用意,因此韩愈也说"以尹麏猱"。韩、柳的比喻及其观念可谓相同。

这样,"樊笼"的比喻表示官场的拘束与对自然的向往,而"囚山""山林之牢"的比喻则表示自然的拘束与对官场的向往,脱身向往的方向正相反,"吏隐"的观念应在两者之间,但与"樊笼"者相同,都以自然为美丽温柔。这表明官僚社会发展到唐代产生了矛盾而又复杂化的文官观念。人做官,政治思想或生活理想难以实现,又多少感到不自由,但发牢骚也不容易,若一发,大则赐死,小则被流放,因在"山林之牢",或出为地方官吏,只好游览山水,一时舒眉展眼。"以山林为柙牢"的人对自己受到的处分表示抗议,而"吏隐"的人就甘受现实,自己韬光养晦。到了中唐时期,向往"吏隐"者渐多,"以山林为牢"者是对山水的一个新的比喻,也是一个新的观念。从韩、柳二人作品的时间关系上看,柳宗元《囚山赋》作于元和九年(814),韩愈《祭河南张署员外文》作于元和十二年(817),有可能韩愈看到《囚山赋》这新奇的观念和"匪兕吾为柙兮,匪豕吾为牢"的说法,受到启发,炼句为"山林之牢"。然而韩愈写的是贞元十九年(803)之事,或许已有这种观念,不知当时的韩愈作品中有类似的比喻表现与否,但传到今天的作品中没有,因此难以确定谁先谁后。目前至少可以说两点:"以山林为樊笼"的观念,说得准确些,"以山林为牢狱"的说法和观念与"囚山"相同,都是"自昔未闻"的新的观念,这不只是柳宗元独有的,还有韩愈。韩、柳山水文学特点不仅在

---

① (唐)柳宗元撰,尹占华、韩文奇校注:《柳宗元集校注》卷二《囚山赋》,中华书局,2013年,第170—171页。

赞美山水这"正"的方面,还在"以山林为樊笼"这种"负"的方面,再进一步说,韩、柳山水文学的共同特点就在对山水"负"方面的恐怖、憎恶的表白。

二、对山水风土的惊异与恐惧

如上所述,韩、柳二人的山水文学有"剑""牢"的比喻,都表露了对自然有一种恐怖感。确实,柳宗元对永州自然怀有强烈的恐惧感,这种感受容易引起"囚山""山林桎牢"等观念,因此《与李翰林建书》里接着说"譬如囚拘圜土"[①]。这种感受,不仅仅见于《与李翰林建书》里,在《囚山赋》《惩咎赋》《闵生赋》等永州所作的赋作中也能看到。后来柳宗元又被贬到柳州,也没有多大变化,而用诗歌形式直接表达的较多。如上所述,对柳州山水风土的恐惧感,除了用"剑"比喻奇山的《与浩初上人同看山寄京华亲故》诗以外,还在《岭南江行》《登柳州城楼寄漳汀封连四州》《寄韦珩》等寄人的诗歌中也流露得较明显,但这些诗歌还有别的特点,后文详考。

韩愈也被贬到岭南连州,诗文中表现的心态与柳宗元基本相同,既有"剑""牢"的作品,还有《赴江陵途中寄赠三学士》《县斋有怀》《喜侯喜至赠张籍张彻》《八月十五夜赠张功曹》《永贞行》《忆昨行和张十一》《刘生诗》《县斋读书》等不少诗歌,也都表露出对岭南山水风土的恐惧感。他写作时有矛盾,对一地有时写"美",有时写"恐",或在一首之中先写"美",后写"恐",可以说"美"后来"恐",或"美"中有"恐",换言之,他似乎想表达这种"美"是具有欺骗性的。

---

①（唐）柳宗元撰,尹占华、韩文奇校注:《柳宗元集校注》卷三〇《与李翰林建书》,中华书局,2013年,第2008页。

例如《祭河南张署员外文》回顾流放地的山水之美说："郴山奇变,其水清写。泊砂倚石,有遭无舍。"① "郴"谓郴州,位于连州东北。《答张(署)十一功曹》诗里说:"山净江空水见沙,哀猿啼处两三家。筼筜竟长纤纤笋,踯躅闲开艳艳花。"② 张署也被贬到郴州南部的临武县,与连州接壤。后句说:"未报恩波知死所,莫令炎瘴送生涯。"③ 先描写山水之美,而后表露了恐惧感。又《县斋读书》诗说:"出宰山水县,读书松竹林。萧条捐末事,邂逅得初心。哀狖醒俗耳,清泉洁尘襟。诗成有共赋,酒熟无孤斟。青竹时默钓,白云日幽寻。"④ 然后说:"南方本多毒,北客恒惧侵。"⑤ 这首诗也先赞美山水、而后表露恐惧。前面的那些诗句都同陶弘景所提的"山川之美"没有多大区别。韩愈咏的都是郴州、连州一带的山水,在五岭接壤处。那里山水很有名,如南宋《舆地纪胜》卷六一《桂阳军》"风俗形胜"门云:"湖南山水甲天下,桂阳又居其高。"⑥ 卷九〇《韶州》"风俗形胜"门云:"韶州佳山水之名闻于天下,而韶石为之最。"⑦ 韶州在郴州之南,在

① (唐)韩愈撰,(宋)魏仲举集注,郝润华、王东峰整理:《五百家注韩昌黎集》卷二二《祭河南张署员外文》,中华书局,2019年,第1063页。

② (唐)韩愈撰,(宋)魏仲举集注,郝润华、王东峰整理:《五百家注韩昌黎集》卷九《答张十一功曹》,中华书局,2019年,第567页。

③ (唐)韩愈撰,(宋)魏仲举集注,郝润华、王东峰整理:《五百家注韩昌黎集》卷九《答张十一功曹》,中华书局,2019年,第567页。

④ (唐)韩愈撰,(宋)魏仲举集注,郝润华、王东峰整理:《五百家注韩昌黎集》卷四《县斋读书》,中华书局,2019年,第247页。

⑤ (唐)韩愈撰,(宋)魏仲举集注,郝润华、王东峰整理:《五百家注韩昌黎集》卷四《县斋读书》,中华书局,2019年,第247页。

⑥ (宋)王象之编著,赵一生点校:《舆地纪胜》卷六一《桂阳军》,浙江古籍出版社,2012年,第1614页。

⑦ (宋)王象之编著,赵一生点校:《舆地纪胜》卷九〇《韶州》,浙江古籍出版社,2012年,第2224页。

连州之西。贞元十九年（803）韩愈被贬到连州阳山县，元和十四年（819）被贬到潮州，途经韶州，作《将至韶州先寄张使君借图经》说："曲江山水闻来久，恐不知名访倍难。愿借图经将入界，亦逢佳处便开看。"① 还有初唐诗人沈佺期、中唐诗人刘禹锡等都赞美郴州、连州一带的山水，详见后文。韩愈说"出宰山水县"，自己认为连州阳山县富于山水，从而把那里的山水描写得那么美，欣赏得那么其乐陶陶，也令读者向往那美丽幽静的山水环境。然而韩愈在其他的诗歌里居然表现不同，如《八月十五夜赠张功曹》里说"洞庭连天九疑高，蛟龙出没猩鼯号。十生九死到官所，幽居默默如藏逃。下床畏蛇食畏药，海气湿蛰熏腥臊"②。又《永贞行》里说："湖波连天日相腾，蛮俗生梗瘴疠蒸。江气岭褥昏若凝，一蛇两头见未曾？怪鸟争鸣令人憎，蛊虫群飞夜扑灯。雄虺毒螫堕股肱，食中置毒肝心崩。"③ 也都是在连州时写的，与上所举出的截然不同。又《赴江陵途中寄赠三学士》里回顾连州生活说："远地触涂异，吏民似猿猴。生狞知凶很，辞舌纷嘲啁。白日屋檐下，双鸣斗鵂鹠。有蛇类两首，有虫群飞游。穷冬或摇扇，盛夏或重裘。飓起最可畏，訇哮簸陵丘。雷霆助光怪，气象难比侔。疠疫忽潜遘，十家无一瘳。猜嫌动置毒，对案辄怀愁。"④ 这些诗句都表达了惊异以及恐惧的心态。诗人对同样的山水已不赞美了。

① （唐）韩愈撰，（宋）魏仲举集注，郝润华、王东峰整理：《五百家注韩昌黎集》卷一〇《将至韶州先寄张使君借图经》，中华书局，2019 年，第 646 页。
② （唐）韩愈撰，（宋）魏仲举集注，郝润华、王东峰整理：《五百家注韩昌黎集》卷三《八月十五夜赠张功曹》，中华书局，2019 年，第 189 页。
③ （唐）韩愈撰，（宋）魏仲举集注，郝润华、王东峰整理：《五百家注韩昌黎集》卷三《永贞行》，中华书局，2019 年，第 196 页。
④ （唐）韩愈撰，（宋）魏仲举集注，郝润华、王东峰整理：《五百家注韩昌黎集》卷一《赴江陵途中寄赠王二十补阙李十一拾遗李二十六员外三学士》，中华书局，2019 年，第 74—75 页。

这种感受及其文字表现也都很像柳宗元的《囚山赋》《岭南江行》等作品。邵博对柳宗元提出疑问："果可乐乎？何言之不同也？"①同样的疑问也可以向韩愈提出。他们既领略南方特有的青山秀水，又嫌憎南方特有的穷山恶水。他们面临着奇异美丽的山水，为何变得心惊胆战？这种矛盾应该如何解释呢？所谓"山水"是个总称，往往可以换成"自然"一词，这些概念与"社会""文化"等概念相对，就是上面所提的"朝"与"野"的对立，其内涵涉及多方面，从这个角度来分析，可能有几个共同的原因。

（一）自然气候、风土

韩愈在《县斋读书》里说："南方本多毒，北客恒惧侵。"《答张（署）十一功曹》里说："未报恩波知死所，莫令炎瘴送生涯。"这些诗都首先描写山水之美，而后表现出恐惧感。据此，恐惧的主要原因是北方与南方风土之不同。北方人以为南方"多毒"，"瘴疠之气"是其中之最，因此韩愈常提到，如上所举的"疠疫忽潜遘，十家无一瘳""蛮俗生梗瘴疠蒸""海气湿蛰熏腥臊"，还有《刘生诗》"毒气烁体黄膏流"②、《永贞行》"江气岭祲昏若凝"等句。又《县斋有怀》里说："湖波翻日车，岭石坼天罅。毒雾恒熏昼，炎风每烧夏。雷威固已加，飓势仍相借。气象杳难测，声音吁可怕。"③这里"毒雾恒熏昼"指的也是瘴疠之气。此外，可知韩愈还述及连州特有的"雷威""飓势"

①（宋）邵博撰，刘德权、李剑雄点校：《邵氏闻见后录》卷一四，中华书局，1983年，第108页。
②（唐）韩愈撰，（宋）魏仲举集注，郝润华、王东峰整理：《五百家注韩昌黎集》卷四《刘生诗》，中华书局，2019年，第215页。
③（唐）韩愈撰，（宋）魏仲举集注，郝润华、王东峰整理：《五百家注韩昌黎集》卷二《县斋有怀》，中华书局，2019年，第118页。

等自然"气象",皆感到惊异。至于气候,又《赴江陵途中寄赠三学士》里说:"穷冬或摇扇,盛夏或重裘。飔起最可畏,訇哮簸陵丘。雷霆助光怪,气象难比侔。疠疫忽潜遘,十家无一瘳。"虽说山水奇异美丽,然而地处亚热带,炎热多湿,不适合北方人。柳宗元也是北方人,《与萧翰林俛书》里说:"居蛮夷中久,惯习炎毒……瞿然注视怵惕,以为异候,意绪殆非中国人。"①此《书》作于元和四年(809),他在永州生活已四年,因此习惯了。但,起初跟韩愈一样,也以为是"炎毒"之地。让北方人惊恐的气候不只是温湿之差,还有"雷""飔"。不知连州打雷如何,而关于岭南的大风,柳宗元也在《岭南江行》诗里说"飔母偏惊旅客船"②。这些称"飔"的大风是南方特有的,大概就是今天所谓的"台风"。"雷霆"也许是指南方特有的疾风骤雨(squall)时发生的。这样,南方高温多湿、雷霆、飔风等气候气象都与北方不同,因此令北方诗人感到惊恐。

(二)自然界的生态系

南方的自然风土与北方不同,因此动植物的生态系也就不同。二地相隔越远,相差越大,人的惊恐之感基于差异而产生,恐惧的幅度也应该与此地理差异成正比。在岭南地区,草木繁茂,至冬不枯,草丛山林中既有狰狞的动物,也有毒性很强的昆虫、植物。例如《祭张河南张(署)员外文》里说:"我落阳山,以尹鼯猱。"《刘生诗》里说:"阳山穷邑惟猿猴。"③《八月十五夜赠张(署)功曹》诗里说:"蛟

---

①(唐)柳宗元撰,尹占华、韩文奇校注:《柳宗元集校注》卷三〇《与萧翰林俛书》,中华书局,2013年,第1999页。

②(唐)柳宗元撰,尹占华、韩文奇校注:《柳宗元集校注》卷四二《岭南江行》,中华书局,2013年,第2834页。

③(唐)韩愈撰,(宋)魏仲举集注,郝润华、王东峰整理:《五百家注韩昌黎集》卷四《刘生诗》,中华书局,2019年,第215页。

龙出没猩鼯号。"又《燕喜亭记》里说:"由郴逾岭,猿狖所家,鱼龙所宫,极幽遐瑰诡之观,宜乎于山水,饫闻而厌见也。"①据韩愈的了解,在岭南,鼯、猿之类颇多。关于"以尹鼯猱"一句,有别的解释,在后面细谈。南方的野生动物之中,看来韩愈最怕蛇,如《八月十五夜赠张(署)功曹》诗里说"下床畏蛇食畏药"。《永贞行》诗里也说:"江气岭祲昏若凝,一蛇两头见未曾?怪鸟争鸣令人憎,蛊虫群飞夜扑灯。雄虺毒螫堕股肱,食中置毒肝心崩。"不知两头蛇是哪一种蛇。《赴江陵途中寄赠三学士》诗里也说:"白日屋檐下,双鸣斗鹓鹎。有蛇类两首,有虫群飞游。"确实,南方毒蛇毒虫甚多,这也是韩愈所说"南方本多毒,北客恒惧侵"的原因。柳宗元也常提到蝮蛇、毒虫之类,如《闵生赋》说:"余囚楚越之交极兮,邈离绝乎中原……雄虺蓄形于木杪兮,短狐伺景于深渊。"②《与李翰林建书》里也说:"涉野则有蝮虺大蜂,仰空视地,寸步劳倦。近水即畏射工沙虱,含怒窃发,中人形影,动成疮痏。"③此外,柳宗元还有《捕蛇者说》《宥蝮蛇文》,皆作于永州。不管是谁,对这些都多少会感到恐惧。除了自然风土、生态系以外,他们还写到南方少数民族的特异文化,这也是一个重要因素。

(三)少数民族文化

　　韩愈对当地土民及其文化感到惊异,并屡次提到,可见印象相

①(唐)韩愈撰,(宋)魏仲举集注,郝润华、王东峰整理:《五百家注韩昌黎集》卷一三《燕喜亭记》,中华书局,2019年,第767页。

②(唐)柳宗元撰,尹占华、韩文奇校注:《柳宗元集校注》卷二《闵生赋》,中华书局,2013年,第152页。

③(唐)柳宗元撰,尹占华、韩文奇校注:《柳宗元集校注》卷三〇《与李翰林建书》,中华书局,2013年,第2008页。

当深刻,例如《送区册序》里说:"小吏十余家,皆鸟言夷面。始至,言说不相通,画地为字。"①《赴江陵途中寄赠三学士》诗里说:"远地触涂异,吏民似猿猴。生狞知忿很,辞舌纷嘲哅。"《县斋有怀》诗里说:"夷言听未惯,越俗循犹乍。指摘两憎嫌,睢盱互猜讶。"② 连州是现在瑶族聚居之地,没有多大变化,在唐时汉族应该更少。据韩愈的了解,土民的语言、长相、服装以及性情也都与北方汉族不同,但是"生狞多忿很"等是他的偏见,也是源于他儒家思想的对于南方少数民族的藐视。如上所提,韩愈在连州认为矖、猿遍地。《汉语大词典》"矖猱"条引韩愈"我落阳山,以尹矖猱"一句说:"旧时对南方少数民族的蔑称。"③ 若是,则韩愈的"吏民似猿猴"这一句也应该同样理解。不管是何地,若在异域他乡,因语言不通、文化不同,今人尚且感到恐慌,何况在古代。北方汉族自古以来统治边疆的少数民族,往往按照自己的传统文化与之进行比较,容易造成误解。例如杨谭《兵部奏剑南节度使破西山贼露布》云:"臣闻:天分四序,寒暑莫同;地裂八方,华夷各异;言语不达,讵可以政令齐;苞茅不供,乃可以干戈服。"④ 至于儒家韩愈,他早有强烈的"中华""道统"的排外思想,以为"神气"的作用离中华越远就越少,在南方集中于物,稀少于人。韩愈被贬连州阳山县后,归途经衡州,写《送廖道士序》,提起南岳衡山的"神气"对郴州土物及人物的影响,说"其水土之所生,神气

① (唐)韩愈撰,(宋)魏仲举集注,郝润华、王东峰整理:《五百家注韩昌黎集》卷二一《送区册序》,中华书局,2019年,第1005页。
② (唐)韩愈撰,(宋)魏仲举集注,郝润华、王东峰整理:《五百家注韩昌黎集》卷二《县斋有怀》,中华书局,2019年,第118页。
③ 《汉语大词典》,汉语大词典出版社,2001年,第1413页。
④ (唐)杨谭:《兵部奏剑南节度使破西山贼露布》,《全唐文》卷三七七,中华书局,1983年,第3833页。

之所感,白金、水银、丹砂、石英、钟乳,橘柚之包,竹箭之美,千寻之名材,不能独当奇也,意必有魁奇、忠信、才德之民生其间,而吾又未见也"①。韩愈所说的"神气"指的是对物和人所起的神妙灵活的作用,而韩愈以为神气在边地集中于"物"而不作用于"人"。韩愈确实有这种思想,如他在《送区弘南归》诗里也说:"江汹洞庭宿莽微,九疑巉天荒是非。野有象犀水贝玑,分散百宝人事稀。"②柳宗元在《送诗人廖有方序》里也提到同样的观念,开头说:"交州多南金、珠玑、玳瑁、象犀,其产皆奇怪,至于草木亦殊异。吾尝怪阳德之炳耀,独发于纷葩瑰丽,而罕钟乎人。"③其实,二人的思想不同。韩愈说:"意必有魁奇、忠信、才德之民生其间,而吾又未见也。"而柳宗元在《送诗人廖有方序》后一段里却说:"今廖生刚健重厚,孝悌信让,以质乎中而文乎外,为唐诗有大雅之道,夫固钟于阳德者耶?是世之所罕也。"④他否定了前段提到的"罕钟于人"之说。同时,这说明了柳宗元明确否定韩愈之说。评廖有方为"孝悌信让",就是对于韩愈所说南方没有"魁奇、忠信、材德之民"的反驳。韩愈"分散百宝人事稀""意必有魁奇、忠信、才德之民生其间,而吾又未见也"等话,都是连州时期的认识,因而说出了连州"吏民似猿猴。生狞多忿很"。此"吏民"与"官民"不同,"吏"本谓胥吏,即小官。唐时岭南一带,土著有权有势被选而任吏。据韩愈的了解,岭南人都生来狰狞野蛮。又,韩愈

---

① (唐)韩愈撰,(宋)魏仲举集注,郝润华、王东峰整理:《五百家注韩昌黎集》卷二〇《送廖道士序》,中华书局,2019年,第988页。

② (唐)韩愈撰,(宋)魏仲举集注,郝润华、王东峰整理:《五百家注韩昌黎集》卷四《送区弘南归》,中华书局,2019年,第229页。

③ (唐)柳宗元撰,尹占华、韩文奇校注:《柳宗元集校注》卷二五《送诗人廖有方序》,中华书局,2013年,第1653页。

④ (唐)柳宗元撰,尹占华、韩文奇校注:《柳宗元集校注》卷二五《送诗人廖有方序》,中华书局,2013年,第1653页。

《黄家贼事宜状》里描述广西的少数民族也说："衣服、言语，都不似人……蛮夷之性，易动难安，遂至攻劫州县，侵暴平人，或复私仇，或贪小利，或聚或散，终亦不能为事。"① 韩愈对连州等岭南地区的恐惧感与这种观念有关。

柳宗元本来没有韩愈那么强烈的排外思想和藐视言辞，他虽在永州体验过土民语言文化，但《与萧翰林俛书》里说："楚越间声音特异，鸠舌啅噪，今听之怡然不怪，已与为类矣。家生小童，皆自然晓晓，昼夜满耳，闻北人言，则啼呼走匿。"② 他在永州已四年，适应当地生活，土话也学会了。但后来到岭南柳州，语言、文化都更不同，如《柳州峒氓》里说"郡城南下接通津，异服殊音不可亲……鹅毛御腊缝山罽，鸡骨占年拜水神。愁向公庭问重译，欲投章甫作文身"③。《寄韦珩》诗回顾刚到柳州时的景色，写得最深刻："到官数宿贼满野，缚壮杀老啼且号。饥行夜坐设方略，笼铜枹鼓手所操。奇疮钉骨状如箭，鬼手脱命争纤毫。今年噬毒得霍疾，支心搅腹戟与刀。"④ 当时生活在南方，生命面临着各种危险，既有瘴疠毒气、雷霆、飓风、蝮蛇、蛊虫，又有"鬼手""噬毒"。韩愈也屡次提到，如"猜嫌动置毒""食中置毒肝心崩""下床畏蛇食畏药"，清人方世举注："南方多蛇，又多畜蛊，以毒药杀人。"⑤ 土民有时置毒，或许是事实。韩、柳做官，主要任

①（唐）韩愈撰，（宋）魏仲举集注，郝润华、王东峰整理：《五百家注韩昌黎集》卷四〇《黄家贼事宜状》，中华书局，2019年，第1498页。

②（唐）柳宗元撰，尹占华、韩文奇校注：《柳宗元集校注》卷三〇《与萧翰林俛书》，中华书局，2013年，第1999页。

③（唐）柳宗元撰，尹占华、韩文奇校注：《柳宗元集校注》卷四二《柳州峒氓》，中华书局，2013年，第2839页。

④（唐）柳宗元撰，尹占华、韩文奇校注：《柳宗元集校注》卷四二《寄韦珩》，中华书局，2013年，第2760页。

⑤（唐）韩愈著，（清）方世举编年笺注，郝润华、丁俊丽整理：《韩昌黎诗集编年笺注》卷三《八月十五夜赠张功曹》注，中华书局，2012年，第138页。

务是行政统治,而在土民的眼里,他们都是剥削者,都是破坏自己的生活及其传统文化的外人。韩愈到任后,第一个工作是"始至,言说不相通,画地为字。然后可告以出租赋,奉期约"①。就是让土民按期缴纳租税。这样,韩、柳作为官员,处在潜有种种危险的环境里生活。恐怖感不仅仅源于与北方不同的恶劣自然风土,还基于与不同文化的接触等原因。因此,即使看到山水之美,也不顺眼,反而觉得恐惧。对北方汉族官僚来说,这些情况都是难免的,会感到某种程度的恐惧,与柳宗元相比,韩愈表现得较多,感觉也比较深刻。但,韩、柳山水文学的与众不同之处不仅仅在这里。

（四）地形地貌

《邵氏闻见后录》指出柳宗元《游黄溪记》和《与李翰林建书》存在矛盾,其一是《游黄溪记》"北之晋,西适豳,东极吴,南至楚、越之交,其间名山水而州者以百数,永最善",其二是《与李翰林建书》"永州于楚为最南,状与越相类。仆闷即出游,游复多恐。涉野有蝮虺大蜂,仰空视地,寸步劳倦;近水即畏射工沙虱,含怒窃发,中人形影,动成疮痏"②。确实有矛盾,但是如上分析,二文描述的对象却不同,前文是永州的"山水",后文是永州的自然生态系,如"蝮虺大蜂""射工沙虱"等,不管是谁,都会害怕。因此二文实在不是大矛盾,真正的矛盾就是对"山水"本身的感受。如前所述,"山水"内涵多,《游黄溪记》里具体指的是"山水"之中的地形地貌及其景观。南方地貌与北方不同,山多江多,故显得山奇水秀,柳宗元有时候赞美南方

①（唐）韩愈撰,（宋）魏仲举集注,郝润华、王东峰整理:《五百家注韩昌黎集》卷二一《送区册序》,中华书局,2019年,第1005页。
②（宋）邵博撰,李剑雄、刘德权点校:《邵氏闻见后录》卷一四,中华书局,1983年,第107—108页。

山水，主要是其特有的地貌，甚至于叹为观止，然而又有时候憎恶它，对美丽的地貌发愁、愤怒。如《囚山赋》"楚越之郊环万山兮……攒林麓以为丛兮"。这就是柳宗元山水文学之中的真正的矛盾，韩愈作品中也有这种矛盾。如上所述，韩愈在《送区册序》里说："阳山，天下之穷处也。陆有丘陵之险、虎豹之虞；水有江流悍急，横波之石，廉利侔剑戟。"①《喜侯喜至赠张籍张彻》里也说："地遐物奇怪，水镜涵石剑。"②南方与长安、洛阳等地不同，山林多，石山多，尤其是连州位于五岭的中心，因地高、峰多，故江小、流急。又《县斋有怀》里说："湖波翻日车，岭石圻天罅。毒雾恒熏昼，炎风每烧夏。雷威固已加，飓势仍相借。气象杳难测，声音吁可怕。"③韩愈列举连州独特的自然景物、自然现象，而在这里对"湖波""岭石"等山水却感到一种威胁。这样，韩、柳二人对南方的山水都有赞美、惊恐的正负两面。总的来说，柳文赞美的较多，韩诗惊恐的较多，而他们都具有矛盾的两面，这是与众不同的特点。

三、韩、柳被贬谪的处境及其表现差异

韩、柳对山水环境的恐惧感还有心理方面的原因须考虑。韩愈在被贬到连州时作《同冠峡》，说："南方二月半，春物亦已少。维舟山水间，晨坐听百鸟。宿云尚含姿，朝日忽升晓。羁旅感阳和，囚拘

①（唐）韩愈撰，（宋）魏仲举集注，郝润华、王东峰整理：《五百家注韩昌黎集》卷二一《送区册序》，中华书局，2019年，第1005页。

②（唐）韩愈撰，（宋）魏仲举集注，郝润华、王东峰整理：《五百家注韩昌黎集》卷二《喜侯喜至赠张籍张彻》，中华书局，2019年，第156页。

③（唐）韩愈撰，（宋）魏仲举集注，郝润华、王东峰整理：《五百家注韩昌黎集》卷二《县斋有怀》，中华书局，2019年，第118页。

念轻矫。潺湲泪久迸,诘曲思增绕。行矣且无然,盖棺事乃了。"① 这首诗的前一半描写山水清秀幽静之美,而读到后一半,美丽的山水却给诗人增添悲哀之意。描述山水上的矛盾显示着诗人复杂的心理。诗人目睹物候之变,可能预见到自身的将来。凡人在异域他乡,心理自然敏锐善感,接触到美景,往往容易引起乡愁,因此或忧闷或悲伤,何况被贬谪的人。韩愈写过南方山水的优美、自然地貌的奇异的诗文,但是从数量来说,还是极少,远远不及描述恶劣、危险的自然环境的诗文之多,因此诗文大多表现了惊异、恐惧交迫、惴惴不安的情绪。他为何多描述恶劣、危险? 因为他是北方人、汉族文官,身处南方的自然风土之中,又接触少数民族的不同文化,在他眼里实在惊异,甚至于把美丽的山水地貌也视为牢房。他为何心情战战兢兢,杯弓蛇影呢? 因为中央的政敌驱逐他。他那恶劣危险的环境表现就意味着政敌对他处分的苛刻,他越觉得环境恶劣、危险,就会越感到憎恨、愤怒。因此,恶劣危险的环境表现就是心理充满的忧愤的表达,包含着抗议之意。这一点,韩、柳有共同之处,但是手法上还稍微有不同。

　　韩愈的诗歌,表现惊异、恐惧的感受很直接,又描写实景、实物很具体,因此很明显,容易举出例子。柳宗元也有这样的作品,但还有其他的一类,这是他的特点,例如著名的《登柳州城楼寄漳汀封连四州》诗说:"城上高楼接大荒,海天愁思正茫茫。惊风乱飐芙蓉水,密雨斜侵薜荔墙。岭树重遮千里目,江流曲似九回肠。共来百越文身地,犹自音书滞一乡。"② 第二、第三两联描写的都是作者在柳州目睹的实景,都体现了对"接大荒""百越文身地"的惊恐,与此同时,借

① (唐) 韩愈撰,(宋) 魏仲举集注,郝润华、王东峰整理:《五百家注韩昌黎集》卷二《同冠峡》,中华书局,2019 年,第 104 页。
② (唐) 柳宗元撰,尹占华、韩文奇校注:《柳宗元集校注》卷四二《登柳州城楼寄漳汀封连四州》,中华书局,2013 年,第 2815 页。

景表出"愁思"心态。又如著名的《岭南江行》诗说："瘴江南去入云烟,望尽黄茅是海边。山腹雨晴添象迹,潭心日暖长蛟涎。射工巧伺游人影,飓母偏惊旅客船。从此忧来非一事,岂容华发待流年。"① 前三联也都是目睹的实景,同时借景表示了"忧来"的发愁原因。这种表现手法是柳诗成功的特点,因此出名。又如《寄韦珩》诗里说:"桂州西南又千里,漓水斗石麻兰高。阴森野葛交蔽日,悬蛇结虺如蒲萄。"② 这些叙写跟上面两首一样,都表现了阴森森的恐怖的空间。这种情景交融的手法在韩愈的山水诗歌里罕见。韩愈惊恐的表现还主要是在异物和异常气象方面,例如《县斋有怀》里说:"湖波翻日车,岭石坼天罅。毒雾恒熏昼,炎风每烧夏。雷威固已加,飓势仍相借。气象杳难测,声音吁可怕。"《赴江陵途中寄赠三学士》里说:"穷冬或摇扇,盛夏或重裘。飓起最可畏,訇哮簸陵丘。雷霆助光怪,气象难比侔。疠疫忽潜遘,十家无一瘳。"柳宗元的手法在借景抒情,表现间接,然而韩愈直接表述,甚至于"吏民似猿猴""猜嫌动置毒"等句,心里想什么,就写什么,无所畏忌,又多用五言的短句形式,带着散文性,有嘴快笔锐之感。又如《赴江陵途中寄赠三学士》里推测"谓言即施设,乃反迁炎州"的原因说:"同官尽才俊,偏善柳与刘。或虑语言泄,传之落冤仇。二子不宜尔,将疑断还不。"③ 这种猜疑之语,若是柳、刘,是不会写的。《旧唐书》卷一六〇本传说:"(韩)愈发

① (唐)柳宗元撰,尹占华、韩文奇校注:《柳宗元集校注》卷四二《岭南江行》,中华书局,2013年,第2834页。

② (唐)柳宗元撰,尹占华、韩文奇校注:《柳宗元集校注》卷四二《寄韦珩》,中华书局,2013年,第2760页。

③ (唐)韩愈撰,(宋)魏仲举集注,郝润华、王东峰整理:《五百家注韩昌黎集》卷一《赴江陵途中寄赠王二十补阙李十一拾遗李二十六员外三学士》,中华书局,2019年,第74页。

言真率,无所畏避,操行坚正,拙于世务。"①《新唐书》卷一七六本传说:"操行坚正,鲠言无所忌。"②《旧唐书》又说:"愈性弘通,与人交,荣悴不易。"《新唐书》补充说:"愈性明锐,不诡随。与人交,终始不少变。"③ 韩愈"真率""明锐"的性格也反映在他的山水诗歌上。

　　还有一点不同,柳宗元于永贞元年(805)被贬为永州员外司马,元和十年(815)被贬为柳州刺史;韩愈于贞元十九年(803)被贬为连州阳山县令,元和十四年(819)被贬为潮州刺史。柳宗元在柳州时,对岭南山水仍然感到惊异、恐惧,而韩愈被贬到潮州时,虽然感到一些恐惧,但是没有贬到连州时那么严重,作品数量也没有那么多,在任时间的长短也可能是一个原因。他在连州约一年半,在潮州约半年。但,到潮州时,途经岭南作《泷吏》诗一首,说:"南行逾六旬,始下昌乐泷。险恶不可状,船石相舂撞。"④ 昌乐泷在郴州、韶州之间。后面提到岭南及潮州的风土,说:"岭南大抵同,官去道苦辽。下此三千里,有州始名潮。恶溪瘴毒聚,雷电常汹汹。鳄鱼大于船,牙眼怖杀侬。州南数十里,有海无天地。飓风有时作,掀簸真差事。"⑤ 贬到潮州时的作品中,明显地表露恐惧感的只有这一首,而连州时期的诗文十几首,包括回顾的作品,几乎每首都表露出惊异、恐惧等

①(后晋)刘昫等撰:《旧唐书》卷一六〇《韩愈列传》,中华书局,1975 年,第
　　4195 页。

②(宋)欧阳修、宋祁撰:《新唐书》卷一七六《韩愈列传》,中华书局,1975 年,第
　　5255 页。

③(宋)欧阳修、宋祁撰:《新唐书》卷一七六《韩愈列传》,中华书局,1975 年,第
　　5265 页。

④(唐)韩愈撰,(宋)魏仲举集注,郝润华、王东峰整理:《五百家注韩昌黎集》
　　卷六《泷吏》,中华书局,2019 年,第 384 页。

⑤(唐)韩愈撰,(宋)魏仲举集注,郝润华、王东峰整理:《五百家注韩昌黎集》
　　卷六《泷吏》,中华书局,2019 年,第 385 页。

心态,足见恐惧感减少了。韩愈恐惧山水的作品为何集中在连州时期？因为当时韩愈还年轻,仅三十六岁,又是第一次遭贬谪,比柳宗元早,并且配地在岭南,比永州还远。就中国的自然、文化来说,五岭是一个界限,阳山县位于其南,又是少数民族聚居之地。除了这些客观的因素之外,韩愈有自己的看法,认为离京华越远越野蛮,他的这种中华观念比柳宗元他们要强,因此像咒语一样束缚自己,在岭南看什么都杯弓蛇影,增加了恐惧感。

结　语

综上所述:(1)中国山水文学到了唐代大为发展,韩愈也有描写景色、景物等山水文学的作品,从数量来说,虽然远不如著名的山水文学作家柳宗元,但与其他唐人相比,也不算少,尤其是被贬到岭南连州时的作品。(2)韩愈的文学作品给宋人以影响,他的山水文学也不例外,还对柳宗元山水文学的主题、表现手法等方面也产生了不少影响。(3)虽然一般认为所谓"山水文学"是描写山水之美的,但所有的山水文学不一定都是歌颂青山秀水的优美幽静的作品。韩愈山水文学的特点,主要是在连州时所作诗文的特点,在于对山水的惊异、恐惧等心态的表露,这种作风与柳宗元有所相同,但在唐代及其以前的文学中还是罕见的。因此本文提出山水文学可分为正、负两面,今以描写山水美的为"正",以描写恶劣危险的为"负"。这与遭贬谪的人的心理有关。据一般的理解,所谓"山水文学"是在逃避官场生活而向往自由、美丽、温柔的山水空间归属大自然怀抱的观念之下发展而来的。到了唐代,随着官场生活里矛盾的激化,文官往往被贬谪或被驱逐到南方,结果反而大大推动了山水文学的发展,导致山水文学的内涵复杂化。有赞美山水而舒情恬适的一面,所谓"吏隐"

的观念属于这一方面,同时又有归思、乡愁等忧闷的一面,甚至于惊异、惊恐,进而厌恶、憎恨。北方汉族文官诗人,不管是谁,来到岭南少数民族地区多少都会感到忧愁、惊异。韩、柳也都有赞美、忧愁的方面,但是他们与众不同的就是视山水为剑戟、牢房的认识,他们的特点在于对山水的恐怖、憎恶的表现。(4)韩愈咏连州的诗歌中,五言长诗较多,记事、咏物,带着散文性,有点像《异物志》,又似旅游日记。这一点在柳宗元诗歌中很少见,柳诗叙情居多,七言律诗借景叙情的交融手法是柳诗的特点。(5)韩愈岭南山水文学中所见的惊异、恐惧以及憎恨之情感,也许与他的中华观念有关。他对南方的藐视增加了对南方的惊恐、厌恶。从中国山水文学发展史来说,韩愈的作品也是不可忽略的,应该更多关注。

(原刊《东方丛刊》2007年第4辑,

广西师范大学出版社,2007年)

唐代粤西生态环境与贬谪诗

张明非

就文化的产生、发展而言,文化的创造者——人类,与文化发生地域的生态环境是两大基本要素。诗歌是环境与诗人双向作用的艺术结晶,研究诗歌,特定区域的生态环境与诗人主体是两个必不可少的要素。某一区域的生态环境对诗歌有着不容忽视的多方面影响,是不言而喻的。本文立足于两个方面:一是粤西生态环境对诗人的心态、创作动因及诗歌风格的作用;二是在特定生态环境下诗人主体,具体包括诗人的文化素质、文学水平、心态等对诗歌创作的影响。文学是人学,诗歌更是诗人丰富心灵世界的外化,只有综合考虑生态环境与诗人主体之于诗歌创作的双重作用,才有助于深入了解地域环境与诗歌的关系。

粤西的生态环境有哪些特点呢? 首先,在地理区位方面,粤西处于西南边陲,偏僻遐远,古人以为雁飞不过衡阳,而粤西"北去衡阳二千里,无因雁足系书还"[1],所以在人们心目中是远未开化的蛮荒之地;在地貌方面,粤西以山地为主,峰峦重叠,岩洞怪奇,河网密布,有"处处山连水自通"之势;在气候方面,炎热潮湿,多发瘴气,时有

---

[1]（唐）沈佺期、（唐）宋之问撰,陶敏、易淑琼校注:《沈佺期宋之问集校注》卷三《登逍遥楼》,中华书局,2001年,第559页。

飓风。其次,粤西有丰富的物产,盛产各种珍奇,如李颀《龙门送裴侍御监五岭选》中说:"明珠尉佗国,翠羽夜郎洲。夷俗富珍产,土风资宦游。"① 这些特征都对唐代粤西诗的创作产生了显著的影响。

　　值得注意的是,与中原地区不同,唐代粤西诗创作的主体并不是本土诗人,随着唐王朝对粤西这一偏远的少数民族聚居地区的开发,有唐近三百年里从初唐到晚唐,从张九龄到李商隐,许多唐代著名诗人都不约而同对这一方土地给予关注,产生了一大批吟咏和抒写广西名胜古迹、山川形势、风土文物、人情习俗的诗歌。可以说,是外地诗人创造了粤西诗坛前所未有的繁荣。外地诗人又分几种情况:第一类是唐王朝派驻广西的官员,如张九龄、张固、李渤、陆弘休等;第二类是到广西宦游和入幕的诗人,如于邵、李涉、吴武陵、韦宗卿、卢顺之、杨衡、元结、书丹、戴叔伦、窦群、李群玉等,以李商隐成就为最高;第三类是贬谪到广西的诗人,如宋之问、沈佺期,以及谪宦柳州的柳宗元等;第四类是从未到过广西的一些诗人,如杜甫、韩愈等。这四类粤西以外的诗人的创作,既受粤西生态环境的影响,也赋予粤西地域文化以新的内容,是地域文化与诗歌关系密切的最有力证明。四类人中,受粤西生态环境影响最大的是贬谪诗人,他们是唐代粤西诗人的中坚力量,成就最高,贡献也最大。可以说,他们创作的粤西诗的每一特色都既是粤西地域文化影响的结果,又是诗人主体反作用于粤西地域文化的结晶。

　　贬谪是封建朝廷对中央官员的一种惩罚,历代被贬谪的官员中有不少是诗人,当他们有冤屈或牢骚需要发泄时,往往借诸文字,形之于吟咏篇章,于是就产生了贬谪文学。贬谪文学由来已久,从屈

---

① (唐)李颀著,王锡九校注:《李颀诗歌校注》卷三《龙门送裴侍御监五岭选》,中华书局,2018年,第743页。

原和贾谊开始,源远流长。到了唐代,贬谪文学发展到一个新阶段,显示出与以往不同的特点。一是由于朝廷内部斗争激烈,以官员身份遭贬的诗人数量较之以往大增。有数据表明,创作了《全唐诗》总数近80%诗歌的231位诗人中,75位有贬官经历,其中不少是著名诗人。二是由于边疆的开拓,唐朝版图扩大,地处边疆的岭南成为贬谪官员的主要区域,如交州、崖州、骧州、柳州等都是当时的偏远蛮荒之地,使贬谪文学反映的地域和题材大为开拓。严羽《沧浪诗话》指出:"唐人好诗,多是征戍、迁谪、行旅、离别之作,往往能感动激发人意。"①

在唐代贬谪诗的发展中,粤西贬谪诗无疑是独具特色而又引人注目的一枝奇葩。以沈佺期、宋之问和柳宗元为代表的贬谪诗人创造了唐代迁谪诗的一次高峰,这首先表现为诗歌数量的增加。据陶敏等统计,宋之问贬谪诗有72首,占其现存全部诗作的2/5②,其中与流贬钦州有关的诗有26首,大多作于赴钦州途中和留居桂州期间。沈佺期在入狱流放期间存诗33首,占其诗总量的1/5。柳宗元虽有政务缠身,亦有诗三十多首。贵为"当朝师表,一代词宗"的张说流钦州前后的作品也有22首之多,其他贬谪诗人也都有作。

粤西贬谪诗对前代贬谪诗的突破,主要表现在题材的扩大、风格的变化和对诗人心态的深入开掘这三方面。

一、题材的开拓

由于五岭与其他高山的阻隔,加上交通不便,初唐之前,包括粤

---

① (宋)严羽著,郭绍虞校释:《沧浪诗话校释》,人民文学出版社,1983年,第198页。

② (唐)沈佺期、(唐)宋之问撰,陶敏、易淑琼校注:《沈佺期宋之问集校注》前言,中华书局,2001年,第8页。

西在内的岭南一直带着神秘的面纱不为内地所了解。尽管有诗人到过岭南,却没有留下关于岭南的诗。直到初唐著名宫廷诗人"沈宋"因宫廷激烈斗争被贬岭南,诗歌中才第一次大量出现了有关粤西以及岭南的描写。中唐时期,柳宗元因"永贞革新"失败,先贬永州司马后改迁柳州刺史,也留下了不少有关粤西自然生态和风土人情的诗文。

　　"沈宋"在贬谪之地以及奔赴贬所和遇赦回京的过程中,到过广西的一些县境,如梧州(今广西梧州)、容州(今广西容县)、北流县附近的鬼门关(今广西玉林北流)、合浦、安海(今广西东兴)等地,他们记录了自己的所见所闻、所历所感,留下不少纪行的诗篇。作为北方人,沈佺期和宋之问南贬粤西的所见所闻都大异于往昔,粤西原生态的山川地貌、亚热带的南国风光都使他们耳目一新,所以在贬谪诗里山水所占的比重是比较大的。尤其是宋之问在广西逗留的时间较长,作品相对更多一些,为后世留下了此前从未见诸笔墨的广西藤州、梧州、桂州等地自然风貌的珍贵记载。《发藤州》是其中有代表性的一首:

　　　　朝夕苦遄征,孤魂常自惊。泛舟依岛泊,投馆听猿鸣。石发缘溪蔓,林衣拂地轻。云峰刻不似,苔壁画难成。露挹千花气,泉和万籁声。攀幽红处歇,跻险绿中行。恋切芝兰砌,悲缠松柏茔。丹心江北死,白发岭南生。魑魅天边国,穷愁海外情。劳歌意无限,冷月为谁明? ①

此诗作于宋之问从藤州赴钦州途中,诗人用移步换形法描绘了沿江

---

①(唐)沈佺期、(唐)宋之问撰,陶敏、易淑琼校注:《沈佺期宋之问集校注》卷三《发藤州》,中华书局,2001 年,第 555—556 页。

西行所见景象：藤蔓丛生、林木葱茏、悬崖峭壁、松柏流泉，宛如一幅刻画工细的山水长卷。其中展现人在崇山峻岭、藤蔓纵横中跋涉的艰难，不免使人触目惊心。

又如《经梧州》："南国无霜霰，连年见物华。青林暗换叶，红蕊续开花。春去闻山鸟，秋来见海槎。流芳虽可悦，会自泣长沙。"①青林换叶、红蕊开花、山鸟送春、浮槎出海，一幅幅生动的画面展现出南国特有的物候和节序变化。龙目滩是桂江中一滩的名称。诗人自桂州赴梧州经过此地，作《下桂江龙目滩》记下了舟行所见景色：

> 停午出滩险，轻舟容易前。峰攒入云树，崖喷落江泉。巨石潜山怪，深篁隐洞仙。鸟游溪寂寂，猿啸岭娟娟。挥袂日凡几，我行途已千。暝投苍梧郡，愁枕白云眠。②

大树参天、竹林幽深、泉水喷涌、巨石嶙嶙，使人几疑其中有山怪神仙出没，此情此景，令人不免魂悸魄动。《下桂江县黎壁》写行船顺流而下的情景，诗人从江云、雾峰写起，生动描绘了桂江一带奇险的自然风光："江回云壁转，天小雾峰攒。吼沫跳急浪，合流环峻滩。敧杂出漩划，缭绕避涡盘。"③水急、浪大、滩险，使人惊心动魄。

桂林有舜祠，诗人作《桂州黄潭舜祠》纪游。据《临桂县志·山

---

① （唐）沈佺期、（唐）宋之问撰，陶敏、易淑琼校注：《沈佺期宋之问集校注》卷三《经梧州》，中华书局，2001年，第568页。
② （唐）沈佺期、（唐）宋之问撰，陶敏、易淑琼校注：《沈佺期宋之问集校注》卷三《下桂江龙目滩》，中华书局，2001年，第566页。
③ （唐）沈佺期、（唐）宋之问撰，陶敏、易淑琼校注：《沈佺期宋之问集校注》卷三《下桂江县黎壁》，中华书局，2001年，第567页。

川》载，"虞山在城北一里，又名舜山"①，"舜山有舜庙并唐人碑"②，
"其碑晋有庾阐之叙，后魏有温子升碑，唐有张曲江之文、宋延清之
诗"③，指的就是这一首。

柳宗元《岭南江行》的中间两联"山腹雨晴添象迹，潭心日暖长
蛟涎。射工巧伺游人影，飓母偏惊旅客船"④，列举了瘴江、黄茆、海
边、象迹、蛟涎、射工、飓母等种种新奇怪诞的景象，生动描绘了柳州
的山川风物。

题材的开拓还表现在对粤西少数民族独特风情的描写上。柳宗
元的《柳州峒氓》是其中最有代表性的作品：

> 郡城南下接通津，异服殊音不可亲。青箬裹盐归峒客，绿荷
> 包饭趁墟人。鹅毛御腊缝山罽，鸡骨占年拜水神。愁向公庭问
> 重译，欲投章甫作文身。⑤

这首诗具体描绘了自己在柳江渡口的所见所闻，生动展现了柳州山
区少数民族独特的生活习惯和风俗，宛如一幅民族风情画。与中原
迥异的"异服殊音"及"青箬裹盐""绿荷包饭""鹅毛御腊""鸡骨

①《临桂县志》卷一○《山川二》，清光绪三十一年刊本，桂林市档案馆翻印，
　　1963 年，第 428 页。
②《临桂县志》卷一○《山川二》，清光绪三十一年刊本，桂林市档案馆翻印，
　　1963 年，第 428 页。
③《临桂县志》卷一○《山川二》，清光绪三十一年刊本，桂林市档案馆翻印，
　　1963 年，第 430 页。
④（唐）柳宗元撰，尹占华、韩文奇校注：《柳宗元集校注》卷四二《岭南江行》，中
　　华书局，2013 年，第 2834 页。
⑤（唐）柳宗元撰，尹占华、韩文奇校注：《柳宗元集校注》卷四二《柳州峒氓》，中
　　华书局，2013 年，第 2839 页。

占年"四个细节,观察细致,描写精确,真实反映出柳州山区贫穷落后、生产力低下、迷信巫术的实际状况。无怪孙月峰在《评点柳柳州集》中赞此诗"堪入地志"①。

其他贬谪诗人也留下了对粤西生态环境的记录,如张说写他到贬所的气候:"鸟坠炎洲气。"②李德裕谪崖州途中也描绘了他眼中的粤西景象:"愁冲毒雾逢蛇草,畏落沙虫避燕泥。"③

二、贬谪心态与贬地景物结合

自觉地将自己遭贬后阴郁愁苦的心情熔铸到对贬地风物的描绘和咏叹之中,是粤西贬谪诗在艺术上的一个突出特点。粤西有迥异于中原的特殊的生态环境和人文环境,对外来文士而言有很大的新鲜感。唐代一些外来任职的官员在他们的诗作里毫不掩饰对广西灵秀山水的欣赏和描绘,尤其是对秀甲天下的桂林山水的赞美。如流传下来的最早的一首桂林山水诗就出自唐代著名政治家、文学家张九龄,题为《巡按自漓水南行》:

> 理棹虽云远,饮水宁有惜? 况乃佳山川,怡然傲潭石。奇峰
> 发前转,茂树隈中积。猿鸟声自呼,风泉气相激。目因诡容逆,
> 心与清晖涤。纷吾谬执简,行部将移檄。即事聊独欢,素怀岂兼

①(唐)柳宗元撰,尹占华、韩文奇校注:《柳宗元集校注》卷四二《柳州峒氓》,中华书局,2013年,第2836页。
②(唐)张说著,熊飞校注:《张说集校注》卷七《南中赠高六戬》,中华书局,2013年,第299页。
③(唐)李德裕撰,傅璇琮、周建国校笺:《李德裕文集校笺》卷四诗下《谪迁岭南道中作》,中华书局,2018年,第602页。

适。悠悠咏靡盬,庶以穷日夕。①

此诗作于开元十八年(730)至十九年(731)张九龄任桂州刺史兼岭南按察使时。作者描写了自己漓江行舟所见远近上下各方景物,由潭石、奇峰、茂树、猿鸟和风泉组成的"佳山川",有声有色,使诗人目不暇接,心灵也仿佛被涤荡得一尘不染。

张固大中初年任桂管观察使,他所作的《独秀山》也是一首传颂千古的名篇:

> 孤峰不与众山俦,直入青云势未休。会得乾冲融结意,擎天一柱在南州。②

"独秀山"即独秀峰,位于桂林城中,因南朝颜延之有诗句"未若独秀者,峨峨郭邑间"而得名。它拔地而起,孤峰耸立,有"南天一柱"的美誉。此诗前两句真实表现了独秀山亭亭卓立、无所依傍、直插云天的气势。结句用"擎天一柱"来比喻此山,生动传神,气象非凡。

曾出任桂管观察使的李渤,留存下来的五首诗中有四首是写桂林的,当他任职届满回洛阳前,以《留别南溪二首》抒发了他恋恋不舍的心情:

> 常叹春泉去不回,我今此去更难来。欲知别后留情处,手植岩花次第开。

---

① (唐)张九龄著,熊飞校注:《张九龄集校注》卷三《巡按自漓水南行》,中华书局,2008年,第270页。
② (唐)张固:《独秀山》,《全唐诗》卷五六三,中华书局,1980年,第6534页。

如云不厌苍梧远,似雁逢春又北飞。惟有隐山溪上月,他时相望两依依。①

同样的粤西山水对贬谪诗人而言却是另一番景象,尽管南国的异域风光也会带给他们新奇感,更多的却是惶恐不安。粤西炎热潮湿的气候、荒僻险恶的景象,尤其是闻而生畏的毒雾瘴气都使他们心惊胆战、惴惴不安。这使得他们笔底甚至眼中的景物已不尽是自然界的真实形态,而是倾注了诗人强烈的内心情感,因而景物往往发生变形,打上了个性化的色彩。

在这一方面,柳宗元的柳州诗是颇具代表性的。由于柳州地处广西中部,是典型的喀斯特地形,山高而陡峭,且多为石山。在常人看来,柳州平地拔起的山峰是秀美可爱的,但对身处逆境、满怀忧郁的柳宗元来说,却有着截然不同的感受。如《与浩初上人同看山寄京华亲故》:

海畔尖山似剑芒,秋来处处割愁肠。若为化得身千亿,散上峰头望故乡。②

眼前平地而起的壁立群峰,在诗人眼里竟然化作一柄柄尖锐的利剑,切割着自己的愁肠,这一描写真是匪夷所思。如果不是无法言说的痛苦、无法排遣的乡愁,以及对长安政治生活的眷恋,使诗人眼前的山峰发生变形,很难想象有这样迥异常情的比喻产生。不仅是山,其

①(唐)李渤:《留别南溪二首》,《全唐诗》卷四七三,中华书局,1980 年,第 5368 页。

②(唐)柳宗元撰,尹占华、韩文奇校注:《柳宗元集校注》卷四二《与浩初上人同看山寄京华亲故》,中华书局,2013 年,第 2773 页。

他景物也都呈现出独特的面貌。如"岭树重遮千里目,江流曲似九回肠"①"桂岭瘴来云似墨,洞庭春尽水如天"②"行尽关山万里余,到时闾井是荒墟"③"林邑东回山似戟,牂牁南下水如汤"④"阴森野葛交蔽日,悬蛇结虺如蒲萄"⑤等。其中所表现的萧条冷落的景象、陌生险恶的环境,正是诗人远谪天涯悲凉痛苦心境的真实写照。再如《柳州二月榕叶落尽偶题》:

> 宦情羁思共凄凄,春半如秋意转迷。山城过雨百花尽,榕叶满庭莺乱啼。⑥

岭南春早,二月里百花凋零,榕叶尽落。本是正常的自然现象,但在柳宗元的心里,感受到的却是"春半如秋",一派萧条冷落。这异于常人的感觉也是因诗人的"宦情羁思"所致。

柳宗元所遭受的一贬再贬的残酷打击、声名地位陡降所造成的巨大反差,使他在谪居期间心中始终充满愤激不平。强烈的生命悲剧意识与柳州独特的地貌相结合,造就了他诗里层出不穷的峭拔嶙

---

① (唐)柳宗元撰,尹占华、韩文奇校注:《柳宗元集校注》卷四二《登柳州城楼寄漳汀封连四州》,中华书局,2013年,第2815页。

② (唐)柳宗元撰,尹占华、韩文奇校注:《柳宗元集校注》卷四二《别舍弟宗一》,中华书局,2013年,第2855页。

③ (唐)柳宗元撰,尹占华、韩文奇校注:《柳宗元集校注》卷四二《铜鱼使赴都寄亲友》,中华书局,2013年,第2872页。

④ (唐)柳宗元撰,尹占华、韩文奇校注:《柳宗元集校注》卷四二《得卢衡州书因以诗寄》,中华书局,2013年,第2828页。

⑤ (唐)柳宗元撰,尹占华、韩文奇校注:《柳宗元集校注》卷四二《寄韦珩》,中华书局,2013年,第2760页。

⑥ (唐)柳宗元撰,尹占华、韩文奇校注:《柳宗元集校注》卷四二《柳州二月榕叶落尽偶题》,中华书局,2013年,第2849页。

峋的山水物象和凌厉犀利的语词。非如此不能深刻表现诗人对现实的畏惧惊恐以及因缺少安全感带来的心灵上的不安和失衡。

三、对贬谪心态的深入开掘

流贬粤西的诗人们在记录行程、描绘风景的同时,也展现了自己含冤遭贬的心路历程。他们的诗"曲尽迁客逐臣景况",真实地展现了古代宦吏遭遇贬谪的境况和复杂的内心世界。相对贬谪到其他地区的诗人而言,流贬广西的诗人对自己的不幸遭遇有更深入的体验和更深刻的挖掘。主要有以下三方面:

第一,天涯沦落之感。古人一向以中原地区为天地之正中,中原以外的四方在他们看来皆为鬼魅之地,至于五岭之南、涨海之北的粤西就更是"天之涯""天边国"了。因而到粤西的诗人有被隔离于中原之外的边缘感。如宋之问所作的《桂州三月三日》就称:"代业京华里,远投魑魅乡。登高望不极,云海四茫茫。"[①] 他的另一首《发藤州》也说:"丹心江北死,白发岭南生。魑魅天边国,穷愁海上城。"[②] 被贬钦州的张说也不止一处表达他远在天涯的感觉,如说"万里投荒裔"[③] "江势连山远,天涯此夜愁"[④]。他的《南中送北使二首》其一更是将此抒发得淋漓尽致。诗云:

---

① (唐)沈佺期、(唐)宋之问撰,陶敏、易淑琼校注:《沈佺期宋之问集校注》卷三《桂州三月三日》,中华书局,2001年,第560页。

② (唐)沈佺期、(唐)宋之问撰,陶敏、易淑琼校注:《沈佺期宋之问集校注》卷三《发藤州》,中华书局,2001年,第555—556页。

③ (唐)张说著,熊飞校注:《张说集校注》卷六《岭南送使三首》,中华书局,2013年,第283页。

④ (唐)张说著,熊飞校注:《张说集校注》卷七《和朱使(欣道峡似巫山)二首》,中华书局,2013年,第328页。

传闻合浦叶,曾向洛阳飞。何日南风至,还随北使归。红颜渡岭歇,白首对秋衰。高歌何由见,层堂不可违。谁怜炎海曲,泪尽血沾衣。①

他流露出归日难期的万般无奈乃至绝望的情怀。

第二,性命忧虞之感。粤西气候炎热,瘴雾弥漫,生存条件较为恶劣,外来人士很容易水土不服、身染疾病,甚至丧生。从张祜《伤迁客殁南中》一诗不难了解这一悲惨的现实:"故人何处殁,谪宦极南天。远地身狼狈,穷途事果然。白须才过海,丹旐却归船。肠断相逢路,新来客又迁。"②生命脆弱、朝不保夕之感流露于贬谪诗的字里行间,就是自然而然的事了。柳宗元永贞元年(805)贬永州,曾溯湘江,出为柳州刺史,又溯湘江,故作《再上湘江》一诗,云:"好在湘江水,今朝又上来。不知从此去,更遭几年回?"③借湘水发问,不知此去还有无回归之日,平淡的一问中寓无限忧思。

咏鬼门关的诗将这种情感表达到极致。鬼门关,在北流县南三十里,是通往南端的合浦、钦州、交趾等地的必经之路,据《旧唐书·地理志》载:"有两石相对,其间阔三十步,俗号鬼门关。……其南尤多瘴疠,去者罕得生还。"④故民谚说:"鬼门关,十人九不还。"鬼门关,听名字就让人毛骨悚然,诗人来到这里,每每有自蹈死地难

①(唐)张说著,熊飞校注:《张说集校注》卷六《南中送北使二首》,中华书局,2013年,第291页。

②(唐)张祜著,尹占华校注:《张祜诗集校注》卷二《伤迁客殁南中》,上海古籍出版社,2020年,第105页。

③(唐)柳宗元撰,尹占华、韩文奇校注:《柳宗元集校注》卷四二《再上湘江》,中华书局,2013年,第2810页。

④(后晋)刘昫等撰:《旧唐书·地理志》,中华书局,1975年,第1743页。

以生还的不祥预感,产生苦涩悲凉乃至绝望的心情。如沈佺期《入鬼门关》:

> 昔传瘴江路,今到鬼门关。土地无人老,流移几客还。自从别京洛,颓鬓与衰颜。夕宿含沙里,晨行茵露间。马危千仞谷,舟险万重湾。问我投何处,西南尽百蛮。①

过鬼门关的经历给人的印象太深刻了,以至于沈佺期事后回忆起来还不免心有余悸。他在《初达驩州二首》其二中说"流子一十八,命予偏不偶。……魂魄游鬼门,骸骨遗鲸口"②。

张说之子张均《流合浦岭外作》亦云:"瘴江西去火为山,炎徼南穷鬼作关。从此更投人境外,生涯应在有无间。"③这也是对生死未卜的担忧。建中二年(781),另一诗人杨炎贬崖州司马,途经此地,作《流崖州至鬼门关作》诗中说:"一去一万里,千知千不还。崖州何处在,生度鬼门关。"④一语成谶,后果赐死道中,不得生还。张说在送北使还京时作《南中送北使二首》,其中说:"山临鬼门路,城绕瘴江流。人事今如此,生涯尚可求?"⑤

---

①(唐)沈佺期、(唐)宋之问撰,陶敏、易淑琼校注:《沈佺期宋之问集校注》卷二《入鬼门关》,中华书局,2001年,第87页。

②(唐)沈佺期、(唐)宋之问撰,陶敏、易淑琼校注:《沈佺期宋之问集校注》卷二《初达驩州二首》其二,中华书局,2001年,第97页。

③(唐)张钧:《流合浦岭外作》,《全唐诗》卷九〇,中华书局,1980年,第985页。

④(唐)杨炎:《流崖州至鬼门关作》,《全唐诗》卷一二一,中华书局,1980年,第1213页。

⑤(唐)张说著,熊飞校注:《张说集校注》卷六《南中送北使二首》,中华书局,2013年,第292页。

　　除对蛮荒之地气候的极端不适应外,以戴罪之身流贬粤西的诗人们还有对君威难测、命运未卜的深重忧虑。因为流贬之人半道遭追加赐死的事例并不鲜见,所以在贬的每一天都战战兢兢,如履薄冰,如张说《南中送北使二首》其二说:"待罪居重译,穷愁暮雨秋。山临鬼门路,城绕瘴江流。人事今如此,生涯尚可求?"① 这种头悬达摩克利斯之剑的处境实在是一种巨大的精神折磨。柳宗元谪柳州时也说"从此忧来非一事,岂容华发待流年"②,足见忧思之深。

　　第三,思亲怀乡之念。被贬的不幸加上背井离乡、远涉蛮荒的境遇,诗人的思亲、怀乡、念友之情自然愈加强烈且无法排遣。柳宗元《登柳州城楼寄漳汀封连四州》是其中的代表作:

　　　　城上高楼接大荒,海天愁思正茫茫。惊风乱飐芙蓉水,密雨斜侵薜荔墙。岭树重遮千里目,江流曲似九回肠。共来百越文身地,犹自音书滞一乡。③

这是柳宗元初到柳州后所作,表达了他离乡别友的悲苦和对挚友的深情怀念。诗中淋漓尽致地抒发了他海天一般深广的茫茫愁思以及对时事艰危和环境险恶的深重忧虑,尤其是思念故友却无由排解的百结愁肠和寂寞惆怅。诗里没有故作哀愁的无病呻吟,有的只是巨大的人生苦难与憾恨造成的刻骨凄怆,感人至深。

---

① (唐)张说著,熊飞校注:《张说集校注》卷六《南中送北使二首》,中华书局,2013 年,第 292 页。
② (唐)柳宗元撰,尹占华、韩文奇校注:《柳宗元集校注》卷四二《岭南江行》,中华书局,2013 年,第 2834 页。
③ (唐)柳宗元撰,尹占华、韩文奇校注:《柳宗元集校注》卷四二《登柳州城楼寄漳汀封连四州》,中华书局,2013 年,第 2815 页。

一般说来,这种情感在遇到或送别亲人时表现得尤为集中,也更为动人。如沈佺期《夜泊越州逢北使》:

> 天地降雷雨,放逐还国都。重以风潮事,年月戒回舻。容颜荒外老,心想域中愚。憩泊在兹夜,炎云逐斗枢。飚飚萦海若,霹雳耿天吴。鳌抃群岛失,鲸吞众流输。偶逢金华使,握手泪相濡。饥共噬齐枣,眠共席秦蒲。既北思攸济,将南咨所图。往来固无咎,何忽惮前桴? ①

越州,指廉州,治所在今广西合浦县东北。此诗写诗人在遇赦回京路上与朝廷使者相逢的情景,诗人叹息自己在岭南边远之地已经衰老了许多,泪水不禁奔涌而出。

张说在流放钦州途中所作的《石门别杨六钦望》也写得极为伤感:“燕人同窜越,万里自相哀。影响无期会,江山此地来。暮年伤泛梗,累日慰寒灰。潮水东南落,浮云西北回。俱看石门远,倚掉两悲哉。”② 沈佺期《夜泊越州逢北使》中也有句:“偶逢金华使,握手泪相濡。” ③ 这些饱含愁情与泪水的诗句,正是流贬生涯悲苦孤独情感的折射。

柳宗元一贬再贬,并最终卒于柳州,所以他更悲观,对自己命运的不幸也有着更强烈的预感,因之与亲友分别的诗也写得格外悲怆。

---

① (唐)沈佺期、(唐)宋之问撰,陶敏、易淑琼校注:《沈佺期宋之问集校注》卷二《夜泊越州逢北使》,中华书局,2001 年,第 127 页。

② (唐)张说著,熊飞校注:《张说集校注》卷六《石门别杨六钦望》,中华书局,2013 年,第 286 页。

③ (唐)沈佺期、(唐)宋之问撰,陶敏、易淑琼校注:《沈佺期宋之问集校注》卷二《夜泊越州逢北使》,中华书局,2001 年,第 127 页。

如《衡阳与梦得分路赠别》：

> 十年憔悴到秦京，谁料翻为岭外行。伏波故道风烟在，翁仲遗墟草树平。直以慵疏招物议，休将文字占时名。今朝不用临河别，垂泪千行便濯缨。①

此诗淋漓尽致地抒发了诗人与患难与共的挚友刘禹锡同遭意外打击后又要各奔西东的悲痛。诗人的怨恨、哀伤、凄凉与绝望之情溢于言表。《别舍弟宗一》更是感人至深的杰作。元和十一年（816），柳宗元的从弟宗一由柳州北上湖北，柳宗元作此诗送别，诗云：

> 零落残魂倍黯然，双垂别泪越江边。一身去国六千里，万死投荒十二年。桂岭瘴来云似墨，洞庭春尽水如天。欲知此后相思梦，长在荆门郢树烟。②

既迁谪他乡，又客中送别，诗人倍觉黯然。眼前只见"瘴云似墨"，自己只余"零落残魂"，今日一别，何日再见？对空间无限和时间漫长的强调抒发了萦绕于心挥之不去的内心苦闷。在对舍弟宗一的难舍之情中，更寓含着作者凄苦惨淡的情怀和郁郁不得志的悲愤。无怪《归田诗话》卷一称"读之令人惨然不乐"③。《唐诗鼓吹笺注》评："弟兄

---

① (唐)柳宗元撰，尹占华、韩文奇校注：《柳宗元集校注》卷四二《衡阳与梦得分路赠别》，中华书局，2013年，第2800页。
② (唐)柳宗元撰，尹占华、韩文奇校注：《柳宗元集校注》卷四二《别舍弟宗一》，中华书局，2013年，第2855页。
③ 丁福保辑：《历代诗话续编·归田诗话》，中华书局，1983年，第1244页。

远别,后会无期,殊方异域,度日如年,真一字一泪也。"①

　　综上所述,以"沈宋"和柳宗元为代表的唐代贬谪诗人,从养尊处优的馆阁楼台发配至偏远荒芜的边地粤西,从君王座上客的高位跌落到戴罪之身的境地,这其中的巨变对其个人的命运来说是极大的不幸,但对他们的诗歌创作来说未尝不是一件幸事,给他们带来了新的创作契机和灵感。从狭小的宫廷走向广阔的南国,他们的生活阅历得到前所未有的丰富,审美视野得到极大开拓,诗歌题材得以空前扩大,创作才能得到更大的发挥。羁愁旅思本是历代贬谪诗文共同的主题,更何况诗人们是远谪粤西这样的荒凉偏远之地。沉重的精神压力、动荡不安的生涯、对京城的眷恋和思乡怀归的情感,种种情绪交织在一起,使他们的诗歌充满悲凉伤感的情调。系心乡国不能归去的满腹牢骚,前途未卜、命运难测的时刻悬心,身居贬所孤独无助的心灵苦闷,这些真情实感通过异乡景物的描写和心理刻画表达出来,就有了此前华丽精美的宫廷诗所不曾有过的动人心弦的力量。

　　"沈宋"诗歌的转型是最有说服力的例证。"沈宋"本有出类拔萃的诗才,当他们直面险恶的仕途和惨淡的人生时,与全新的体验和深刻的人生感受相结合,便掀开了自己创作的全新一页,使诗歌焕发出独特的光彩,从绮丽精工、刻意追求唯美的应制诗一变而为抒写荣枯难测的人生际遇和内心波澜的抒情诗。这些诗"缘情而发",内容充实,情真意切,呈现出既重声色又重性情的新风貌,这是他们在京城当文学侍从时所写的应制诗所无法比拟的。《旧唐书·文苑传》本

———————————

① (金)元好问编,(元)郝天挺注,(明)廖文炳解,(清)钱朝鼐、王俊臣校注,陆贻典参解:《唐诗鼓吹笺注》,《续修四库全书》第289册,齐鲁书社,1997年,第66页。

传中说:"之问再被窜谪,经途江岭,所有篇咏,传布远近。"①

　　不仅如此,他们把山水诗的描写空间拓展到此前无人关注的粤西,粤西的自然风光和人文景观第一次集中走进诗歌,使初唐诗歌由狭隘的宫廷生活开始转向广阔的社会领域,大大开拓了唐诗的题材。特别是以诗歌来反映广西的自然地貌和民俗风情,更是自"沈宋"而始。他们用格律诗多角度地描绘粤西的山容水貌,在诗歌发展史上也具有开创性意义。尤其对粤西文学而言,他们的创作不仅开风气之先,而且对后世粤西文学产生了深远影响。

　　古人有文人创作得"江山之助"的说法。就唐代粤西诗创作而言,这一说法的意义不仅局限于以表现桂林山水之美为代表的优美动人的山水诗,也包括本文列举的由贬谪诗人创作的大量哀感动人的贬谪诗。那是粤西丰富多样的自然生态激发了他们的创作灵感,为他们提供了独特的驰骋才情的广阔天地。

[原刊《唐代文学研究》(第十四辑),

广西师范大学出版社,2012年]

---

① (后晋)刘昫等撰:《旧唐书·文苑传》,中华书局,1975年,第5025页。

唐代桂州的文学创作活动考述

殷祝胜

在唐代岭南五府辖区,除广州之外,桂州是文士最为集中的地方。他们在这里的创作活动留下的材料非常丰富,从中可见有唐一代此地文坛相当繁荣的景象。兹分三期考述之。

一、初盛唐时期

这一时期桂州的创作活动可考者较少,多数作品与桂州都督有关,成就最高者为宋之问。

与桂州都督有关的作品以《文苑英华》卷五九七所收《为义兴公陈请终丧第二表》和《为义兴公陈请终丧第三表》二文最早。此二表在《全唐文》卷二一〇中被收作陈子昂的作品,实误,因二表中分别有"臣今病在桂州"[①] "臣自到桂州病转增剧"[②] 之语,可见义兴公当时身在桂州,而陈子昂一生未有游桂行踪,如何会为义兴公作

---

① (唐)陈子昂:《为义兴公陈请终丧第二表》,《全唐文》卷二一〇,中华书局,1983年,第325页。
② (唐)陈子昂:《为义兴公陈请终丧第三表》,《全唐文》卷二一〇,中华书局,1983年,第325页。

此二表？《全唐文》之所以有此失误，当因《文苑英华》中此二表收在陈子昂《为义兴公求拜扫表》之后而未署作者名所致，此二表的作者自当为当时也在桂州的某位文士。此二表的创作时间，可联系陈子昂《为义兴公求拜扫表》进行推测，盖三表中的义兴公应为同一人。此人据岑仲勉先生考为江王元祥子晧，永隆中（680—681）因兄弟犯事而受牵连，被逐岭南数年，后赐还，而不久又被任命为恩州别驾。他希望先留下拜扫陵墓，然后赴任。于是有请陈子昂代为作表之事[①]，其时间当在武周天授元年（690）前。此人由恩州转任桂州时间不详，然大体可判断为初唐后期之事。其在桂州所任官职，据《第二表》中"今某月日，奏事官赍臣所奏表回，伏读报诏，不胜悲惧。陛下为臣累有政能，特见任用，使臣移孝为忠，即断来表"[②]等语，可知其来桂州为官出自皇帝的"特见任用"，又有"奏事官"为其传递文书，当为桂州都督。《第三表》说："臣除官已来，向欲一岁。"[③]知此表及第二表皆作于其任职桂州的一年之内。《第三表》又说："臣先患风疹，并两目昏暗，右手不能制物，一足不自运动，前后频有表状，请停官职。"[④]则当时在桂文士为其代作的请求停官的表状显然不止这两篇。

景龙末至先天元年（710—712），王晙任桂州都督[⑤]。他在此做了不少有益地方的事。他曾"上疏请归乡拜墓"，因"州人诣阙请

---

① 岑仲勉：《岑仲勉史学论文集》，中华书局，1990年，第18—19页。

②（唐）陈子昂：《为义兴公陈请终丧第二表》，《全唐文》卷二一〇，中华书局，1983年，第325页。

③（唐）陈子昂：《为义兴公陈请终丧第三表》，《全唐文》卷二一〇，中华书局，1983年，第326页。

④（唐）陈子昂：《为义兴公陈请终丧第三表》，《全唐文》卷二一〇，中华书局，1983年，第325页。

⑤ 郁贤皓：《唐刺史考全编》，安徽大学出版社，2000年，第3240页。

留",故未获朝廷批准,后来他任满离开,"州人立碑以颂其政"①。惜其上奏朝廷之疏和州人所立德政碑文皆未传下。

张九龄于开元十八年(730)任桂州都督,"至止之日"即往舜庙祭祀,作《祭舜庙文》。文章盛赞大舜"以大孝而崇德,以大圣而奋庸,以至公而有天下,以至均而一海内。故不以荒服之外,不以黄屋之尊,巡守而来,殂落于此",为当地"黎庶"所爱戴,希望大舜的神灵察视自己为官的表现,赏罚分明,"若私僻为谋,公忠有替,明鉴是殛,俾无远图;如悉心在公,惟力是视,当福而不福,为善者惧矣"②。此文可视为作者出任桂州都督的就职宣誓。

宋之问于景云元年(710)流放钦州,曾至桂州投靠都督王晙,先天中(712—713)赐死。他在桂州创作不断,今犹存诗6首、文1篇。《始安秋日》和《桂州三月三日》二诗皆因节令之触动而作,前者写"桂州风景异"③于洛阳,借以抒发去国怀乡之愁。后者回顾自己"两朝赐颜色,二纪陪游宴"的荣耀与在越州"无处不登临"的兴致,反衬今日"思归岂食桂江鱼"④的悲哀。《登逍遥楼》与《桂州陪王都督晦日宴逍遥楼》二诗创作地点完全相同而主题有别。前诗完全是为抒发"逍遥楼上望乡关"⑤的浓重乡愁而作。后诗因是陪王都督佳

① (后晋)刘昫等撰:《旧唐书》卷九三,中华书局,1975年,第2985—2986页。

② (唐)张九龄著,熊飞校注:《张九龄集校注》卷一七《祭舜庙文》,中华书局,2008年,第928—929页。

③ (唐)沈佺期、(唐)宋之问著,陶敏等校注:《沈佺期宋之问集校注》卷三《始安秋日》,中华书局,2001年,第564页。

④ (唐)沈佺期、(唐)宋之问著,陶敏等校注:《沈佺期宋之问集校注》卷三《桂州三月三日》,中华书局,2001年,第560页。

⑤ (唐)沈佺期、(唐)宋之问著,陶敏等校注:《沈佺期宋之问集校注》卷三《登逍遥楼》,中华书局,2001年,第559页。

节宴集时所作,故在抒写心头驱不散的忧郁——"愁共柳条新"①之外,也强调了对王都督接纳自己的感激。《桂州黄潭舜祠》诗写游舜庙所见所感,"神来兽率舞,仙去凤还飞"②二句所写应为舜祠祭祀场面,则此诗也可能是陪王都督祭舜庙后所作。《和赵员外桂阳桥遇佳人》是唱和诗,写赵员外的艳遇,带有宫体诗特色,是作者的宫廷诗人习气的流露,不过诗末"荡舟为乐非吾事,自叹空闺梦寐频"③二句还是流露出了远离亲人的悲凉心情。宋之问还作有《在桂州与修史学士吴兢书》一文,希望吴兢能将自己父亲的事迹载入史册,其中"拙自谋卫,降黜炎荒,杳寻魑魅之途,远在雕题之国。飓风摇木,饥鼬宵鸣,毒瘴横天,悲鸢昼落"④等语,表达了作者遭此流贬的悲苦,与其上述诸诗的基调一致。

　　《全唐诗》卷八五二收轩辕弥明《谒尧帝庙》诗,赞扬尧帝"巍巍圣迹陵松嵚,荡荡恩波洽桂江"⑤。诗题下有小注说:"桂州尧庙有开元二年弥明谒尧诗,自宋镌石。"⑥《太平广记》卷五五引《仙传拾遗》言衡湘间有道士轩辕弥明,"善捕逐鬼物"⑦,事涉怪诞,不知是否即

①(唐)沈佺期、(唐)宋之问著,陶敏等校注:《沈佺期宋之问集校注》卷三《桂州陪王都督晦日宴逍遥楼》,中华书局,2001年,第558页。

②(唐)沈佺期、(唐)宋之问著,陶敏等校注:《沈佺期宋之问集校注》卷三《桂州黄潭舜祠》,中华书局,2001年,第565页。

③(唐)沈佺期、(唐)宋之问著,陶敏等校注:《沈佺期宋之问集校注》卷四《和赵员外桂阳桥遇佳人》,中华书局,2001年,第616页。

④(唐)沈佺期、(唐)宋之问著,陶敏等校注:《沈佺期宋之问集校注》卷七《在桂州与修史学士吴兢书》,中华书局,2001年,第710页。

⑤(唐)轩辕弥明:《谒尧帝庙》,《全唐诗》卷八五二,中华书局,1980年,第9638页。

⑥(唐)轩辕弥明:《谒尧帝庙》,《全唐诗》卷八五二,中华书局,1980年,第9638页。

⑦(宋)李昉等撰:《太平广记》卷五五,中华书局,1961年,第339页。

作此诗者。

二、中唐时期

这一时期桂州的创作活动以使府僚佐为主角,偶有连帅、谪臣、过往官员与僧人。

任华是姓名可考的最早一位桂府僚佐,他在桂府担任僚佐始于大历七年(772),直到大历十二年(777)仍未离开,时间颇长。他的文章《全唐文》卷三七六收录24篇,其中作于桂州的约十篇,都是送别之序。其所送对象大抵是与府主李昌巙有关系的人,或为其亲故,如《送王舍人归寿春侍奉序》所送的太子舍人王良辅是李昌巙的"谭公之亲"① 即妻弟,《送李审秀才归湖南序》与《重送李审却赴广州序》二文所送的李审秀才,据戴叔伦《送李审之桂州谒中丞叔》诗题,知是李昌巙的侄子②,《送杜正字暂赴江陵拜觐叔父序》所送的杜正字是李昌巙的"故人之子"③;或为其宾客,如《送祖评事赴黔府李中丞使幕序》送的祖评事本是李昌巙的"嘉客"④,《送标和尚归南岳便赴上都序》所送的道标和尚是李昌巙"待之礼敬甚厚"⑤ 的一位南

---

①(唐)任华:《送王舍人归寿春侍奉序》,《全唐文》卷三七六,中华书局,1983年,第3819页。

②(唐)戴叔伦著,蒋寅校注:《戴叔伦诗集校注》卷一《送李审之桂州谒中丞叔》,上海古籍出版社,1993年,第78页。

③(唐)任华:《送杜正字暂赴江陵拜觐叔父序》,《全唐文》卷三七六,中华书局,1983年,第3820页。

④(唐)任华:《送祖评事赴黔府李中丞使幕序》,《全唐文》卷三七六,中华书局,1983年,第3819页。

⑤(唐)任华:《送标和尚归南岳便赴上都序》,《全唐文》卷三七六,中华书局,1983年,第3823页。

岳高僧；或为其"将表请"① 的前使判官，如《桂林送前使判官苏侍御归上都序》所送的苏侍御。只有《送虔上人归会稽觐省便游天台山序》《送宗判官归滑台序》和《送魏七秀才赴广州序》三文未言所送之人与李昌巙有关，然送虔上人序中说虔上人深得桂州"众君子礼敬"②，而李昌巙"方崇东流之法，化南越之俗"③，应当也会尊为上宾；送宗判官序说宗判官到桂林是"王事故也"④，自然会与李昌巙有交涉；而魏秀才为未及第的乡贡进士，来桂州及将赴广州应有拜访名流大僚以期延誉的意图，其有干谒李昌巙的举动在情理之中，可见这三人也可能为李昌巙的座上之客。故这些作品有不少当如《送祖评事赴黔府李中丞使幕序》中所言是"承命制序"⑤，是幕僚应府主的要求而作。任华这些"承命"制作之序的可贵之处在于，他并不满足于泛泛称道所送之人和赞美府主，而是常常鲜明地表现自己的思想感情和独特个性。《送祖评事赴黔府李中丞使幕序》结尾说："见贤良则引而荐之，勿惮勿疑；见仇怨则报之以德，勿瑕勿疵。吾常以此为终身之宝，今以终身之宝赠君，以为何如也？"⑥ 明确指出这里的临别赠言不是揣摩府主的意思，而是自己终身奉之的待人接物准则。《送

①（唐）任华：《桂林送前使判官苏侍御归上都序》，《全唐文》卷三七六，中华书局，1983 年，第 3821 页。

②（唐）任华：《送虔上人归会稽觐省便游天台山序》，《全唐文》卷三七六，中华书局，1983 年，第 3823 页。

③（唐）任华：《送标和尚归南岳便赴上都序》，《全唐文》卷三七六，中华书局，1983 年，第 3823 页。

④（唐）任华：《送宗判官归滑台序》，《全唐文》卷三七六，中华书局，1983 年，第 3820 页。

⑤（唐）任华：《送祖评事赴黔府李中丞使幕序》，《全唐文》卷三七六，中华书局，1983 年，第 3820 页。

⑥（唐）任华：《送祖评事赴黔府李中丞使幕序》，《全唐文》卷三七六，中华书局，1983 年，第 3820 页。

标和尚归南岳便赴上都序》中说："（李昌夔）命幕中乐安任华为之序，序云：'彼上人者，甚为稀有。方以般若为舟，而浮于洞庭；以大乘为车，而游于京师。皇帝深信释氏，必将延入内殿，问以秘藏，岂唯将相得归依之地，王侯发回向之心而已乎？' 王①曰：'如吾言焉。'"②显得极为自负，不仅自夸此序如出府主之口，就连说到皇帝将会如何，也是那种不容置疑的口气。《桂林送前使判官苏侍御归上都序》是在李昌夔率其僚属送苏侍御北归时"或筵于西堂，或樽于东楼，或馔于亭皋"的场合所作，序中嘱托苏侍御"傥见二相国，当为深陈江岭安危之体焉"。又说："料子必见潘庶子，因登高把酒，南望千峰，白云离披，横在山畔，与我畴昔所见，岂有异乎？"③都不干府主之事，只为自我抒怀。《唐摭言》卷一一中称"任华憨直"④，在这些序中也颇有体现。至于那些出于私交而作的赠序，这种个性就表现得更为突出，《送宗判官归滑台序》是赠别旧友之作，写得尤其有特色。文章以"大丈夫其谁不有四方志"一句开头，以"衮乎对此，与我分手，忘我尚可，岂得忘此山水哉"诸语结尾，中间叙写二人"二年之间，会而离，离而会"的经历，以及自己与"二三子出饯"宗衮之事，侧重描画"尖山万里，平地卓立，黑似铁色，锐如笔锋"的桂山与"略军城而南走，喷入沧海，横浸三山"的阳江、桂江，赞叹"遐荒之外，有如是山水"⑤。慷慨磊落，纯任性情，完全没有一般赠序中那种美言与客套，

---

① 笔者按：应作公，即李昌夔。
②（唐）任华：《送标和尚归南岳便赴上都序》，《全唐文》卷三七六，中华书局，1983 年，第 3823 页。
③（唐）任华：《桂林送前使判官苏侍御归上都序》，《全唐文》卷三七六，中华书局，1983 年，第 3821 页。
④（五代）王定保著：《唐摭言》，中华书局，1959 年，第 130 页。
⑤（唐）任华：《送宗判官归滑台序》，《全唐文》卷三七六，中华书局，1983 年，第 3820 页。

其对桂林山水特色的准确把握与由衷欣赏是此前从未有过的。

　　李昌夔幕府中又有戎昱,是著名诗人,《全唐诗》卷二七〇收其诗 1 卷,其中 8 首作于桂州。《上桂州李大夫》和《再赴桂州先寄李大夫》二诗是写给府主的陈情之作,前篇为五排,其中说:"今日辞门馆,情将众别殊。感深翻有泪,仁过曲怜愚。"[1] 后篇为五律:"玷玉甘长弃,朱门喜再游。过因谗后重,恩合死前酬。养骥须怜瘦,栽松莫厌秋。今朝两行泪,一半血和流。"[2] 合观可知,戎昱在桂幕曾因过而受谗言攻击,被李昌夔辞退,后又被召回。前篇写被迫离开桂府的复杂心情,后篇写重被召回的感激涕零。其他 6 首诗写的都是天涯作客的寂寞伤悲,如《桂州腊夜》诗说:"坐到三更尽,归仍万里赊。雪声偏傍竹,寒梦不离家。"[3]《桂州岁暮》诗说:"岁暮天涯客,寒窗欲晓时。君恩空自感,乡思梦先知。"[4] 表达的情感完全一致,《宿桂州江亭呈康端公》和《桂州西山登高上陆大夫》二诗也是同一主题。可能因为这种悲凉心境的缘故,作者对桂州气候的感觉也与众不同,《桂城早秋》诗说:"远客惊秋早,江天夜露新。"[5]《桂州口号》诗说:"谁道桂林风景暖,到来重着皂貂裘。"[6] 似乎桂州的秋天比作者思念的北方的秋天来得还要早,全然不像人们所说的那样温暖。

　　郑叔齐也当是李昌夔幕府文士,独秀峰下读书岩口刻有其建中元年(780)八月廿八日所作《独秀山新开石室记》,记李昌夔发现并

---

① (唐)戎昱:《上桂州李大夫》,《全唐诗》卷二七〇,中华书局,1980 年,第 3016 页。

② (唐)戎昱:《再赴桂州先寄李大夫》,《全唐诗》卷二七〇,中华书局,1980 年,第 3012 页。

③ (唐)戎昱:《桂州腊夜》,《全唐诗》卷二七〇,中华书局,1980 年,第 3011 页。

④ (唐)戎昱:《桂州岁暮》,《全唐诗》卷二七〇,中华书局,1980 年,第 3027 页。

⑤ (唐)戎昱:《桂城早秋》,《全唐诗》卷二七〇,中华书局,1980 年,第 3027 页。

⑥ (唐)戎昱:《桂州口号》,《全唐诗》卷二七〇,中华书局,1980 年,第 3023 页。

组织人手修整读书岩的经过,在表彰府主"三年政成,乃考宣尼庙于山下"①政绩的同时,也抒发了知己难遇的感慨。

李昌夔之后桂管连帅是卢岳,其幕府中常有大规模的宴集赋诗活动。于邵《九日陪廉使卢端公宴东楼序》记卢岳重阳节"大合宾佐,高张郡楼"之事,结尾说"请分赋五韵,书诸即事云"②。又,其《送房判官巡南海序》中说:"桂管经略观察使范阳卢公,惜云雨为别,怅江山暂间,置酒高会,征诗宠行。南天不寒,四气争暑;黄柑未摘,卢橘又花。请因众芳,以动佳兴,将我府公之厚意也。"③可知卢岳组织的这两次宴集都要求参与的宾佐们赋诗。可惜这些作品都没有流传下来。

杨衡于贞元七年(791)后入桂管使幕,留有《秋夜桂州宴送郑十九侍御》《桂州与陈羽念别》《送公孙器自桂林归蜀》三诗,皆送别之作。作者与郑十九、陈羽二人,一个已"三岁奉周旋"④,一个是"因君时解颜"⑤,都是关系要好的朋友,故送二人之诗充满离愁别恨;公孙器是僧人,故临别之际,以"挥手共忘怀"⑥为说。

令狐楚于贞元八年(792)七月后至十年(794)初在桂管观察使

---

①(唐)郑叔齐:《独秀山新开石室记》,杜海军辑校《桂林石刻总集辑校》上册,中华书局,2013年,第12页。

②(唐)于邵:《九日陪廉使卢端公宴东楼序》,《全唐文》卷四二六,中华书局,1983年,第4345—4346页。

③(唐)于邵:《送房判官巡南海序》,《全唐文》卷四二七,中华书局,1983年,第4356—4357页。

④(唐)杨衡:《秋夜桂州宴送郑十九侍御》,《全唐诗》卷四六五,中华书局,1980年,第5282—5283页。

⑤(唐)杨衡:《桂州与陈羽念别》,《全唐诗》卷四六五,中华书局,1980年,第5287页。

⑥(唐)杨衡:《送公孙器自桂林归蜀》,《全唐诗》卷四六五,中华书局,1980年,第5283页。

王拱幕①，其间有代人所作表状 7 篇、记 1 篇、诗 1 首。代人所作表状大抵为地方官上奏朝廷的例行文书，如朝廷赐物于府主，为作《谢敕书赐春衣并尺表》②《谢敕书赐腊日口脂等表》③ 二表；朝廷给府主加官，为作《为桂府王中丞谢加朝议大夫表》④；朝廷大赦天下，为府主和监军分别作《为桂府王拱中丞贺南郊表》⑤ 和《为监军贺赦表》⑥。其中值得注意的是《为人作荐昭州刺史张愻状》和《为道州许使君谢上表》，前者是代府主作的向朝廷推荐支郡刺史的状文，肯定"张愻忧人若己，理郡如家；劝课农桑，置立保社；移风为敦厚之境，征赋无惨急之名。周旋六年，其道一致"⑦ 的为官表现，希望朝廷"甄录"此人，可见桂管连帅管理地方的一些实况；后者是代外府支郡官员所作的到任谢表，可见作者当时虽然只是刚考中进士的年轻士子，而擅长表状的名声已颇为人所知，《旧唐书》卷一七二《令狐楚传》载其后来在太原幕掌表奏时，"德宗好文，每太原奏至，能辨楚之所为，颇称之"⑧，或

---

① 尹楚兵：《令狐楚年谱·令狐绹年谱》，上海古籍出版社，2008 年，第 26—32
　　页。下论诸文系年也参此书。
②（唐）令狐楚：《谢敕书赐春衣并尺表》，《全唐文》卷五四〇，中华书局，1983
　　年，第 5484 页。
③（唐）令狐楚：《谢敕书赐腊日口脂等表》，《全唐文》卷五四〇，中华书局，1983
　　年，第 5485 页。
④（唐）令狐楚：《为桂府王中丞谢加朝议大夫表》，《全唐文》卷五四〇，中华书
　　局，1983 年，第 5482 页。
⑤（唐）令狐楚：《为桂府王拱中丞贺南郊表》，《全唐文》卷五三九，中华书局，
　　1983 年，第 5472 页。
⑥（唐）令狐楚：《为监军贺赦表》，《全唐文》卷五三九，中华书局，1983 年，第
　　5474 页。
⑦（唐）令狐楚：《为人作荐昭州刺史张愻状》，《全唐文》卷五四二，中华书局，
　　1983 年，第 5499 页。
⑧（后晋）刘昫等撰：《旧唐书》，中华书局，1975 年，第 4459 页。

许他在桂幕所作的这些表状已给德宗留有好印象了。据《桂林风土记》"开元寺震井"条记载,令狐楚在桂州还作有一篇《震井记》,记当时"因左迁寓居僧院"的李氏"以食余熟羊脾悬井中"① 而井遭雷震之事,当属志异性质,惜此文已佚。《旧唐书》本传说令狐楚来桂府只为感谢王拱的知赏"厚意",其实很不情愿,其《立秋日》诗写新秋到来而"还家未有期","心中旧气味,苦校去年时"②,尹楚兵先生认为反映的就是这种心境,应为在桂幕的抒怀之作③。

桂管连帅在这一时期只有杨谭留有《兵部奏桂州破西原贼露布》一文。这是一篇向朝廷告捷的文书,作于乾元二年(759)④。露布具体叙述了此次西原叛乱的爆发与自己指挥平叛的经过:自去年二月二日起,"睦州、武阳、珠兰、金溪、黄橙等一百余洞"首领"潜相结构,约二十万众"参与了这次叛乱。作者"激劝将士",联合效忠朝廷的当地首领,"自春徂冬,凡经二百余日,前后苦战,各三十余阵",终于破敌,除"斩首五千余级"之外,对于来降者一律释罪不问,"兼赍匹帛,散于营农"⑤。西原之乱是中晚唐时期粤西地区的大事,绵延百年之久,此文对了解此事件初期情况有重要参考意义。

这一时期有贬逐文士在桂州有创作的可考知二人。张叔卿《流桂州》诗说:"莫问苍梧远,而今世路难。胡尘不到处,即是小长安。"⑥ 此当为安史之乱中作者流放桂州而作,意在自我宽解,认为生

---

① (唐)莫休符撰:《桂林风土记》,王云五主编《丛书集成初编》第3118册,商务印书馆,1936年,第9页。

② (唐)令狐楚:《立秋日》,《全唐诗》卷三三四,中华书局,1980年,第3745页。

③ 尹楚兵:《令狐楚年谱·令狐绹年谱》,上海古籍出版社,2008年,第29页。

④ 参拙著《杨谭任桂州刺史时间考辨》,《河池学院学报》2011年第1期。

⑤ 杨谭:《兵部奏桂州破西原贼露布》,《全唐文》卷三七七,中华书局,1983年,第3835页。

⑥ (唐)张叔卿:《流桂州》,《全唐诗》卷二七二,中华书局,1980年,第3060页。

逢乱世,至此战火不到的桂州,还有些太平年代长安的影子,即可作"小长安"看待,不必有太多远逐之悲了。于邵在建中二年至贞元元年(781—785)被贬桂州长史期间作文颇多,今存约二十篇,除2篇书信、1篇宴集序和1篇谢表外,其余都是送序。《与萧相公书》是写给宰相的陈情文字,文中有"抱疊遐荒,残魂未绝,偷度时刻,倏忽四年"及"圣上缵序鸿业,于今六年"①等语,可断为兴元元年(784)作,其时宰相有萧复②,即题中萧相公。书中先言"国家大务",而主旨在于请求朝廷"曲赐恩波,放归田里……如以归田闻奏无端,即乞以检校闲官为请,许令随便养病,免死殊俗"③。又据书中"敢托相公门阑之旧,辄书当时得罪之由,再烦视听,具如别状"④诸句,可知于邵当时还作有陈述自己贬谪缘由的状子,此状已佚。《与裴谏议虬书》是答复途经桂州献文于作者的裴虬之作。书中肯定了裴虬所献诗文,又论历代文学兴衰之况,称美"开元天宝,于斯为盛",感叹"三十年来,兵戈不息……考之文章,东不流于海,南不集于江"⑤,勉励裴虬修德待时,也抒发自己"心折骨惊"的"迁客"之悲。《为柳州郑郎中谢上表》⑥是代柳州刺史作的到任谢表,当为此人路过桂州所

①(唐)于邵:《与萧相公书》,《全唐文》卷四二六,中华书局,1983年,第4339页。
②(宋)欧阳修、宋祁撰:《新唐书》卷六二《宰相表》,中华书局,1975年,第1701页。
③(唐)于邵:《与萧相公书》,《全唐文》卷四二六,中华书局,1983年,第4339—4340页。
④(唐)于邵:《与萧相公书》,《全唐文》卷四二六,中华书局,1983年,第4339页。
⑤(唐)于邵:《与裴谏议虬书》,《全唐文》卷四二六,中华书局,1983年,第4343页。
⑥(唐)于邵:《为柳州郑郎中谢上表》,《全唐文》卷四二四,中华书局,1983年,第4324页。

托。《九日陪廉使卢端公宴东楼序》是应邀参加桂管使府重阳节宴会时奉连帅卢岳之命而作的宴集序,赞颂卢岳对当地治理有方,描写宾主齐乐的宴乐盛况,对自己获"陪上樽之娱"①表示感激。于邵在桂州所作送序最多,这些作品所送对象多数与桂管使府有关,如《春宵饯卢司马丈归澧阳序》②是为送连帅的弟弟而作,《送郑判官之广州序》③是为送连帅的姻亲而作,《宴饯崔十二弟校书之容州序》是为送连帅的"畴昔之好"④而作,《送房判官巡南海序》⑤是为连帅饯送朝廷使者而作,《送卢判官之梧州郑判官之昭州序》⑥是饯送被连帅任命为支郡刺史的桂府僚佐而作,《送朱秀才归上都序》⑦和《送陈秀才序》⑧二文所送的两位秀才都是连帅的座上宾,《送贾中允之襄阳序》所送的贾中允"闻有道而来,终有得而去"⑨,也当是连帅礼遇之士;

①(唐)于邵:《九日陪廉使卢端公宴东楼序》,《全唐文》卷四二六,中华书局,1983 年,第 4345 页。

②(唐)于邵:《春宵饯卢司马丈归澧阳序》,《全唐文》卷四二七,中华书局,1983 年,第 4353 页。

③(唐)于邵:《送郑判官之广州序》,《全唐文》卷四二七,中华书局,1983 年,第 4345 页。

④(唐)于邵:《宴饯崔十二弟校书之容州序》,《全唐文》卷四二七,中华书局,1983 年,第 4352 页。

⑤(唐)于邵:《送房判官巡南海序》,《全唐文》卷四二七,中华书局,1983 年,第 4356 页。

⑥(唐)于邵:《送卢判官之梧州郑判官之昭州序》,《全唐文》卷四二八,中华书局,1983 年,第 4357 页。

⑦(唐)于邵:《送朱秀才归上都序》,《全唐文》卷四二八,中华书局,1983 年,第 4364 页。

⑧(唐)于邵:《送陈秀才序》,《全唐文》卷四二八,中华书局,1983 年,第 4364 页。

⑨(唐)于邵:《送贾中允之襄阳序》,《全唐文》卷四二七,中华书局,1983 年,第 4349 页。

《送杨倓南游序》①所送的是桂府副使的旧交,可见于邵在桂州虽非使府僚佐,而与使府中上至连帅下至宾客都有密切交往,因此而作的文章颇多。《旧唐书》卷一三七《于邵传》中说德宗即位初期,"大诏令,皆出于邵"②,可知他在贬桂州之前已享能文盛誉,故他到桂州以后,文士们也喜欢与他交游,请他作文,他似乎也乐意为之。除上述桂幕人士外,他又为"不自意而邂逅相遇,念一老而得之周旋"③的谭正字作《送谭正字之上都序》,为"几烦相问,挹我以礼"④的刘协律作《送刘协律序》,为两位游方的僧人通上人和锐上人分别作《送通上人之南海便赴上都序》⑤和《送锐上人游罗浮山序》⑥。特别值得一提的是,他还为两位寓居桂州的贫士作序。《送纪奉礼之容州序》赞扬遭遇"世故家贫"的纪文楚"背胡越岭,执爨以养"⑦其母亲的孝行,介绍他去结识容州经略使之子,当是希望对方解决其生计问题。《送盛卿序》写"一入桂林,十周星矣"的盛卿"诗礼日训,柴荆昼关"⑧的淡泊人生及其与自己的君子之交,对自己身处"穷途",无法帮助对方感

---

①(唐)于邵:《送杨倓南游序》,《全唐文》卷四二八,中华书局,1983年,第4363页。

②(后晋)刘昫等撰:《旧唐书》,中华书局,1975年,第3766页。

③(唐)于邵:《送谭正字之上都序》,《全唐文》卷四二七,中华书局,1983年,第4351页。

④(唐)于邵:《送刘协律序》,《全唐文》卷四二七,中华书局,1983年,第4351页。

⑤(唐)于邵:《送通上人之南海便赴上都序》,《全唐文》卷四二八,中华书局,1983年,第4365页。

⑥(唐)于邵:《送锐上人游罗浮山序》,《全唐文》卷四二八,中华书局,1983年,第4365页。

⑦(唐)于邵:《送纪奉礼之容州序》,《全唐文》卷四二七,中华书局,1983年,第4351页。

⑧(唐)于邵:《送盛卿序》,《全唐文》卷四二八,中华书局,1983年,第4363页。

到遗憾。于邵这些作品即使出于普通的应酬,也多特意强调自己的"迁客"身份,透露出一股忧郁气息,贬谪桂州对他的打击实在太沉重了。

这一时期途经桂州而留有作品的,官员有柳宗元,僧人有释怀信。柳宗元在元和十年(815)赴柳州任所时途经桂州,作《桂州北望秦驿手开竹径至钓矶留待徐容州》①,期待与徐容州一起上驿站边的钓矶游览,表达了对自由的归隐生活的向往。释怀信在元和十二年(817)前后有《栖霞洞题诗》,写参禅感受,原摩崖于七星岩口,今已毁,有拓本传世②。

三、晚唐时期

这一时期桂州的创作活动中,桂府连帅非常活跃,桂府幕僚的表现也不逊色,桂州出生的文士的出现尤当予以关注,此外,路过桂州的文士也有作品留下。

先论连帅的创作。李渤于敬宗宝历年间为桂管观察使,他在桂州留有2篇奏状、1篇诗序、3首诗。《桂州举前容管经略使严公素自代状》③是刺史上任后的例行奏状,使府连帅一般让幕僚代作,李渤自作表现了他对创作的热衷。《奏桂管常平义仓状》是作者的议政文字。当时朝廷要求地方官府在以常平仓粮食放赈救灾前先须上奏,

---

① (唐)柳宗元著,王国安笺释:《柳宗元诗笺释》卷三《桂州北望秦驿手开竹径至钓矶留待徐容州》,上海古籍出版社,1993年,第300页。

② (唐)释怀信:《栖霞洞题诗》,杜海军辑校《桂林石刻总集辑校》上册,中华书局,2013年,第15页。

③ (唐)李渤:《桂州举前容管经略使严公素自代状》,《全唐文》卷七一二,中华书局,1983年,第4351页。

作者认为桂管"去京往来万里,奏回方给,岂及饥人",故请求允许他在"忽遇灾荒"之时,"量事赈贷讫,续分析闻奏"①。此状可见作者的务实负责精神。李渤在政事之余喜欢游览山水,桂林的南溪山和隐山就是他最早发现并组织开发的,他在桂州所作的一序三诗都是这方面活动的产物。《南溪诗并序》是一个整体,序写发现和开发南溪的过程,对山上二洞九室的奇异景象的记载尤为具体;诗着重渲染南溪风光带给作者那种"萧条风烟外,爽朗形神寂"②的感受,表达作者遗世高蹈的愿望。《留别南溪》和《留别隐山》是作者离开桂州前与他亲自开发的两处山水的道别之诗,前诗说:"长叹春泉去不回,我今此去更难来。欲知别后留情处,手种岩花次第开。"③后诗说:"如云不厌苍梧远,似雁逢春又北归。惟有隐山溪上月,年年相望两依依。"④其中完全没有一般在桂文士北归时的那种喜悦,有的只是对两处山水永远无法割断的怀念。

元晦也是喜欢山水的桂管连帅,他在任期间(会昌二年至五年,842—845)留有三文、三诗,都是写山水的。《叠彩山记》《四望山记》《于越山记》三文记载这三座山的得名由来、景点及开发情况,据《桂林风土记》"越亭"⑤条记载,他在叠彩山修建多所亭榭台院,四

①(唐)李渤:《奏桂管常平义仓状》,《全唐文》卷七一二,中华书局,1983年,第4351页。

②(唐)李渤:《南溪诗并序》,杜海军辑校《桂林石刻总集辑校》上册,中华书局,2013年,第17页。

③(唐)李渤:《留别南溪》,杜海军辑校《桂林石刻总集辑校》上册,中华书局,2013年,第161页。

④(唐)李渤:《留别隐山》,杜海军辑校《桂林石刻总集辑校》上册,中华书局,2013年,第19页。

⑤(唐)莫休符撰:《桂林风土记》,王云五主编《丛书集成初编》第3118册,商务印书馆,1936年,第2—3页。

望、于越二山与叠彩相连,应当都是他开发的。叠彩山上的越亭是最为他流连不已之处,他不仅在《叠彩山记》中特别写此亭"旷视天表,想望归途,北人游此,多轸乡思"①;而且越亭初成时作有《越亭二十韵》②长律细致描写登览越亭的见闻感慨,在被调任浙东时又留题1首七律于此,表达不能"再游""南国春光"③的深深怅惘。元晦还作有1首五十韵的长律咏其新建于宝积山的岩光亭,今存四句为:"石静如开镜,山高若耸莲。笋竿抽玉管,花蔓缀金钿。"④连用比喻,生动细腻,可见其对桂林山水的醉心。

其他多名连帅在桂州所留作品没有以上二位多。杨汉公是元晦的继任(会昌五年至大中元年,845—847),有《訾洲宴游》七绝,表达面对"樱桃含笑柳眉攒"的"今朝好风景"⑤的愉快心情。郑亚是杨汉公的继任(大中元年至二年,847—848),他在桂州的公私文书一般都由幕僚李商隐代作,其亲自执笔的今只存《太尉卫公会昌一品制集序》。此序是在李商隐所作《太尉卫公会昌一品集序》基础上改写而成,重在表彰李德裕的文章之美和功勋之高。李德裕是郑亚所属李党的魁首,序中说:"岁在丁卯,亚自左掖出为桂林。九月,公

① (唐)元晦:《叠彩山记》,杜海军辑校《桂林石刻总集辑校》上册,中华书局,2013年,第20页。
② (唐)元晦:《越亭二十韵》,《全唐诗》卷五四七,中华书局,1980年,第6315—6316页。
③ (唐)莫休符撰:《桂林风土记》,王云五主编《丛书集成初编》第3118册,商务印书馆,1936年,第3页。
④ (唐)莫休符撰:《桂林风土记》,王云五主编《丛书集成初编》第3118册,商务印书馆,1936年,第3页。
⑤ (唐)莫休符撰:《桂林风土记》,王云五主编《丛书集成初编》第3118册,商务印书馆,1936年,第3—4页。

书至自洛。以典诰制命,示于幽鄙,且使为序,以集成书。"①可知此序又是李德裕嘱咐他作的,故他格外重视,李商隐代他作成之后,估计他不太满意,于是有了这篇改作。韦瓘是郑亚的继任(大中二年,848),他在桂州作有留题碧浔亭诗,写"非时除宾客分司"的惆怅,感叹"薄宦都缘命不遭"②。宾客分司官署在洛阳,地理位置当然强过桂州多多,但宾客分司是无所事事的闲职,比不得桂管连帅拥有实权,看来离开桂州北上任职有时也是令人失落的。张文规为桂管连帅时(大中六年至八年,852—854),据《桂林风土记》"石氏射樟木灯檠祟"③条记载,他曾根据裨将石从武所述其家灯檠作祟为其射灭之事作《石氏射灯檠传》。此文今佚,但《桂林风土记》此条当即采自此文,可知是带有志怪小说性质的一篇作品。张文规的继任张固(大中九年至十一年,855—857)在桂州曾作《独秀山》和《重阳宴东观山亭和从事卢顺之》二诗,前诗是七绝,称赞独秀峰是南方的"擎天一柱"④;后诗是七律,写佳节登高饮宴的欢乐情景,是对幕僚之诗的和作⑤。鱼孟威任桂管连帅期间曾重修灵渠,咸通九年(868)兴工,十年(869)完工。十一年(870)四月十五日,他作《桂州重修灵渠记》一文,叙述为了减轻当地民众徭役负担而重修灵渠之事,表达了"长

---

①(唐)郑亚:《太尉卫公会昌一品制集序》,《全唐文》卷七三〇,中华书局,1983年,第7533页。

②(唐)莫休符撰:《桂林风土记》,王云五主编《丛书集成初编》第3118册,商务印书馆,1936年,第5页。

③(唐)莫休符撰:《桂林风土记》,王云五主编《丛书集成初编》第3118册,商务印书馆,1936年,第11页。

④(唐)张固:《独秀山》,《全唐诗》卷五六三,中华书局,1980年,第6534页。

⑤(唐)张固:《重阳宴东观山亭和从事卢顺之》,《全唐诗》卷五六三,中华书局,1980年,第6534页。

吏所当子民"①的为官理念,难能可贵。张丛应为鱼孟威的继任(咸通十三年,872),在桂州作有《重游东观》②五律,写秋游东观,景物幽静,恍若身在人寰之外的感觉。

　这一时期桂府幕僚所作今存者多与连帅有关。吴武陵与韦宗卿分别有《新开隐山记》③和《隐山六峒记》④,皆为其府主李渤开发隐山而作。吴记为古文,韦记为骈文,但二文内容与结构相近,开头都强调府主游览山水是在政事有成之后,中间均以游踪为线索依次展示隐山各处特别是山中诸岩洞的奇丽景象,笔触细腻,结尾皆写到宴集,颂扬府主,作记缘由。吴武陵又有《阳朔县厅壁题名》,是作者宝历二年(826)"使番禺"路过阳朔时所作,表彰由观察使李渤任命的摄令李湜勤于政事,对阳朔的"孤崖绝,森耸骈植"及其"东制邕容交广之冲,南挹宾峦岩象之隘"⑤的险要地势也有生动描述。路单是元晦幕中副使,有和元晦除浙东留题越亭之诗,称赞府主在桂治绩如谢安、黄霸,到浙东也将有同样的"仁政"。此诗结尾说"独惭霜鬓又攀龙"⑥,看来作者也随元晦去了浙东。卢顺之为张固从事,重阳节陪府主宴东观,曾作诗相赠,其中"白云郊外无尘事,黄菊筵中尽醉

① (唐)鱼孟威:《桂州重修灵渠记》,《全唐文》卷八○四,中华书局,1983年,第8454页。

② (唐)莫休符撰:《桂林风土记》,王云五主编《丛书集成初编》第3118册,商务印书馆,1936年,第2页。

③ (唐)吴武陵:《新开隐山记》,《全唐文》卷七一八,中华书局,1983年,第7386页。

④ (唐)韦宗卿:《隐山六峒记》,《全唐文》卷六九五,中华书局,1983年,第7134页。

⑤ (唐)吴武陵:《阳朔县厅壁题名》,《全唐文》卷七一八,中华书局,1983年,第7388页。

⑥ (唐)莫休符撰:《桂林风土记》,王云五主编《丛书集成初编》第3118册,商务印书馆,1936年,第3页。

容"① 二句颇能表现出佳节郊外宴游之欢。陆宏休为桂府从事时间不可考,他作有一首写新年在訾家洲饮宴的诗,从"莺声暗逐歌声艳,花态还随舞态羞"② 二句看,筵席上有歌有舞,可能也是桂管帅府举办的活动。

　　李商隐是郑亚的从事,作于桂州的诗文今存分别有三十多首、七十多篇。与上述桂幕僚佐赋诗多与府主有关不同,李商隐在桂州所作诗只有《席上作》一首与府主相关,此诗题下有自注说:"予为桂州从事,故府郑公出家妓,令赋高唐诗。"③ 诗为七绝,为桂府筵席上的娱乐之作,其他多为个人抒怀。自伤沦落是写得最多的内容。《城上》诗说:"有客虚投笔,无憀独上城。"④ 将入桂幕说成"虚投笔",否定了这一行为的意义。《高松》诗说:"高松出众木,伴我向天涯。"⑤《朱槿花二首》其一说:"不卷锦步障,未登油壁车。"⑥ 天涯唯有高松相伴,朱槿不蒙贵人赏识,也都是寂寞失意之感。《北楼》诗说:"春物岂相干,人生只强欢。"⑦ 内心郁郁不乐,面对春天也只是强作欢笑

①(唐)莫休符撰:《桂林风土记》,王云五主编《丛书集成初编》第3118册,商务
　印书馆,1936年,第2页。
②(唐)莫休符撰:《桂林风土记》,王云五主编《丛书集成初编》第3118册,商务
　印书馆,1936年,第4页。
③(唐)李商隐著,刘学锴、余恕诚集解:《李商隐诗歌集解·席上作》,中华书
　局,2004年,第705页。
④(唐)李商隐著,刘学锴、余恕诚集解:《李商隐诗歌集解·城上》,中华书局,
　2004年,第701页。
⑤(唐)李商隐著,刘学锴、余恕诚集解:《李商隐诗歌集解·高松》,中华书局,
　2004年,第703页。
⑥(唐)李商隐著,刘学锴、余恕诚集解:《李商隐诗歌集解·朱槿花二首》其一,
　中华书局,2004年,第723页。
⑦(唐)李商隐著,刘学锴、余恕诚集解:《李商隐诗歌集解·北楼》,中华书局,
　2004年,第786页。

而已。与此相联系的另一项重要内容是思归。《思归》诗说："固有楼堪倚,能无酒可倾? 岭云春沮洳,江月夜晴明。鱼乱书何托? 猿哀梦易惊。旧居连上苑,时节正迁莺。"[①]南国春天不可谓不美,然作者的心则飞向了上苑附近的旧居,正在领略那里"迁莺"时节的烂漫春光。《即日》诗说："独抚青青桂,临城忆雪霜。"[②]也是思乡之语。思归之作中以写思念妻子的所占比例最大。《端居》诗说："远书归梦两悠悠,只有空床敌素秋。"[③]《寓目》诗说："新知他日好,锦瑟傍朱栊。"[④]这是直接抒写对妻子的思念。《题鹅》诗说："那解将心怜孔翠,羁雌长共故雄分。"[⑤]《凤》诗说："新春定有将雏乐,阿阁华池两处栖。"[⑥]这是通过咏物来表现的。又有通过代作闺怨来表达的情况,如《夜意》说："帘垂幕半卷,枕冷被仍香。如何为相忆,魂梦过潇湘。"[⑦]梦魂飞过潇湘,则此女子相忆之人当即在桂州的作者了,可知这是作者代妻所作思己之诗,自是作者思念妻子的曲折反

---

① (唐)李商隐著,刘学锴、余恕诚集解:《李商隐诗歌集解·思归》,中华书局,2004年,第788页。

② (唐)李商隐著,刘学锴、余恕诚集解:《李商隐诗歌集解·即日》,中华书局,2004年,第783页。

③ (唐)李商隐著,刘学锴、余恕诚集解:《李商隐诗歌集解·端居》,中华书局,2004年,第707页。

④ (唐)李商隐著,刘学锴、余恕诚集解:《李商隐诗歌集解·寓目》,中华书局,2004年,第689页。

⑤ (唐)李商隐著,刘学锴、余恕诚集解:《李商隐诗歌集解·题鹅》,中华书局,2004年,第781页。

⑥ (唐)李商隐著,刘学锴、余恕诚集解:《李商隐诗歌集解·凤》,中华书局,2004年,第779页。

⑦ (唐)李商隐著,刘学锴、余恕诚集解:《李商隐诗歌集解·夜意》,中华书局,2004年,第710页。

映。《到秋》①《念远》②二诗也属此类。李商隐在桂州所作诗歌对当地风景习俗也多有展现。如《桂林道中作》诗说："地暖无秋色，江晴有暮晖。空余蝉嘒嘒，犹向客依依。村小犬相护，沙平僧独归。欲成西北望，又见鹧鸪飞。"③写桂州城外秋日黄昏的幽静安适景象，优美如画。《晚晴》诗说："深居俯夹城，春去夏犹清。天意怜幽草，人间重晚晴。并添高阁迥，微注小窗明。越鸟巢干后，归飞体更轻。"④写春夏之交所居之处的晚晴风光，同样带有幽静安适意趣。《桂林》诗说："城窄山将压，江宽地共浮。东南通绝域，西北有高楼。神护青枫岸，龙移白石湫。殊乡竟何祷？箫鼓不曾休。"⑤前半写桂州城地理形势，山间水涯，地近绝域；后半写当地迷信鬼神，各种祭祀祈祷活动常年不息。专写当地习俗的有《异俗二首》，从"鬼疟朝朝避""家多事越巫"等语可以看到当地一般民众巫鬼信仰之深，"贾生兼事鬼，不信有洪炉"二句则反映了当地读书人也不能免俗；"虎箭侵肤毒，鱼钩刺骨铦"和"点对连鳌饵，搜求缚虎符"⑥两联写当地民众渔猎之事，这当是他们维持生计的主要手段。《射鱼曲》中有对"绣额蛮

---

① （唐）李商隐著，刘学锴、余恕诚集解：《李商隐诗歌集解·到秋》，中华书局，2004 年，第 709 页。

② （唐）李商隐著，刘学锴、余恕诚集解：《李商隐诗歌集解·念远》，中华书局，2004 年，第 719 页。

③ （唐）李商隐著，刘学锴、余恕诚集解：《李商隐诗歌集解·桂林道中作》，中华书局，2004 年，第 736 页。

④ （唐）李商隐著，刘学锴、余恕诚集解：《李商隐诗歌集解·晚晴》，中华书局，2004 年，第 686 页。

⑤ （唐）李商隐著，刘学锴、余恕诚集解：《李商隐诗歌集解·桂林》，中华书局，2004 年，第 680—681 页。

⑥ （唐）李商隐著，刘学锴、余恕诚集解：《李商隐诗歌集解·异俗二首》，中华书局，2004 年，第 790 页。

渠"①射鱼情景的描写,据刘学锴先生推测,也可能作于桂州②。李商隐在桂州还有些寄赠外地人的诗,其中《酬令狐郎中见寄》是向令狐绹陈情之作,尤值得关注。令狐绹是李商隐曾经的府主兼恩师令狐楚的儿子,在牛李党争中属于牛党,与李商隐在桂管的府主郑亚所属的李党之间存在尖锐矛盾。当时令狐绹寄诗李商隐,可能对其入郑亚幕有所指责,故李商隐作此诗予以解释,据清人程梦星分析,诗中"补羸贪紫桂,负气托青萍"二句,"盖谓其相从郑亚,贫乏使然,不过贪其资给,如紫桂之补羸而已。而此心所向,终记旧恩,依然托之气节,有如青萍之负气者在也"③。可见作者处于两党夹缝中的艰难处境。《怀求古翁》诗是寄赠诗人李远之作,主旨在赞美对方"多才",而其中"关塞犹传箭,江湖莫系船"④句含有勉励和期待其有所作为的意思。《寄成都高苗二从事》诗所赠为剑南幕友人,希望其寄紫梨以解己之病渴,是否有寄托不易索解,刘学锴先生认为可能只是"寻常应酬语"⑤。李商隐诗风朦胧,许多作品可能具有政治内涵,其在桂州所作的《海上谣》一诗说:"海底觅仙人,香桃如瘦骨。紫鸾不肯舞,满翅蓬山雪……刘郎旧香炷,立见茂陵树。"⑥将仙境写得阴寒无

①(唐)李商隐著,刘学锴、余恕诚集解:《李商隐诗歌集解·射鱼曲》,中华书局,2004年,第799页。

②(唐)李商隐著,刘学锴、余恕诚集解:《李商隐诗歌集解》,中华书局,2004年,第805页。

③(唐)李商隐著,刘学锴、余恕诚集解:《李商隐诗歌集解》,中华书局,2004年,第696页。

④(唐)李商隐著,刘学锴、余恕诚集解:《李商隐诗歌集解·怀求古翁》,中华书局,2004年,第732页。

⑤(唐)李商隐著,刘学锴、余恕诚集解:《李商隐诗歌集解·寄成都高苗二从事》,中华书局,2004年,第732页。

⑥(唐)李商隐著,刘学锴、余恕诚集解:《李商隐诗歌集解·海上谣》,中华书局,2004年,第713页。

趣,说热衷求仙的汉武帝转瞬即成灰土,联系作者所处时代诸帝多希求长生,迷恋仙药的史实,有学者认为此诗有讽喻现实的意味是非常有可能的①。

与诗歌创作不同,李商隐在桂州所作之文全部与府主有关,都是为郑亚代作,其中表状书启数量最多,有三十多篇,其次是祭文25篇,另有2篇官牒、1篇书序。表状书启内容可分为祝贺、陈情、议事三类。祝贺文所祝贺的事项一是重臣迁转,如《为荥阳公上弘文崔相公状二》②《为荥阳公贺牛相公状》③ 等,颂扬其才德兼备,祝愿其进一步获得大用;二是祝贺边功,如《为荥阳公贺幽州破奚寇表》④《为荥阳公贺幽州破奚寇上中书状》⑤ 和《为荥阳公贺幽州张相公状》⑥ 三文皆为大中元年(847)卢龙张仲武破北部叛乱山奚而作;另外还有贺祥瑞的《为荥阳公贺老人星见表》⑦。陈情文多数写郑亚出任桂管的心情和愿望,如《为荥阳公桂州谢上表》⑧《为荥阳公上史馆白相公

① 叶嘉莹:《李义山〈海上谣〉与桂林山水及当时政局》,《迦陵论诗丛稿》,北京大学出版社,2008年,第356页。

②(唐)李商隐著,刘学锴、余恕诚校注:《李商隐文编年校注·为荥阳公上弘文崔相公状二》,中华书局,2002年,第1316页。

③(唐)李商隐著,刘学锴、余恕诚校注:《李商隐文编年校注·为荥阳公贺牛相公状》,中华书局,2002年,第1467页。

④(唐)李商隐著,刘学锴、余恕诚校注:《李商隐文编年校注·为荥阳公贺幽州破奚寇表》,中华书局,2002年,第1346页。

⑤(唐)李商隐著,刘学锴、余恕诚校注:《李商隐文编年校注·为荥阳公贺幽州破奚寇上中书状》,中华书局,2002年,第1359页。

⑥(唐)李商隐著,刘学锴、余恕诚校注:《李商隐文编年校注·为荥阳公贺幽州张相公状》,中华书局,2002年,第1363页。

⑦(唐)李商隐著,刘学锴、余恕诚校注:《李商隐文编年校注·为荥阳公贺老人星见表》,中华书局,2002年,第1563页。

⑧(唐)李商隐著,刘学锴、余恕诚校注:《李商隐文编年校注·为荥阳公桂州谢上表》,中华书局,2002年,第1295页。

状三》^① 等；也有与故人叙旧的笔墨，如《为荥阳公上宣州裴尚书启》
回顾与裴休复"留欢湘浦，暂复清狂"^② 等，即属此类；还有3篇辩诬
之作，即《为荥阳公上马侍郎启》《为荥阳公与三司使大理卢卿启》
和《为荥阳公与前浙东杨大夫启》，申明自己（郑亚）在会昌年间审理
"吴湘"狱时没有"阿私"^③。议事文反映了郑亚治理桂管的一些措施。
《为荥阳公论安南行营将士月粮状》针对安南经略使裴元裕开启边衅
后，朝廷抽调邕、容、桂"三道之见兵"为安南"备一方之致寇"，要求
"其月粮钱米，并当道自搬运供送"的敕令，指出桂州离安南道路遥
远，"有搬滩过海之劳，多巨浪飓风之患"，多次发送钱粮等物，屡遭沉
没，建议朝廷令裴元裕"广布仁声，远扬朝旨。无邀功以生事，勿耗国
以进兵"^④，让桂部之兵撤还；若不能如此，也希望朝廷让安南用拖欠
未还的长庆二年（822）所借桂州粮米五千石作为桂兵之粮。《为荥
阳公举王克明等充县令主簿状》向朝廷阐述了选拔王克明等为桂州
属县官员的理由：由于桂管地处岭外，"纵有天官注拟"，一般人都不
愿来此任职，而王克明等"或膏粱遗胄，或英俊下寮，虽寓遐陬，久从
试吏。假之铜墨，有意于鸣琴；委以簿书，不羞其栖棘"^⑤，故举荐他

---

① （唐）李商隐著，刘学锴、余恕诚校注：《李商隐文编年校注·为荥阳公上史馆
白相公状三》，中华书局，2002 年，第 1319 页。

② （唐）李商隐著，刘学锴、余恕诚校注：《李商隐文编年校注·为荥阳公上宣州
裴尚书启》，中华书局，2002 年，第 1730 页。

③ （唐）李商隐著，刘学锴、余恕诚校注：《李商隐文编年校注·为荥阳公上马侍
郎启》，中华书局，2002 年，第 1738 页。

④ （唐）李商隐著，刘学锴、余恕诚校注：《李商隐文编年校注·为荥阳公论安南
行营将士月粮状》，中华书局，2002 年，第 1337—1338 页。

⑤ （唐）李商隐著，刘学锴、余恕诚校注：《李商隐文编年校注·为荥阳公举王克
明等充县令主簿状》，中华书局，2002 年，第 1376 页。

们充任县令主簿。《为荥阳公奏请不叙录将士状》①和《为荥阳公请不叙录将士上中书状》②二文针对宣宗即位之初普行庆赏,桂管使府依敕也须叙录军士二千一百二十六人给予奖励之事,指出桂管当时缺乏奖励将士的物资,请求不予叙录。李商隐在桂林所作祭文主要是祭神的,也有两篇是祭友的。祭神文中有一篇《为荥阳公黄箓斋文》,是为郑亚请道士设坛做黄箓斋活动而作的,祈求"太上三尊,十方众圣"③福佑天子、大臣、桂管封疆以及自己(郑亚)。其他都是赛神文,所赛之神有尧、舜等上古圣帝,有越王、伏波将军马援、石明府等有功于地方的王侯与官员,有桂州、灵川县、理定县、永福县的城隍神,有北源神、曾山苏山神、白石神、龙蟠山神、阳朔县名山神、海阳神、古榄神、兰麻神、侯山神、建山神等地方山神、水神,还有可能是南方少数民族瑶族所奉的莫神④。郑亚何以如此热心赛神?清代蒋士铨认为"可见当时长吏留心民事,犹有遍走群望遗意"⑤,当然也可能与当时桂管地区俗信巫鬼,郑亚欲因地制宜进行治理有关系。两篇祭友文,《为荥阳公祭吕商州文》所祭的是少年时即与郑亚"风尘投分"⑥的吕述,《为荥阳公祭长安杨郎中文》所祭的是与郑亚"平生世路,缱绻交

---

① (唐)李商隐著,刘学锴、余恕诚校注:《李商隐文编年校注·为荥阳公奏请不叙录将士状》,中华书局,2002年,第1555页。

② (唐)李商隐著,刘学锴、余恕诚校注:《李商隐文编年校注·为荥阳公请不叙录将士上中书状》,中华书局,2002年,第1560页。

③ (唐)李商隐著,刘学锴、余恕诚校注:《李商隐文编年校注·为荥阳公黄箓斋文》,中华书局,2002年,第1452页。

④ 诸赛神文见(清)董诰等:《全唐文》卷七八一,中华书局,1983年,第8158—8161页。

⑤ (清)蒋士铨:《评选四六法海》卷八,(唐)李商隐著,刘学锴、余恕诚校注《李商隐文编年校注·赛古榄神文》,中华书局,2002年,第1532页引。

⑥ (唐)李商隐著,刘学锴、余恕诚校注:《李商隐文编年校注·为荥阳公祭吕商州文》,中华书局,2002年,第1572页。

期"① 的杨鲁士。值得注意的是,杨鲁士是杨汝士、杨虞卿的弟弟,杨氏诸兄弟在中唐"牛李党争"中属于郑亚的敌对阵营牛党,且杨虞卿是牛党核心人物,而据这篇祭杨鲁士的文章可知,郑亚不仅与杨鲁士是好友,与杨虞卿也交情不浅,"况南康解榻,早降清光"② 是说自己(郑亚)曾得杨虞卿的赏识,可见就私交而言,两党人士并非水火不容。李商隐在桂州还作有《为荥阳公桂州署防御等官牒》③ 和《为荥阳公桂管补逐要等官牒》④,是两篇任命桂部官员的官牒,前者包括19 名文官的任命牒,后者包括11 名武官的任命牒。这些人或被任命为使府的文武幕僚,或被任命为桂管下属州县的刺史、县令等,牒中载明他们的出身、才能及被授予官职的缘由,是了解唐代下层官员特别是粤西一般州县官员的具体任命情况的难得的资料。李商隐在桂州代郑亚所作的《太尉卫公会昌一品集序》,郑亚后来作了改写,前已论及。

　　这一时期路过桂州而留下作品的有李涉和李群玉。李涉"因谪去炎海,途由桂林",游览其弟李渤新开发的南溪玄岩而作《南溪玄岩铭并序》,序中介绍李渤喜爱山水的天性和创作此铭的缘由,铭中描写南溪山"拔地腾霄,戟列刀攒"的险峻和玄岩"窈窕郁盘,虎挂龙悬,形状万端。威驰杳冥,仰踏嶻巆;玉落磬坠,幽声昼寒"的奇异与

---

① (唐)李商隐著,刘学锴、余恕诚校注:《李商隐文编年校注·为荥阳公祭长安杨郎中文》,中华书局,2002 年,第 1591 页。

② (唐)李商隐著,刘学锴、余恕诚校注:《李商隐文编年校注·为荥阳公祭长安杨郎中文》,中华书局,2002 年,第 1591 页。

③ (唐)李商隐著,刘学锴、余恕诚校注:《李商隐文编年校注·为荥阳公桂州署防御等官牒》,中华书局,2002 年,第 1380—1423 页。

④ (唐)李商隐著,刘学锴、余恕诚校注:《李商隐文编年校注·为荥阳公桂管补逐要等官牒》,中华书局,2002 年,第 1424—1439 页。

幽静,赞叹其胜过"巴陵地道"①,希望樽酒清琴,终老于此。李群玉于大中初经过桂州时作《桂州经佳人故居》五律、五绝各一首,"人无重见日,树有每年花""桂水依旧绿,佳人今不还"②等句写景物依旧、佳人已亡之感,读之令人黯然。

这一时期桂州的创作活动中出现了3位本地出生的文士:欧阳膑、曹邺和赵观文。欧阳膑生平不详,《桂林风土记》"欧阳都护冢"条在叙述了灵川人国初安南都护欧阳普赞冢墓遭官府掘断地势之事以后,载有欧阳膑七绝一首:"旧业分明桂水头,人间业尽水空流。春风日暮江头立,不及渔翁有钓舟。"③揣测此段文意,欧阳膑应为欧阳都护后人,诗歌感叹家业已败,结尾以景结情,留有余味,可见作者虽为当地武人之后,而文学修养已颇不低,非粗通文墨者可比。曹邺是阳朔人,赵观文是桂州人,二人分别于大中四年(850)和乾宁二年(895)进士及第,其中赵观文还是状元④,在当时文坛都拥有较高的知名度。曹邺在桂州所作诗今存约有十首,其中除《寄阳朔友人》诗作于桂州府城,其他当皆作于桂州属县阳朔也即曹邺的家乡。《寄阳朔友人》诗说:"桂林虽产千株桂,未解当天影日开。我到月中收得

---

①(唐)李涉:《南溪玄岩铭并序》,杜海军辑校《桂林石刻总集辑校》上册,中华书局,2013年,第18—19页。

②(唐)李群玉著,羊春秋辑注:《李群玉诗集》卷下《桂州经佳人故居》,岳麓书社,1987年,第75页。

③(唐)莫休符撰:《桂林风土记》,王云五主编《丛书集成初编》第3118册,商务印书馆,1936年,第6页。

④(清)徐松著,赵守俨点校:《登科记考》卷二二、卷二四,中华书局,1984年,第814、907页。

种,为君移向故园栽。"① 曹邺及第前曾居桂州迁莺坊②,此诗当作于其时,意在向友人展示自己蟾宫折桂的信心。作于阳朔的诗有 4 首写当地山水,3 首写田园生活,2 首写与刘尊师的交往。《题广福岩》诗写岩洞,说它是"书言不尽画难成,留与人间作奇特"③。《东洲》诗写漓江中的一个"浑似金鳌水上浮"④ 的小岛,称其为中流砥柱。《东郎山》和《西郎山》二诗用拟人手法写两座山,"东郎屹立向东方",作者说这可见它"朝朝候太阳"的"一片丹心"⑤;西郎山面向西方,作者说这是因为它"欲会东郎"而"东郎未会"⑥ 其意,故生气而不理睬东郎了。《老圃堂》诗说:"召平瓜地接吾庐,谷雨干时手自锄。昨日春风欺不在,就床吹落读残书。"⑦ 写自己的劳动和读书生活,清丽如画。《山中效陶》写幽居山中,"山猿隔云住,共饮山中水。读书时有兴,坐石忘却起"⑧,非常闲适自在。《题山居》诗先写山居"扫叶煎茶摘叶书"的悠闲,后翻案历史定案,说严光隐居垂钓只是由于"光

---

① (唐)曹邺著,梁超然、毛水清注:《曹邺诗注·寄阳朔友人》,上海古籍出版社,1982 年,第 60 页。

② (唐)莫休符撰:《桂林风土记》,王云五主编《丛书集成初编》第 3118 册,商务印书馆,1936 年,第 8 页。

③ (唐)曹邺著,梁超然、毛水清注:《曹邺诗注·题广福岩》,上海古籍出版社,1982 年,第 61 页。

④ (唐)曹邺著,梁超然、毛水清注:《曹邺诗注·东洲》,上海古籍出版社,1982 年,第 63 页。

⑤ (唐)曹邺著,梁超然、毛水清注:《曹邺诗注·东郎山》,上海古籍出版社,1982 年,第 63 页。

⑥ (唐)曹邺著,梁超然、毛水清注:《曹邺诗注·西郎山》,上海古籍出版社,1982 年,第 64 页。

⑦ (唐)曹邺著,梁超然、毛水清注:《曹邺诗注·老圃堂》,上海古籍出版社,1982 年,第 63 页。

⑧ (唐)曹邺著,梁超然、毛水清注:《曹邺诗注·山中效陶》,上海古籍出版社,1982 年,第 57 页。

武恩波晚"①,并非心甘情愿如此,显示了作者的用世情怀,主题也与前二诗有别。《听刘尊师弹琴》和《送刘尊师应诏诣阙》二诗中的刘尊师,据《阳朔县志》记载是当地的道士②。前诗说:"曾于清海独闻蝉,又向空庭夜听泉。不似斋堂人静处,秋声长在七条弦。"③称赞刘尊师琴技的高超;后诗有"五千言外无文字,更有何辞赠武皇"④之语,可见曹邺对帝王求仙的批判态度。赵观文"明廷擢第,故里远归"时,应当时桂管连帅之请,为表彰其前任陈公新修尧舜祠祭器之功,作《桂州新修尧舜祠祭器碑》一文。文中说陈公对尧舜祠祭祀仪节非常重视,命长史朱韫主持新修了完备的祭祀法物,受到了皇上的褒称,而他写作此文是希望舜以来的"正教传乎不朽"。文章也写到了现任连帅对自己的礼遇:"有陈蕃下榻之知,有智伯国士之遇。有鲁肃指囷之意,有平仲脱骖之义。"⑤可与《桂林风土记》"迁莺坊"附记"进贤坊"条中"进贤坊,本名长街,在府西门,因赵观文状头及第,前陈太保改坊名"⑥诸句相参,可知他状元及第后,家乡政府曾给他很高荣耀。

①（唐）曹邺著,梁超然、毛水清注:《曹邺诗注·题山居》,上海古籍出版社,1982年,第29页。

②（唐）曹邺著,梁超然、毛水清注:《曹邺诗注》,上海古籍出版社,1982年,第29页。

③（唐）曹邺著,梁超然、毛水清注:《曹邺诗注·听刘尊师弹琴》,上海古籍出版社,1982年,第28页。

④（唐）曹邺著,梁超然、毛水清注:《曹邺诗注·送刘尊师应诏诣阙》,上海古籍出版社,1982年,第64页。

⑤（唐）赵观文:《桂州新修尧舜祠祭器碑》,《全唐文》卷八二八,中华书局,1983年,第8721—8722页。

⑥（唐）莫休符撰:《桂林风土记》,清《文渊阁四库全书》本。

四、结语

从以上论述可以看出,唐代桂州的创作活动主要出现于中晚唐时期,初盛唐时期可见者尚少。创作主体绝大多数出自桂管使府,其中连帅达 10 位,堪与幕僚平分秋色,引人注目。较大规模的宴集赋诗见诸记载的虽只有两次,然以桂府连帅、幕僚风雅之士众多的情形来推测,此类活动当不会太少。创作体裁与题材比较多样,就体裁言,有诗有文,偶尔还有志怪小说;就题材言,大量的以山水为题材的作品的产生,初步展现了桂林山水的魅力。其中出现的本地出生的著名文士,表明唐代桂州地区文化水平已有很大提高。

［原刊《桂学研究》(第五辑),广西师范大学出版社,2019 年］

从永州到柳州:贬谪诗路与柳宗元山水诗的演变

莫山洪

　　作为唐代古文运动的代表,柳宗元一生作诗不多,现存也仅 164
首诗歌,其中绝大多数创作于永州和柳州时期。柳宗元被后人目为
中唐山水诗的代表作家,与韦应物齐名,称为"韦柳",而且他还被人
认为是唐代继承谢灵运和陶渊明的优秀作家,苏东坡说:"柳子厚晚
年诗,极似陶渊明。"① 后人又称其"深得骚学"②。在永州和柳州期
间,柳宗元游历当地的山水,在与友朋的交往中,也常常登山临远,摹
山范水,写下了许多关于山水的诗歌。这些山水诗,由于创作的时间
不同,作者的心态不一,因而在表现上也就有了明显的差别,而这种
差别,也正体现出柳宗元永州到柳州的心路历程的变化。

一、形式上的转变:五言—七言,古体—近体

　　从柳宗元的 164 首诗歌来看,从永州到柳州,柳宗元诗歌创作在

---

① 孔凡礼点校:《苏轼文集》卷六七,中华书局,1986 年,第 2109 页。
②(宋)严羽著,郭绍虞校释:《沧浪诗话校释》,人民文学出版社,1961 年,第
　171 页。

形式上有一个很明显的变化,那就是在永州时的创作以五言诗为主,尤擅长五古,而到柳州时则以七言诗为主,且多近体。这在山水诗上,也是一个客观存在的事实。

山水诗自六朝时期谢灵运开创以来,在经历了王绩、王维等人的努力,到了柳宗元时期已经成为诗歌中一个重要的流派。但是,仔细考察,我们会发现,自谢灵运以来,山水诗人多数以五言来表现山水,六朝时期的谢灵运自不必说,即使是其后的谢朓、王维、孟浩然等人,都是以五言诗为主,而他们的山水诗中的精品则基本上是五言诗——当然,在谢朓时代还是五言诗占统治地位,"七律要到杜甫才真正成熟,宋以后才大流行"[1],不过,在王维时代,七言诗应该说已经成为文人表现情感的重要的形式,此前的初唐四杰、沈宋、刘希夷、张若虚都有优秀的七言诗传世。但是,在王维的诗集中,我们看到的还是五言诗占据了主导的地位,其《辋川集》全是五言诗就是一个明证——这并不是说王维就不写作七言诗,相反,在他的诗集中,七言诗也不乏佳作,如《送元二使安西》《九月九日忆山东兄弟》等,但其传世的山水诗精品还是以五言诗为主,他是通过山水来表现那种空灵的境界,因而在句法上也就有所讲究。刘熙载说:"五言亲,七言尊。"[2] 他们要表现的是自己与山水的"亲",因而山水诗就多五言。

柳宗元则不一样,从永州到柳州,他的诗歌明显有一个演变的轨迹。在永州,他的诗歌以五言诗为主,山水诗也如此,政治上的失意使他迫切需要表现与仕途相对的山水的"亲"。如其在永州时期的名作《江雪》,被人称为"唐人五言四句,除柳子厚钓雪一诗之外,极

---

① 李泽厚:《美学三书》,安徽文艺出版社,1999年,第138页。
②(清)刘熙载撰:《艺概》卷二,上海古籍出版社,1978年,第69页。

少佳者"①,他如"高岩瞰清江,幽窟潜神蛟。开旷延阳景,回薄攒林梢"②(《游朝阳岩遂登西亭二十韵》),"磴回茂树断,景晏寒川明。旷望少行人,时闻田鹳鸣"(《游石角过小岭至长乌村》)等,都是以五言来吟咏山水。应该说,柳宗元在永州时期的五言山水诗是继承了谢灵运以来山水诗的基本形式特征,在句法上以五言为主。就是在形式上,柳宗元在永州时期的五言山水诗都有模仿继承谢灵运、王维等人的味道。如《与崔策登西山》:

> 鹤鸣楚山静,露白秋江晓。连袂渡危桥,萦回出林杪。西岑极远目,毫末皆可了。重叠九疑高,微茫洞庭小。迥穷两仪际,高出万象表。弛景泛颓波,遥风递寒筱。谪居安所习? 稍厌从纷扰。生同胥靡遗,寿等彭铿夭。蹇连困颠踬,愚蒙怯幽眇。非令亲爱疏,谁使心神悄? 偶兹遁山水,得以观鱼鸟。吾子幸淹留,缓我愁肠绕。

诗歌先写景,描绘西山的景物,然后写谪居的景况,时间变化,近景远景相结合,先写景,后抒情,且注意景物的变化,很有谢灵运的风格——尽管苏东坡说此诗"远出灵运上"③,但却也可看出其对谢灵运的继承。而像《江雪》一诗,语言之精练,境界之深远,再加上其中抑或蕴含的空灵的禅机,无疑与王维的诗歌有相似之处(此诗的意义可作多解,此不赘言)。其实,在永州时柳宗元就已经作了一些七言诗了,如其《雨晴至江渡》云:"江雨初晴思远步,日西独向愚溪渡。

---

① (宋)范晞文撰:《对床夜语》卷四,商务印书馆,1937年,第26页。
② (唐)柳宗元著:《柳宗元集》卷四三,中华书局,1979年,第1189页。本节所引柳宗元诗歌,均出此版本,不另出注。
③ 孔凡礼点校:《苏轼文集》卷六七,中华书局,1986年,第2109页。

渡头水落村迳成,撩乱浮槎在高树。"不过,柳宗元真正写作七言诗,还是到柳州之后。

　　在经历了永州十年的贬谪生活后,公元 815 年,柳宗元到柳州任柳州刺史。由于情感的变化,柳宗元在柳州的诗歌以七言为主,因为"一方面既要有精密的形式,另一方面又要让诗人在这形式中获得尽可能大的发挥余地。这个矛盾就使得七言律诗成了一种最适合用来抒情的形式。因为抒情的跳跃性正好被那形式的精密性所整合,于是形式反而增强了情感跳跃的可能"[①]。在永州时期的柳宗元尚存一丝幻想,希望能得到朝廷的再度起用,再贬柳州,他的这种希望破灭,因而也就将抒情作为诗歌中的主要内容,而山水诗也围绕这一主题展开,因而在形式上,自其踏上岭南之后的山水诗即以七言为主——五言山水诗有《登柳州峨山》一首,七言山水诗则有《岭南江行》《登柳州城楼寄漳、汀、封、连四州》《与浩初上人同看山寄京华亲故》等,占绝大多数,而且永州时期那种篇幅宏大的山水诗在这一时期也不见踪影,代之以篇幅短小的律诗绝句,这在形式上无疑是一个重大的转变。句法篇幅的变化,这本身就是一个信息,是柳宗元诗歌创作日趋成熟的标志,"七言律诗,是第一棘手难入法门。融各体之法,各种之意,括而包之于八句"[②],"近体之难,莫难于七言律。五十六字之中,意若贯珠,言如合璧。其贯珠也,如夜光走盘,而不失回旋曲折之妙。其合璧也,如玉匣有盖,而绝无参差扭捏之痕"[③],"律诗难于古诗,绝句难于八句,七言律诗难于五言律诗"[④],柳宗元在柳州创作

① 龙子仲:《最后的诗情》,《柳州师专学报》2000 年第 2 期。
② (清)叶燮著,霍松林校注:《原诗》外篇下,人民文学出版社,1979 年,第 75 页。
③ (明)胡震亨著:《唐音癸签》卷三,上海古籍出版社,1981 年,第 22 页。
④ (宋)严羽著,郭绍虞校释:《沧浪诗话校释》,人民文学出版社,1961 年,第 118 页。

的七言律诗成就之高,亦为后人所称道,元代方回评其 5 首七律时称
"比老杜则尤工"①,虽不免过誉,但却也说明柳宗元七律水平之高。
试看其中的《得卢衡州书因以诗寄》:

　　　　临蒸且莫叹炎方,为报秋来雁几行。林邑东回山似戟,牂牁
　　南下水如汤。莜荙渐沥含秋雾,橘柚玲珑透夕阳。非是白蘋洲
　　畔客,还将远意问潇湘。

此诗写柳州山水风物,以剑戟喻柳州山之峻峭,以汤水喻柳江河水之
沸扬,格律谨严,对仗精工,确实是"不失回旋曲折之妙"。而《登柳
州城楼寄漳、汀、封、连四州》则历来被称为七言律诗中的典范之作。
　　从永州到柳州,柳宗元山水诗在形式上有了明显的转变,也正因
此,他也就完成了由"文人柳宗元"向"诗人柳宗元"的转变,成了一
个"比较纯粹的诗人"②。

二、意象的变化:清秀澄明到奇崛险怪

　　从永州到柳州,从地理上来说,是从山地丘陵到喀斯特岩溶地
区,路程在今天看来虽不是很远,但是在当时却也是一个非常大的距
离。在永州,毕竟这是潇湘之地,是当年的楚地,与中原还有一些往
来,而岭南的柳州,却是一直到秦始皇时期才开发,在文人心目中,这
是一块未开化的地方。柳宗元在这两个地方所创作的山水诗,在意

①(元)方回选评,李庆甲集评校点:《瀛奎律髓汇评》卷四,上海古籍出版社,
　1986年,第188页。
② 龙子仲:《最后的诗情》,《柳州师专学报》2000年第2期。

象的选取上，也受到地域的影响，具有不同的特点，而且，这些意象的
特征也被柳宗元赋予了不同的情感色彩。

　　"永贞革新"失败后，柳宗元于永贞元年（805）被贬为永州司
马。当年的永州地处今天湖南南部，属于山地丘陵地区。据笔者在
永州所见，当地的山多为土山，虽有一些石山，但其表层仍为土覆盖，
且海拔不是很高，水则多为溪流，柳宗元居住的愚溪其实就是一条小
溪流，笔者2002年夏天参加"永州国际柳宗元学术研讨会"之际，恰
逢永州多雨，愚溪水大，但也并不能说水面就很广阔。而柳宗元在
《小石潭记》中所描述的情况，则让人感受到那种山清水秀的滋味，感
受到那种清静幽冷。永州山水诗同样给我们展示了这种幽冷。虽然
说柳宗元在永州的山水诗中常常描述那种比较开阔的意象，如"九
疑浚倾奔，临源委萦回。会合属空旷，泓澄停风雷"（《湘口馆潇湘二
水所会》），"重叠九疑高，微茫洞庭小"（《与崔策登西山》），但是，仔
细发掘，就会发现，柳宗元在这些诗歌中，也还经常表现他并未因山
水之美而得到解脱，他在《登蒲州石矶望横江口潭岛迥斜对香零山》
诗中虽然也说自己因此"纠结良可解，纡郁亦已伸"，而更多时候则
是"升高欲自舒，弥使远念来"（《湘口馆潇湘二水所会》），"去国魂
已游，怀人泪空垂"（《南涧中题》）。这样，我们就有必要分析一下柳
宗元永州山水诗意象的特殊性。与其永州游记共同的是，柳宗元永
州时期的山水诗在意象上追求的是清、静，而水似乎就多了一些，寂
静的山林就多了一些。从一个叱咤风云的礼部员外郎到一个无所事
事的司马员外置同正员，应该说柳宗元的内心是不平静的，而在中国，
山水往往是诗人在政治失意时首先寻求的解脱方式，儒家与道家的分
歧也正在于此，通过对宁静的山水的描述来表现心理上的不平静。对
于柳宗元来说，他还要表现他被排挤的苦闷心理和再度展现自己的为
国之心，因此他以清水来喻自己的清白，以弃地来喻自己的地位，以宁

静来平衡心理,以屈原自比,这就是他永州山水诗的特点。因此,在意象上,他往往用"潇湘""清江""清湾""清池""清斑""澄霁""澄潭""澄明""羁鸿""羁禽""羁心""羁木""幽谷""孤山"等等,这实际上也就表明了他当时的心态。试看《构法华寺西亭》:

> 窜身楚南极,山水穷险艰。步登最高寺,萧散任疏顽。西垂下斗绝,欲似窥人寰。反如在幽谷,榛翳不可攀。命童恣披翦,茸宇横断山。割如判清浊,飘若升云间。远岫攒众顶,澄江抱清湾。夕照临轩堕,栖鸟当我还。菡萏溢嘉色,筼筜遗清斑。神舒屏羁锁,志适忘幽潺。弃逐久枯槁,迨今始开颜。赏心难久留,离念来相关。北望间亲爱,南瞻杂夷蛮。置之勿复道,且寄须臾闲。

此诗从内容上看就极似"永州八记",而其中的意象,如"幽谷""澄江""清湾""夕照""栖鸟""菡萏""筼筜""清斑""羁锁"等,都有求清、求静的特点,也有逐臣之意。

元和十年(815),柳宗元出任柳州刺史。柳州地处广西中部,是一个典型的喀斯特地形区,此处山高而陡峭,且多为石山,其石青色,有柳江如壶形穿城而过,河大水清,所有这些,都与永州有着明显的不同。同时,柳宗元在元和十年(815)初奉诏回京,本以为能得重用,谁曾想却被放到更加偏远的柳州,正是"十年憔悴到秦京,谁料翻为岭外行"(《衡阳与梦得分路赠别》),因此在心理上又起了变化,于是柳州时期的山水诗在意象的构造上也与永州时期有了很大的变化。在柳州的山水诗中,柳宗元往往将山水视为一种精神上的负担,因而山水意象也就显得奇崛险怪,如《登柳州城楼寄漳、汀、封、连四州》中的"城上高楼接大荒,海天愁思正茫茫","大荒"一词给人以荒凉之感,"岭树重遮千里目,江流曲似九回肠","九回肠"曲折蜿蜒，既说出了柳江环绕柳州的景象，却又充满伤感，写出诗人到柳州后特有的心理情感。最能体现柳宗元柳州山水诗风格的应该说是《与浩初上人同看山寄京华亲故》：

> 海畔尖山似剑铓，秋来处处割愁肠。若为化得身千亿，散上峰头望故乡。

以"剑铓"意象来喻尖山，虽然说非常精确地描绘了柳州石山的特色，但是与下一句连起来看，赋秋在文人的诗中本来即是写愁，而诗人以"剑铓"之锋利而割"愁肠"，就有了一种险怪和凄绝的情感。以锋利的兵器喻柳州之山，在柳州诗中也不止一次。从永州到柳州，虽然说景物有了很大的改变，但是最关键的还是诗人心理的转变。在永州，柳宗元也许还渴望着能得到朝廷的宽恕，得到东山再起的机会，但是，十年永州的苦苦挣扎，换来的却是比永州还要偏远的柳州，这对于一个有着济世之志的人来说，无疑是一个巨大的打击。到柳州后，柳宗元又感受到柳州地理风俗环境的巨大压力，因而面对柳州这种奇异的山水，柳宗元没有感到风景的优美，反而觉得更为痛苦。又如《岭南江行》中，柳宗元以瘴江、黄茆、象迹、蛟涎、射工、飓母等意象来表现自己到岭南的感受，这些意象都有一个共同的特点，就是让人觉得可怕、恐怖。在古人心目中，"瘴"一词应该不是什么好的东西，他们认为岭南地区多瘴疠之气，是疟疾等传染病的病原，几乎与死亡联系在一起，《元和郡县志·岭南道·廉州》中有云："瘴江，州界有瘴名，为合浦江。……自瘴江至此，瘴疠尤甚，中之者多死，举体如墨。春秋两时弥盛，春谓青草瘴。秋谓黄茆瘴。"[1] 与柳宗元同

---

[1]（唐）李吉甫撰，贺次君点校：《元和郡县图志》补逸缪荃孙校辑《元和郡县志阙卷逸文》卷三，中华书局，1983年，第1095—1096页。

时的韩愈在《左迁至蓝关示侄孙湘》中也说"好收吾骨瘴江边"。而查柳宗元在再贬柳州之后的山水诗中,"瘴"字曾多次出现,"瘴江南去入云烟,望尽黄茆是海边"(《岭南江行》)、"林邑山联瘴海秋,犎牁水向郡前流"(《柳州寄京中亲故》)、"桂岭瘴来云似墨,洞庭春尽水如天"(《别舍弟宗一》),"黄茆"在其进入广西后的诗歌中也曾出现多次,如"椎髻老人难借问,黄茆深峒敢留连"(《南省转牒欲具江国图令尽通风俗故事》),由此可以看出柳宗元在柳州时期的山水诗在意象的取舍上除了与地方特色结合外,更注意到个人情怀的取舍,而这些恐怖可怕的意象的一再出现,也体现了柳宗元后期山水诗的特色。

　　景物对于每一个人来说都是一样的,但是在不同的心理境况之下,每个人对于山水的感受又是不一样的。永州与柳州的山水本身存在着差异,但是,最关键的还是柳宗元在永州时期的心理和柳州时期的心理有了很大的变化。因而,在柳宗元永州时期的山水诗中,他所采用的意象往往是充满清秀幽静之气的,因为这个时候他还期盼着朝廷的召唤,他在永州还故意做出一番优雅的姿态,是以文人的态度在作诗;而到了柳州,柳宗元虽然也还在上书以求汲取,但是应该说他基本上是彻底失望了,他这个时候更多地是要面对现实,不能再漠视环境的影响。面对一种与永州迥异的山水,面对一种新的环境,柳宗元终于无法忍受了,因此,即使是今人以为秀丽优美的风景,柳宗元也以一个被贬谪的纯诗人的悲凉的心境来看待,诗歌中的意象也就不再是那种山水的优美,而是凄婉哀绝,是奇崛险怪。

三、情感上的变迁:忧伤转向绝望

　　中国古代的诗歌以抒情见长,"诗缘情"是自六朝以来诗人们的共识。而借山水以抒情则是自六朝谢灵运、谢朓以来山水诗的传统,柳宗元的山水诗也继承了这一传统。所不同的是,柳宗元的山水诗情感深刻真挚,尤其是柳州时期的山水诗。

在永州时期,柳宗元以"永州司马员外置同正员"的身份在当地生活,政治上的失意是他心理上的雄心被扼杀的征象,纵情山水,学当年的谢灵运、谢朓,摆出一个再世屈原的姿态,这自然是最理想的生活,既可让那些反对派们放心自己的不务正业,又可让人理解自己那颗骚人之心,因此,柳宗元在永州写下了大量的山水游记散文和山水诗。与山水游记散文的以"弃地"自比相似的是,柳宗元永州的山水诗也经常借助山水表现自己那种失望悲愤的心理。在这些山水诗中,柳宗元往往是先叙述山水之景,然后抒发自己的幽思。如《南涧中题》：

> 秋气集南涧,独游亭午时。回风一萧瑟,林影久参差。始至若有得,稍深遂忘疲。羁禽响幽谷,寒藻舞沦漪。去国魂已游,怀人泪空垂。孤生易为感,失路少所宜。索寞竟何事? 徘徊只自知。谁为后来者,当与此心期。

从对景物的感受,写到自己的去国怀人,萧瑟之秋风似乎使诗人忘记了疲劳,但是那种孤寂与悲愤却是无法摆脱的,毕竟秋风萧瑟,羁鸟鸣叫,再加上自己孤独一人,去国魂游,个中愁苦无法排解,从情感上来说,自然无法跳出悲伤的氛围。到永州后,柳宗元深刻地体会到屈原那种被放逐的心理,他在《游南亭夜还叙志七十韵》中说："投迹山水地,放情咏《离骚》。"他纵情山水,其实也正是表达他那种不平静的心理,虽有感伤,却更多一份悲愤,正如胡应麟评价他的《江雪》一诗所说的："'千山鸟飞绝'二十字,骨力豪上,句格天成,然律与辋川诸作,便觉太闹。"①是一种内心不甘寂寞的直接表现。

　　但是,这种情况在他再贬柳州后有了改变。柳州的山水在外在形式上就给了柳宗元一种特有的感觉,那种挺拔峻峭的山峰,那种曲似九回肠的大江,都给了柳宗元一种震撼的力量,而最关键的是,二度被贬,这在他心理上造成了巨大的打击,他已经承受不了这样的打击,加上在到柳州后,依其若父母的弟宗直即在20天后因病去世,且"共来百越文身地,犹自音书滞一乡"的苦闷,使得他在柳州彻底失去了对未来的信心。在柳州,柳宗元不再过多地表现他的宏伟志向——尽管他也还上书求汲取,但却也比较安心地尽起了一方州长的职责,管理地方政务。而在诗歌中,他则充分地表现了无奈的哀伤的情怀,山水诗中的清婉转为凄凉。如其《岭南江行》:

　　　　瘴江南去入云烟,望尽黄茅是海边。山腹雨晴添象迹,潭心日暖长蛟涎。射工巧伺游人影,飓母偏惊旅客船。从此忧来非一事,岂容华发待流年。

这是柳宗元于元和十年(815)进入今天的广西境内赴任柳州刺史的旅途中所作的一首诗,虽然未到柳州,但是,透过路途上的景物,柳宗元已经预感到他在岭南的"忧来非一事",充满了忧伤。而《酬曹侍御过象县见寄》则再次表现了自己的骚人情怀:"破额山前碧玉流,骚人遥驻木兰舟。春风无限潇湘意,欲采蘋花不自由。"破额山据谢汉强先生考证,当在今柳州市柳江区白沙乡境内,距当时柳州的治所马平县并不很远②,但是近在咫尺的朋友却不能相见,其中的苦闷可

---

①(明)胡应麟撰:《诗薮》内编卷六,上海古籍出版社,1979年,第120页。
②谢汉强主编:《柳宗元柳州诗文选读》,西安地图出版社,1999年,第87页。

以想见。因此,在柳州,柳宗元虽然也曾游览柳州山水,也曾写下诸如《柳州近治山水可游者记》《柳州东亭记》《桂州裴中丞作訾家洲亭记》等山水散文,然而在诗歌中,柳宗元再也没有刻意地去临山摹水,山水在他的诗歌中已经成为抒情的工具,因此,在柳州时期的山水诗就没有了那种细致具体地描摹山水的作品,而往往是通过一些非常精练抽象的具有概括性的语言来表达,作者关注的是其情感的抒发,而这种情感又是以凄凉悲伤为主。如《登柳州城楼寄漳、汀、封、连四州》:

> 城上高楼接大荒,海天愁思正茫茫。惊风乱飐芙蓉水,密雨斜侵薜荔墙。岭树重遮千里目,江流曲似九回肠。共来百越文身地,犹自音书滞一乡。

近景远景,作者都以具有代表性的景物来概括,而突出的是他"曲似九回肠"的"愁思",是他"音书滞一乡"的寂寞与孤独。而在柳州,柳宗元除了管理地方政务,剩下的就是对故乡的思念了,在永州时他已经表现过这样的情怀,而到柳州后,这种心思更加凄婉,更加感人,"若为化得身千亿,散上峰头望故乡"(《与浩初上人同看山寄京华亲故》),山水在柳宗元心目中已经变成影响他思想之情的客体,而那种望乡的心绪,只有身在异乡而又无法回去的人才会有这样的感觉,凄凉哀怨而又悲愤无奈,这就是柳宗元在柳州时期的山水诗的情感特点。方回说柳宗元"年四十七卒于柳州,殆哀伤之过欤"[1],不无道理。

---

[1](元)方回选评,李庆甲集评校点:《瀛奎律髓汇评》卷四,上海古籍出版社,1986年,第188页。

　　柳宗元历经永州和柳州两个贬谪生活时期,永州与柳州在山水风景上都与关中不同,与中原迥异,作为一个中唐时期的山水诗人,柳宗元在这两处都留下了优美的诗篇。但是,永州山水与柳州山水不同,永州山水诗与柳州山水诗自然也就不同,但这种不同并不仅仅是因为山水,更多的是因为柳宗元的心理,是柳宗元的生活经历、认识有了新的变化。在柳州期间,柳宗元于元和十四年(819)曾作《复杜温夫书》,其中有言:"吾虽少为文,不能自雕斫,引笔行墨,快意累累,意尽便止,亦何所师法? 立言状物,未尝求过人。"这与柳宗元以往的观点明显有不同,他在这里强调的是"快意累累",是"意尽便止",而且毫无功利之心,是"未尝求过人",这与原来一直追求"文以明道"的古文大家的观点有了明显的变化,这恐怕也正是柳宗元诗歌风格变化的原因。而从这一点看,柳宗元无疑也把握住了文学创作的根本,因此,陈长方对柳宗元的评价无疑也是正确的:"余尝以三言评子厚文章曰:其大体似纪渻子养斗鸡,在中朝时方虚骄而恃气,永州以后犹听影响,至柳州以后,望之似木鸡矣。"[1] 这里的木鸡当然不是我们今天说的"呆若木鸡"中的"木鸡",而是《庄子》中"其德全矣"的"木鸡"[2],是成熟的意思。表现在山水诗上,也是如此。"生命漂泊之感,与向往安顿之感,无疑构成了山水诗的一个极重要的精

---

[1] (宋)陈长方撰:《步里客谈》卷下,《文渊阁四库全书》,上海古籍出版社,1987年,第1039册第405页。

[2] "木鸡"一词典出《庄子·达生》,其意义与人们常说的"呆若木鸡"是不一样的,其原文曰:"纪渻子为王养斗鸡。十日而问:'鸡已乎?'曰:'未也,方虚憍而恃气。'十日又问,曰:'未也,犹应向景。'十日又问,曰:'未也,犹疾视而盛气。'十日又问,曰:'几矣,鸡虽有鸣者,已无变矣,望之似木鸡矣,其德全矣。异鸡无敢应者,反走矣。'"见《庄子》卷七《达生》,上海古籍出版社,2002年,第4页。

神源头”①,在经历了永州十年的贬谪生活后,柳宗元再贬柳州,生命的漂泊无疑也驱使他寻求一种安顿的生活,而这也正可以使他在柳州的山水诗较永州时更包含那种生命意识。

［原刊《广西大学学报》(哲学社会科学版)2004 年第 3 期］

---

① 胡晓明著:《万川之月》,生活·读书·新知三联书店,1992 年,第 4 页。

论初唐流贬岭南诗人的生命体验及其诗歌创作

钟乃元

初唐诗坛第 3 个 30 年的后期,有一批诗人相继流贬岭南蛮荒之地。武则天长安三年(703),张说流钦州;唐中宗神龙元年(705),沈佺期流驩州,杜审言流峰州,宋之问贬泷州,此年因政权更迭而遭流贬的其他朝臣共十多人;唐睿宗景云元年(710),宋之问再流钦州。那么,初唐这批流贬诗人经历了怎样非同寻常的生命体验? 这一体验与其诗歌创作有什么样的关系? 对后来的诗歌有什么影响? 本文尝试论之。

一、初唐流贬岭南诗人生命体验的复杂性

经验一般指人的见闻和经历,体验则是经验中见出意义、思想和诗意的部分。体验属于生命内部的情感活动,或者说,体验具有生命性。诗歌作品是诗人个体生命体验的转换。初唐流贬岭南诗人群有着复杂的生命体验。一是政治打击、人生失意所直接造成的缺失性体验。失去高官厚禄而产生深深的挫折感,流落蛮荒之地所遭受的精神折磨,都是因物质损失和精神创伤带来的缺失体验。二是由

流贬生活带来的次生体验,即蛮荒异域的风土人情,以及有幸获赦北归的惊喜交加之情。如此复杂的生命体验亦通过他们的诗作流露出来。

初唐张说等人遭流贬的原因和时间虽然不完全相同,但是流贬初期都有深深的挫折感。张说以不附张易之、张昌宗兄弟而被流,贵为"当朝师表,一代词宗"的张说,仅仅因为力挺魏元忠没有造反之意的正直之举而突遭流放,这样的人生变故令他心灰意冷。703年九月流放钦州途经石门时写的《石门别杨六钦望》说:"燕人同窜越,万里自相哀。影响无期会,江山此地来。暮年伤泛梗,累日慰寒灰。潮水东南落,浮云西北回。俱看石门远,倚棹两悲哉。"① 如果说张说表现在诗中的挫折感还不很明显,那么沈佺期等人则频频将命运不济的失败感形诸笔端。在二张被诛之前,沈佺期本已因涉嫌考功受贿下狱,"劾未究,会张易之败,遂长流驩州"②。且不论沈佺期"平生守直道,遂为众所嫉"(《被弹》)的表白是强为自辩还是事实,在这样的政治打击面前,无论人品如何,流放的遭遇是任何人都难以接受的。在《初达驩州》一诗中,沈佺期将他的挫折感描写到了极致:"流子一十八,命予偏不偶。配远天遂穷,到迟日最后。水行儋耳国,陆行雕题薮。魂魄游鬼门,骸骨遗鲸口。夜则忍饥卧,朝则抱病走。搔首向南荒,拭泪看北斗。何年赦书来,重饮洛阳酒。"宋之问贬泷州途经江西时也写道:"昔闻垂堂言,将诫千金子。问余何奇剥,迁窜极炎鄙。"(《自洪府舟行直书其事》)政治上的挫折让本来汲汲于宦途的宋之问产生了归隐的念头:"栖岩实吾策,触蕃诚内耻。"(《自洪府

---

① 本文所引张说等人诗均见清编《全唐诗》,中华书局,1960年,文中不一一注明。

② (宋)欧阳修、宋祁撰:《新唐书》卷二〇二,中华书局,1975年,第5749页。

舟行直书其事》)杜审言配流峰州途经湘江时写的《渡湘江》:"迟日园林悲昔游,今春花鸟作边愁。独怜京国人南窜,不似湘江水北流。"也表达了类似的人生失意之感。这些诗人,流贬前或为朝廷重臣,或为馆阁学士,人生经历总体来说比较顺利,一旦遭遇变故,其内心体验到的挫败感就格外鲜明、强烈。从个体生命来说他们是不幸的,但是从诗歌写作的角度来看,这无疑丰富了他们生命旅途中的体验。

　　初唐流贬岭南的诗人在炎荒边鄙之地体验到了非同一般的精神折磨。在唐代,流是对应处死者实行免死流放的一种惩治手段,从刀下鬼到流窜远方的瞬息生死体验本已够惊心动魄,此外,岭南道的容管、邕管、安南(今越南一带)成为流人的主要集中地,因为气候、地貌与北方差异太大,桂林以南皆瘴疠之乡,生存条件恶劣,流放容州鬼门关以外的钦州、安南等地的流人,更是"十人九不还"①。以戴罪之身盘桓炎荒之地的流贬诗人们,除了担忧性命朝不保夕之外,还要忍受思乡恋阙、怀念亲朋好友之情的煎熬。张说《南中送北使二首》其二说:"待罪居重译,穷愁暮雨秋。山临鬼门路,城绕瘴江流。人事今如此,生涯尚可求。"君威难测,因忤旨当处死的张说幸免一死,流放钦州的日子里也是如履薄冰,在封建社会,流贬之人半道遭追加赐死的事例太多了,所以张说对被流放的遭遇本已绝望,对是否能求得性命的保存尚属未知,这种如临刑前的担忧恐惧实在是一种精神折磨。在这种折磨之下,在流所的诗人"有泪皆成血,无声不断肠"(《南中别蒋五岑向青州》),"一朝成白首"(《岭南送使二首》其二)。一朝发白、哭泪成血的流人血泪史于此可见一斑。流骧州的沈佺期途经鬼门关时发出这样的感叹:"昔传瘴江路,今到鬼门关。土地无人老,流移几客还?"(《入鬼门关》)在州流所长达两年之久的他,思

---

① (后晋)刘昫等撰:《旧唐书》卷四一,中华书局,1975年,第1743页。

乡之情更为浓烈："昨夜南亭望,分明梦洛中。室家谁道别,儿女案尝同。忽觉犹言是,沉思始悟空。肝肠余几寸,拭泪坐春风。"(《驩州南亭夜望》)九死一生的慨叹与肝肠寸断的思念成为初唐流贬岭南诗人诗歌的感情基调,正是在恶劣环境中诗人遭受非同寻常的精神折磨的艺术反映。

　　初唐流贬岭南的诗人在流贬生涯中有意无意地体验到了炎荒异域的风土人情。首先是岭南的节候风光。唐时的岭南包括今天的越南一带,属于亚热带和热带地区,气候炎热,森林密布,瘴雾迷漫,与四季分明的中原地区迥异。杜审言《旅寓安南》说:"交趾殊风候,寒迟暖复催。仲冬山果熟,正月野花开。积雨生昏雾,轻霜下震雷。"宋之问的《经梧州》也说:"南国无霜霰,连年见物华。青林暗换叶,红蕊续开花。"岭南地区,尤其是安南一带,寒冷天气少,暖热气候多;由于气候湿热,也比较适合植物的生长,即使在冬季,也能见到绿叶红花,所谓"冬花采卢橘,夏果摘杨梅"(宋之问《登粤王台》),与中原的春华秋实是很不相同的。这些寓目之景是流贬岭南地区的诗人首先体验到的。此外,由于安南一带在北回归线以南,日南郡等地的房屋建筑其门户是向北开,以便采光,宋之问《登粤王台》说:"南溟天外合,北户日边开。"北户即朝北开的门,与北方民居朝南开门刚好相反。以流贬之人的身份戴罪流所,行动上是受限制的,这也使他们与当地居民接触的机会不多,宋之问《过蛮洞》所写的南方少数民族聚居的情况,只能是浮光掠影:"越岭千重合,蛮溪十里斜。竹迷樵子径,萍匝钓人家。林暗交枫叶,园香覆橘花。"虽然不够具体详细,但毕竟也是一种见闻和经历。在驩州流所羁留两年的沈佺期,更是将具有热带特色的植物椰子树写入诗中:"日南椰子树,香褭出风尘。丛生调木首,圆实槟榔身。玉房九霄露,碧叶四时春。不及涂林果,移根随汉臣。"(《椰子树》)椰子树这种只记载在《南方草木状》和

《异物志》等书中的植物能进入诗人的体验领域，即拜流贬生活所赐。

　　初唐流贬岭南诗人赦归之际惊喜交加的复杂心情，也是其生命中一段难忘的体验。在岭南流贬之地，诗人大都有着"泪尽血沾衣"（张说《南中送北使二首》其一）的绝望心境，一朝遇赦，便如云开日见，其心情是既惊又喜："陈焦心息尽，死意不期生。何幸光华旦，流人归上京。愁将网共解，服与代俱明。"（张说《赦归在道中作》）流放钦州的张说本来已心如死灰，"乡关绝归望，亲戚不相求"（张说《喜度岭》），不料却逢大赦，流放之身终于能北归京城，初闻赦免时简直不敢相信，惊讶之余紧接着的是欣喜："宁知瘴疠地，生入帝皇州……见花便独笑，看草即忘忧。"（《喜度岭》）经历了人生的大悲之后，又体验到了赦罪北归的极度喜悦之情，竟不自觉地移入大自然的花草树木中，见花独笑，看草忘忧，喜悦之情溢于言表。同样的惊喜交加之情也体现在沈佺期诗中："书报天中赦，人从海上闻。九泉开白日，六翮起青云。质幸恩先贷，情孤枉未分。自怜泾渭别，谁与奏明君。"（《答宁处州书》）爱州，在今越南清化，离沈佺期流所驩州较近，赦书未到州之时爱州宁姓刺史先行驰报消息，初闻赦免的沈佺期如释重负。在正式得知已被赦免之后，诗人的喜悦之情更加明显："去岁投荒客，今春肆眚归。律通幽谷暖，盆举太阳辉。喜气迎冤气，青衣报白衣。还将合浦叶，俱向洛城飞。"（《喜赦》）皇家的雨露之恩使诗人感觉到了一股暖意，在他看来，自己被流放是遭受了沉冤，现在遇赦北归，就好比揭开了罩在头上的覆盆，重见天日。

　　生命体验的复杂性使诗人的认知活动较以往、较其他人更为活跃，在特定情境下认知发生了变异，体验发生了变形。这一系列复杂的心理活动状况对他们的诗歌创作、诗歌风貌，甚至对后来诗人的创作，都产生了重要的影响。

二、复杂的生命体验促成诗歌
创作的勃发与嬗变

　　艺术是艺术家生命体验的转换形式,换言之,艺术家生命体验的迹化形态是艺术品。初唐流贬岭南诗人丰富的生命体验,其迹化形式即是作于流贬生涯中的诗歌。那么,初唐流贬岭南诗人的生命体验与他们的诗歌创作之间究竟有什么关系呢?

　　首先,流贬生活体验的复杂促成了创作动机的勃发。当遭受流贬的挫折之时,诗人处于需要的缺失状态之中。马斯洛认为人的需要有安全需要、归属与爱的需要、自我实现的需要等七个层次①。流贬中的诗人不仅行动自由上受限制,而且要忍受饥饿、病痛的折磨,生命安全也无保障,如沈佺期诗中所云:"魂魄游鬼门,骸骨遗鲸口。夜则忍饥卧,朝则抱病走。"(《初达驩州》)在这种情况之下,流贬诗人一般都有求生的安全需要,获赦免并回归统治集团、回乡与亲人团聚的归属与爱的需要,乃至建功立业的自我实现需要。上文在说到流贬诗人在流贬之地遭受非同一般的精神折磨时也谈到,诗人在诗中经常发出对生还故里的生命诉求,张说、沈佺期等人亦时时表现"皇恩若再造,为忆不然灰"(张说《卢巴驿闻张御史张判官欲到不得待留赠之》),"何时重谒圣明君"(沈佺期《遥同杜员外审言过岭》)这样的回归渴望;张说在钦州流所甚至说:"释系应分爵,蠲徒几复侯。廉颇诚未老,孙叔且无谋。"(《南中送北使二首》其二)即使是罪人的身份,也不忘"为国著功成"(《赦归在道中作》)。可以

――――――

①〔美〕马斯洛著:《动机与人格》,许金声译,华夏出版社,1987年,第21、26、29页。

说,越是处于困境中的诗人,其缺失的状态越严重,诗人为克服缺失、求得各种需要的满足,失衡的心理状态在各种易感点(如流贬之地的风景等)的刺激之下,各层次、多维度的需要就汇合成了一股强烈的创作动机,使诗人的诗歌创作如地下泉水奔涌而出,最终缺失得到了消解,身在流贬之地的诗人的灵魂凭借创作的勃发得到暂时的安宁。生命体验的丰富促成创作动机的勃发,其直接后果就是诗歌作品数量明显增加。沈佺期入狱及流放期间写的诗有32首,占其现存全部诗作的1/5强,而这1/5强的作品仅仅在两年左右的时间里完成;宋之问流贬越州、岭南的诗作多达72首,占其现存全部诗作的2/5,这些作品也是在流贬前后约两年的时间里写成的①。张说流钦州前后的作品也有22首之多。诗人之不幸乃诗歌之大幸。以流贬为主题的诗歌在初唐诗坛的第3个30年突然猛增,与此时流贬岭南诗人群体勃发的创作动机有直接关系。

其次,流贬岭南的生命体验丰富了诗歌的意象。流贬可以说是中国抒情文学中历史悠久的主题,主题的表现离不开语言形式,对于抒情文学作品而言,主题的表现主要靠作品中的意象。所谓意象,就是客观物象经过创作主体独特的情感活动而创造出来的一种艺术形象。流贬生活所体验到的挫折感、精神上的折磨、蛮荒异域的独特地貌等等,这些体验与有关岭南一带的神话历史传说结合,通过诗人主体情感的创造加工,就以丰富的意象群出现在诗中。

我国古代关于流放与南蛮之地恶劣环境的记载史不乏书。《后汉书·马援传》:"(交趾)下潦上雾,毒气重蒸,仰视飞鸢跕跕堕水

---

① (唐)沈佺期、(唐)宋之问撰,陶敏、易淑琼校注:《沈佺期宋之问集校注》,中华书局,2001年。

中。"①《旧唐书·地理志四》："（鬼门关）其南尤多瘴疠，去者罕得生还。"②《嘉靖钦州志》卷一记钦州气候："山岚瘴气最重，尤盛于春、夏之间，春曰'春草'，秋曰'黄茅'，人至是月多疾病。"③初唐流贬岭南诗人的作品中，以往诗歌中极少有的意象如驩兜、崇山、瘴疠、魑魅等频频出现。这其中有一个逐渐变化的过程。张说流贬岭南的诗歌中，与流贬主题有关的意象还是比较传统的。如"请君聊驻马，看我转征蓬"（《南中别陈七李十》）中的"蓬"，"饥狖啼相聚，愁猿喘更飞"（《岭南送使》）中的"狖""猿"，表现的是流贬生涯的漂泊和悲哀。像"南海风潮壮，西江瘴疠多"（《端州别高六戬》）这样的诗句极少。到沈佺期的时候，情况有了改变。请看以下诗句：

> 越人遥捧翟，汉将下看鸢。北斗崇山挂，南风涨海牵。（《度安海入龙编》）
>
> 水行儋耳国，陆行雕题薮。魂魄游鬼门，骸骨遗鲸口。（《初达驩州》）
>
> 洛浦风光何所似，崇山瘴疠不堪闻。（《遥同杜员外审言过岭》）
>
> 谁念招魂节，翻为御魅囚。朋从天外尽，心赏日南求。铜柱威丹徼，朱崖镇火陬。炎蒸连晓夕，瘴疠满冬秋。（《三日独坐驩州思忆旧游》）
>
> 遇坎即乘流，西南到火洲。鬼门应苦夜，瘴浦不宜秋。岁贷胸穿老，朝飞鼻饮头……古来尧禅舜，何必罪驩兜。（《从驩州廨

① （南朝宋）范晔：《后汉书》卷二四，中华书局，1965 年，第 838 页。

② （后晋）刘昫等撰：《旧唐书》卷四一，中华书局，1975 年，第 1743 页。

③ 林希元：《钦州志》卷一，上海古籍书店，1961 年影印宁波天一阁藏明嘉靖刻本，第 28 页。

宅移住山间水亭赠苏使君》)

　　炎方谁谓广,地尽觉天低。百卉杂殊怪,昆虫理赖暌。闭藏元不蛰,摇落反生荑。疟瘴因兹苦,穷愁益复迷。火云蒸毒雾,阳雨濯阴霓。(《赦到不得归题江上石》)

　　魑魅来相问,君何失帝乡……涨海缘真腊,崇山压古棠。雕题飞栋宇,儋耳间衣裳。(《答魑魅代书寄家人》)

　　在神龙元年(705)遭流贬的诗人中,沈佺期是最后一个获赦北归的。他在驩州流所长达两年,他对流放生涯的体验应该说是最刻骨铭心的,因而他的诗歌中使用了大量如驩兜、崇山、瘴疠、魑魅等与岭南地区有关的意象。

　　流贬文学主题,从屈原的放逐三湘,到贾谊的长沙之贬,其意象模式是开创自屈原的香草美人、善鸟修禽等,一般是通过"虬龙鸾凤"等美好的事物遭遇蹇连困厄,来表达贤人遭嫉失位的政治失意感,在真善美与假恶丑的对比中抒发郁郁不得志的苦闷之情。到初唐的时候,有关流贬文学主题的意象在继承中有了新的因素。宋之问《早发始兴江口至虚氏村作》:"薜荔摇青气,桄榔翳碧苔。桂香多露裛,石响细泉回。""薜荔"与"香桂"即属于《离骚》中香草一类意象,"桄榔"则如同沈佺期诗中的"椰树",是具有岭南特色的草木意象。如果说屈原的香草美人意象模式更强调真善美的一面,那么初唐流贬岭南诗人的意象则更加突出丑怪险恶的特征。"含沙缘涧聚,吻草依林植。"(宋之问《早发大庾岭》)"夕宿含沙里,晨行茵露间。"(沈佺期《入鬼门关》)能在水中含沙射人的射工虫、钩吻沾毒液的毒草,这些险恶的意象,已开柳宗元"射工巧伺游人影"(《岭南江行》)的先河。宋之问《入泷州江》:"潭蒸水沫起,山热火云生。猿跃时能啸,鸢飞莫敢鸣。海穷南徼尽,乡远北魂惊。泣向文身国,悲看凿齿氓。

地多偏育蛊,风恶好相鲸。"与沈佺期在驩州流所诸诗,共同描绘出一
个乌烟瘴气、魑魅频出,令北人惊魂不已的凶险怪恶的世界。这或许
是因为远离中原、首次踏入岭南土地的流贬诗人,以悲苦等复杂的心
情来观照南蛮之地时,体验的意向性与变形不可避免,因而在意象的
选择上更加突出丑、怪、险、恶等负面因素。这些与客观真实不一致、
却符合艺术规律的意象无疑丰富了流贬文学的意象。

其三,流贬生命体验的丰富性增强了诗歌情感的浓度,并引起诗
歌抒情模式产生变化。初唐张说、沈佺期、宋之问等人,在流贬之前,
或为朝廷重臣,或是馆阁学士,在写作应制、唱和等诗时,只需按一定
程式写就,并不需要投入太多个人的情感。流贬生活彻底打乱了他
们心理的平衡,政治上的挫折、流贬之地的悲苦愁闷、异域蛮荒的风
土人情、朝廷的动向等等,都能牵动诗人们敏感的神经。体验的出发
点和归结点都是情感:诗人主体从自己的命运、遭遇及全部其他情感
出发去揭示意蕴,体验的终结则是一种新的更深刻情感的生成。张
说等人从流贬的遭遇出发,体验到了种种复杂的情感,并将这种情感
贯注到了某个对象中,形诸诗篇,因此,初唐流贬岭南诗人群的诗歌
作品的情感浓度明显增强了。无论是写遭流贬的挫折感,还是思乡
恋阙的哀吟,或者是对蛮荒之地风景的描绘,都是真情流露,甚至可
谓"以血书者"。张说《南中送北使二首》其一:

> 传闻合浦叶,曾向洛阳飞。何日南风至,还随北使归。红颜
> 渡岭歇,白首对秋衰。高歌何由见,层堂不可违。谁怜炎海曲,
> 泪尽血沾衣。

"合浦叶"贯注着诗人思乡的情感,白首索颜,勾画出在流贬之地憔
悴不堪的流人形象,结尾一句,则表达了诗人万般无奈甚至绝望的情

怀。这样的诗与应制、唱和之作的四平八稳比起来,情感的浓度大大增强了。其他如沈佺期"思君无限泪,堪作日南泉"(《初达驩州》)、"帝乡遥可念,肠断报亲情"(《岭表逢寒食》),宋之问"魂随南翥鸟,泪尽北枝花"(《度大庾岭》)、"适蛮悲疾首,怀巩泪沾臆"(《早发大庾岭》),这些饱含泪水的诗句,正是流贬生涯悲愁苦闷体验的自然流露。

　　诗歌抒情并非诗人主体自然情感原原本本的倾泻。按艺术形式与情感内容两者之间的相互关系,情感在刺激主体引起创作的兴奋之时,必然会被形式所缓解、阻滞,经过形式的改造、征服,情感的洪水最终变成了涓涓细流,得到舒泄、升华。艺术形式在改造、征服情感内容的过程中并非一成不变。当情感的洪流达到一定峰值时,形式也会发生变化,以更好地适应情感表达的需要。初唐流贬岭南诗人在丰富的生命体验过程中产生的复杂情感,最终引起了诗歌抒情模式的变化。初唐张说、沈佺期、宋之问、杜审言等人,流贬之前属于正统的宫廷文人,其诗歌创作严格遵守宫廷文学的惯例,即美国学者宇文所安所说的"三部式":主题、描写式的展开和反应三部分①。在初唐诗坛第3个30年,五律已渐趋定型,成为宫廷唱和、应制的主流文体。在流贬之初,张说等人所写的诗歌即多用五律的形式,抒情上也大多遵守"三部式",例如张说流放途中写的《端州别高六戬》《卢巴驿闻张御史张判官欲到不得待留赠之》《和朱使欣二首》、沈佺期的《初达驩州》、宋之问贬泷州过大庾岭时写的《度大庾岭》《题大庾岭北驿》等。流贬之初的诗人虽然有着深深的挫折感、对异域蛮荒的极度不适应以及思乡恋阙等复杂而又强烈的感情,但是由于自身

① 〔美〕宇文所安著:《初唐诗》,贾晋华译,生活·读书·新知三联书店,2004年,第8页。

文学实践的制约,并受宫廷诗歌抒写模式的影响,其在诗中表现出来的只是情感海洋的一隅。举宋之问《题大庾岭北驿》为例:

> 阳月南飞燕,传闻至此回。我行殊未已,何日复归来? 江静潮初落,林昏瘴不开。明朝望乡处,应见陇头梅。

遭贬的宋之问本来是有着强烈失意感的,可是在诗中除了"林昏瘴不开"表现些许忧愁,按照宫廷应制模式,结尾一句写作者的情感反应,透露出悠悠的思乡之情外,似乎不像是一名遭贬岭南蛮荒之地的诗人所写的诗。之所以如此,不是遭贬的宋之问不够悲伤,也不是他具有超脱一切痛苦的人格境界,主要原因还在于,原有的宫廷文学"三部式"的抒情模式,已不能满足流贬中的诗人情感舒泄的需要。

那么,处于流贬困境中的诗人如何找到最适合的诗歌抒情模式呢? 一是复古,走到了宫廷文学的对立面。最明显的表现是借用所谓"元嘉体"①,通过铺排的笔法来抒发诗人因流贬所体验到的种种奔涌强烈的情感。同样以宋之问为例,如果说度大庾岭前写的《题大庾岭北驿》所表现的情感,好比在热水中撒了一点盐花,尝得到却看不见,那么度大庾岭途中所写的《早发大庾岭》,则好比在开水中加入了辣椒油,诗人一路压抑的情感一下得到了尽情的舒泄:

> 晨跻大庾险,驿鞍驰复息。雾露昼未开,浩途不可测。嵘起华夷界,信为造化力。歇鞍问徒旅,乡关在西北。出门怨别家,登岭恨辞国。自惟勖忠孝,斯罪懵所得。皇明颇照洗,廷议日纷

---

① 钱志熙:《论初唐诗人对元嘉体的接受及其诗史意义》,《中国文化研究》2007年夏之卷。

感。兄弟远沦居,妻子成异域。羽翮伤已毁,童幼怜未识。踟蹰恋北顾,亭午晞雾色。春暖阴梅花,瘴回阳鸟翼。含沙缘涧聚,吻草依林植。适蛮悲疾首,怀巩泪沾臆。感谢鹓鹭朝,勤修魑魅职。生还倘非远,誓拟酬恩德。

全诗30句150字,在较大的篇幅里,诗人将贬谪路途的艰辛、家国之思、遭贬的失意、妻离子散的悲伤、岭南环境的险恶、生还的期望等多种复杂而强烈的情感铺洒其中,宫廷应制诗歌严格的程式、有限篇幅的束缚一概脱去,元嘉体的铺陈体制,面面俱到、细大不捐的笔法,在这里倒是非常适合流贬诗人复杂情感的随意抒发。不仅宋之问如此,张说的《南中送北使二首》其二、《喜度岭》,沈佺期的《三日独坐骧州思忆旧游》《从骧州廨宅移住山间水亭赠苏使君》《赦到不得归题江上石》《答魑魅代书寄家人》,杜审言的《度石门山》等等,都直接借用了元嘉体的铺陈体制来抒发情感。

　　二是在宫廷文学原有模式的基础上加以调整,从宫廷文学程式化的刻板描写、情景分离,发展变化为以情寓景、情景交融。元嘉体固然有篇幅上的优势,但过于琐碎、不够凝练也是它的缺点。有深厚宫廷文学素养和创作五七言律诗实践经验的初唐流贬诗人,显然在新体诗的写作上更有心得。走出宫廷馆阁,流连于江山塞漠中的流贬诗人,也摆脱了宫廷应制、唱和场合的羁绊,他们调动着诗歌艺术方面的才能,伴着流贬生活的辛酸苦辣,酝酿出新的诗歌抒情模式。试看宋之问流钦州途中写的《经梧州》:

　　　南国无霜霰,连年见物华。青林暗换叶,红蕊续开花。春去闻山鸟,秋来见海槎。流芳虽可悦,会自泣长沙。

遭遇第二次政治挫折的宋之问,实际上已预感到此次流钦州凶多吉少,其在桂州写的《始安秋日》说"桂林风景异……分明愁杀人",折射出其担忧性命不保的焦虑心态。《经梧州》一诗,前半部分写岭南四季如春的美景,表面上并无半点焦虑之情,可结尾"流芳虽可悦,会自泣长沙"一转折,隐藏在美景背后的辛酸悲苦之情跃然纸上。此诗虽然并未能达到情景的融合无间,不过在某种程度上与"昔我往矣,杨柳依依"(《诗·小雅·采薇》)以乐景写哀、寓情于景的抒情方式有异曲同工之妙。像这样初步做到情景交融的诗在沈、宋等人的现存作品中不在少数。窃以为,五律到沈、宋手中定型,其贡献除了声律规则的定型外,对诗歌抒情模式的探索也不容忽视。

流贬生命体验的复杂性增强了诗歌情感的浓度,强烈的情感呼求新的诗歌抒情模式,新的抒情模式对诗人强烈的情感进行改造、舒泄,并将之由自然情感升华为具有审美特征的情感,在形式与情感的互动中升华出的审美情感不仅给流贬中诗人的灵魂以安慰,也使读者获得审美的感受。严羽说"唐人好诗,多是征戍、迁谪、行旅、离别之作,往往能感动激发人意"[1],以流贬为题材的诗之所以能感动读者,原因也正在此。

三、生命体验的变形对后来诗人诗风的影响

初唐流贬岭南诗人由于有着独特的生命体验,创作处于勃发状态,他们的诗歌开拓了流贬的主题,促进了岭南地域文学的繁荣,前辈学者对此均有中肯之论。关于张说等初唐流贬岭南诗人的生命体

---

[1]（宋）严羽著,郭绍虞校释:《沧浪诗话校释》,人民文学出版社,1961年,第198页。

验与创作对后来诗歌的影响,本文只强调一点,那就是:初唐流贬岭南诗歌开启了后来诗歌描写岭南穷山恶水、烟瘴弥漫等恶劣环境的风气。流贬岭南诗人在特定心境中体验的变形,诗歌意象的选择上突出险恶丑怪等负面因素,在当时是一种艺术创造,对后来有关岭南诗歌的风格产生了潜移默化的影响。沈佺期、宋之问等人在流贬诗中所营造出来的魑魅频出、毒草害虫遍布、炎热逼人、瘴雾弥漫的岭南险恶世界,使后来诗人无论是否亲身到过岭南,都习惯性地在诗中加入凶险怪恶的因素。

例如,贬谪柳州的柳宗元,一路上向读者描绘岭南的阴森险恶:"阴森野葛交蔽日,悬蛇结虺如蒲萄……奇疮钉骨状如箭,鬼手脱命争纤毫。今年噬毒得霍疾,支心搅腹戟与刀。"(《寄韦珩》)"瘴江南去入云烟,望尽黄茆是海边。山腹雨晴添象迹,潭心日暖长蛟涎。射工巧伺游人影,飓母偏惊旅客船。"(《岭南江行》)在柳宗元诗中出现的"野葛"(毒草,见刘恂《岭表录异》卷中)、蛇虺、毒疮、黄茅瘴、蛟、象、射工虫、飓风等因素,都让读者感到恐惧或惊奇。这样的诗与宋之问"身经火山热,颜入瘴江消。触影含沙怒,逢人女草摇。露浓看茵湿,风飓觉船飘"(《早发韶州》)十分相似,在突出气候环境的险恶上更是有过之而无不及。此外,在元稹、白居易的"元和体"诗中,有关岭南的送别诗也不遗余力地表现当地环境的险恶。如元稹诗:"茅蒸连蟒气,衣渍度梅黣。象斗缘溪竹,猿鸣带雨杉。飓风狂浩浩,韶石峻巉巉。宿浦宜深泊,祈泷在至诚。瘴江乘早度,毒草莫亲芟。试蛊看银黑,排腥贵食咸。"(《送崔侍御之岭南二十韵》)白居易诗:"春畲烟勃勃,秋瘴露冥冥。蚊蚋经冬活,鱼龙欲雨腥。水虫能射影,山鬼解藏形。穴掉巴蛇尾,林飘鸩鸟翎。飓风千里黑,荨草四时青。客似惊弦雁,舟如委浪萍。"(《送客南迁》)炎热、瘴疠、毒草、蛊毒、蚊蚋、射工虫、山鬼、飓风等等,众多丑恶险怪的意象堆积在诗中,使岭南在读者心目中几乎就是一个常人无法居住的地方。

如果说沈、宋等人在诗中突出岭南环境的险恶有亲身的流贬生活体验为基础,那么到后来未亲身到过岭南的张籍、王建等人,他们写流人、南中的诗歌,一则是出于文学技巧上的争奇斗怪,二则是从文学经验上学习模仿前人了。举以下诗为例:

> 铜柱南边毒草春,行人几日到金麟。(张籍《蛮中》)
> 海上见花发,瘴中唯鸟飞。炎州望乡伴,自识北人衣。(张籍《岭表逢故人》)
> 瘴烟沙上起,阴火雨中生。(王建《南中》)
> 阴云鬼门夜,寒雨瘴江秋。水国山魈引,蛮乡洞主留。(王建《送流人》)

从未到过岭南一带的张籍、王建,他们的诗歌中一样有瘴气、毒草、山鬼等意象。其原因,或如元代方回所说:"唐以诗试进士,先以诗为行卷。如此等语,或本无其人,姑为是题,以写殊异之景,故皆新怪可观,如《送流人》《寄边将》之类,皆是也。"[①] 争奇斗怪、标新立异,得有现成的经验可学,不能凭空造语。亲身到过岭南的流贬诗人的体验是第一手经验,未到过岭南的诗人只能以语言为媒介从前人的诗中获得第二手经验。从心理学的观点看,第一手经验来自个体的直接知觉活动,第二手经验则来自个体间接的知觉活动,后一种经验的主要媒介是语言。前人的体验通过语言移植到了后人身上。初唐流贬岭南诗人关于魑魅之乡险恶环境的体验通过这样一种程序移植到

---

①(元)方回选评,李庆甲集评校点:《瀛奎律髓汇评》卷四,上海古籍出版社,1986年,第159页。

了后来诗人的经验当中，使后来诗人的作品中具有了相似度极高的因素。晚唐诗僧贯休、齐己所写有关岭南的诗，如齐己《送迁客》"天涯即爱州，谪去莫多愁。若似承恩好，何如傍主休。瘴昏铜柱黑，草赤火山秋。应想尧阴下，当时獬豸头"，与张籍、王建的诗作一样，都是在前人经验的基础上模仿写出，其意象、风格与前人大抵相似。可以说，诗歌风格的趋同在一定程度依靠这样的心理机制在起作用。

　　当然，初唐流贬岭南诗人的生命体验及其诗歌创作对后人的影响并非一成不变的移植，由于所处时代、环境的不同，加上诗人个体的差异，两者之间还是有一定差别的。不过，由于流贬岭南诗人体验的意向性与变形，意象选择片面夸大丑怪险恶，岭南长期在人们有色眼镜的观照下变得可怕，从生活的真实来说，这是它的不幸；而从艺术真实的角度来看，岭南以其光怪陆离、险象环生的形象受到诗人们的关注，则又是它的大幸。

［原刊《广西师范大学学报》（哲学社会科学版）
2012 年第 3 期］

诗路诗人寻踪

唐末五代广西籍诗人考论

梁超然

在漫长的中国历史上，广西文化的开发比起中原地区稍晚一点，到了晚唐出了两位知名的诗人曹邺、曹唐[①]。明人廖东升《吊曹祠部》一诗说："科名开自大中年，艳说曹公独占先。甲第天荒从此破，文章衣钵至今传……"[②]认为自从曹邺以后广西的"文运"才兴起，这是事实。唐五代广西诗人在二曹之后，《全唐诗》中存有作品的，尚有五代时的诗人翁宏、王元与陆蟾，此外还有赵观文、林楚才。他们的诗作大都散佚了，留存下来的不多。但这几位诗人在当时和后来都产生过一定的影响，为广西文化的发展做出了自己的贡献，是应该给予注意的。这里试对他们的行事及作品做些考证论析，供治广西文史的同志们参考。

---

① 曹邺的诗，笔者与毛水清同志合作注释了《曹邺诗注》，上海古籍出版社1982年3月出版。《曹唐诗注》笔者已注释了即将由广西民族出版社《桂苑书林》丛书出版。笔者另有《论晚唐诗人曹邺》一文发表于《文学评论丛刊》第七辑，中国社会科学出版社出版。《晚唐诗人曹唐及其诗》一文发表于《唐代文学论丛》第一辑，陕西人民出版社出版，可参阅。

② （明）廖东升：《吊曹祠部》，载（民国）张岳灵修，（民国）黎启勋纂《阳朔县志》，台北成文出版社，1975年影印本，第388页。

（一）

北宋词人晏几道有两句为千古读者所激赏的词句："落花人独立，微雨燕双飞。"对这两句词，清代词论家谭献在《谭评词辨》中这样评价："名句千古，不能有二。"①清代另一位词学家陈廷焯《白雨斋词话》说这两句词"既闲婉，又沉著，当时更无敌手"②。但是，他们都忽略了，宋代词人很喜欢用唐人诗句入词，正如当代词学大师唐圭璋教授所指出的，晏几道这两句词是从五代诗人翁宏的诗中搬进词里去的。

翁宏，字大举，《全唐诗》的编者在小传中说他是桂州人，那是弄错了。北宋阮阅编撰的《诗话总龟》引《雅言系述》（北宋王举著）一书记载云："翁宏字大举，桂岭人，常寓居韶、贺间，不仕进，能诗。"③并列举翁宏《宫词》等诗及诗句，以为"皆佳句也"④。明代诗评家胡应麟在其名著《诗薮》一书中也以为："翁宏，字大举，桂岭人，寓居韶、贺间。"⑤《雅言系述》及《诗薮》的记载是正确的，大概《全唐诗》编者以为"桂岭"是泛指地名，所以误为桂州。桂岭，唐县名，属贺州。唐人李吉甫《元和郡县图志》云："桂岭县，本汉临贺县之地，吴分置建兴县，属临贺郡。晋改为兴安县。隋开皇十八年改为桂岭

①（清）谭献著，顾学颉校点：《复堂词话》，人民文学出版社，1959年，第22页。
②（清）陈廷焯著，杜未末校点：《白雨斋词话》，人民文学出版社，1959年，第11页。
③（宋）阮阅编，周本淳校点：《诗话总龟》（前集）卷一一《雅什门》下，人民文学出版社，1987年，第122页。
④（宋）阮阅编，周本淳校点：《诗话总龟》（前集）卷一一《雅什门》下，人民文学出版社，1987年，第123页。
⑤（明）胡应麟撰：《诗薮》杂编卷四，上海古籍出版社，1958年，第297页。

县，属连州，因界内桂岭为名。武德四年，改属贺州。"① 新、旧《唐书》地理志所载略同。其地即今贺州之桂岭。故翁宏不是桂州人，而是贺州桂岭人。《贺县志》在"词章斐然其著述可传于后者"项下，有翁宏的小传②。据现有材料及方志所记，《雅言系述》《诗薮》关于翁宏"寓居韶、贺间"的记载恐有小误。贺即贺州，今广西贺州；韶即韶州，今广东韶关。从有关材料记述看，翁宏似未在韶州寓居，而是寓居昭州，韶盖昭之误。应按《贺县志》所记"寓居昭贺间"为是。昭州，与贺州比邻，今广西平乐。正是由于寓居昭州，所以得地理之便，能够和桂州（今广西桂林）诗人王元相互往还唱和，也能够和寓居昭州的贺州富川诗人林楚才相唱和。《贺县志》谓翁宏"性恬淡，不乐仕进，寄志吟咏"③。《雅言系述》所记"不仕进"。从翁宏现存诗歌及材料看，未见有过应举仕进的迹象，这些记述是符合事实的。

　　翁宏生活于五代，北宋建国之初还在世，据《诗话总龟》引《雅言系述》云"开宝中，衡山处士廖融南游……宏以百篇示融"④。开宝，北宋太祖的年号（968—976），开宝中，约是公元971年左右，则翁宏在北宋开宝年间还在世，大概此后不久就去世了。他所生活的时代，是一个到处烽烟、遍地腥风血雨、分裂混战的时代。在这种社会环境下，知识分子大多感到前途茫茫，他们无心于仕进是十分自然的事。正因为这样，在唐末五代的诗人中，隐逸之士占了很大的比重，这正是形势逼迫使之然的。翁宏在这个混乱不堪、征战频仍的社会里，隐

①（唐）李吉甫撰，贺次君点校：《元和郡县图志》卷三七《桂岭》，中华书局，1983年，第923页。

②（民国）梁培煐、龙先钰编：《贺县志》卷八，民国二十三年刊本，第3页。

③（民国）梁培煐、龙先钰编：《贺县志》卷八，民国二十三年刊本，第3页。

④（宋）阮阅编，周本淳校点：《诗话总龟》（前集）卷一一《雅什门》下，人民文学出版社，1987年，第123页。

居于昭、贺之间,赋诗以自适,这乃是时代造成的。

　　翁宏和五代时楚的一些诗人如廖融、任鹄、王正巳、杨徽之、张观以及本文要说及的王元、陆蟾、林楚材等均有交往。这些诗人都是隐士,他们相互切磋、共同学习,以隐居衡山的廖融为中心,形成了一个风格相似的小小诗派。从他们现存诗歌的总体方面来看,他们大都远离现实生活矛盾的旋涡,徜徉于山林幽谷,行吟于泽畔溪前,没有经历大的人生波涛,只是咀嚼着自己身边的小小悲欢;他们注意诗的语言、声律对仗,力图构织一种具有清新画面的诗意。他们的作品固然不能说有很丰富、深刻的思想意义,但他们在艺术上确有自己的追求,他们在艺术上的刻意追求,在诗歌发展史上也自有其美学意义。翁宏是这一小小流派的典型诗人,他的作品也应作如是观。

　　翁宏作品的数量原来是比较丰富的。上面引到《诗话总龟》引《雅言系述》中说到当诗人廖融南游到昭、贺的时候,翁宏曾将自己一百篇作品出示廖融,这当然还不是他的全部作品,可见他的作品在当时数量不会少。但是由于社会地位低下,当时又是动乱不堪的社会,所以到今天他的诗作流传下来就已经很少了。《全唐诗》中仅存三首诗及残句三联,《诗话总龟》引《雅言系述》还存有残句六联。这大概是目前所能见到的翁宏全部作品了。凭这几首诗当然不可能对翁宏做出全面的评价,但愿日后能发现更多翁宏的作品。这里就暂时只能做些窥斑见貌之论了。

　　翁宏将自己所作的一百首诗呈示诗人廖融的时候,廖融曾作了《谢翁宏以诗百篇见示》一诗赠翁宏,全诗如下:"高奇一百篇,造化见工全。积思游沧海,冥搜入洞天。神珠迷罔象,端玉匪雕镌。休叹不得力,离骚千古传。"①

---

① (唐)廖融:《谢翁宏以诗百篇见示》,《全唐诗》卷七六二,中华书局,1960年,第8654页。

这首诗对翁宏的百篇诗歌作了评论,给予了很高的评价。诗一开头用"高奇"一语对翁宏作品做了整体性评价,"造化"一句是对"高奇"这一评价的具体化。接下去颔联与颈联具体描绘了翁宏诗歌创作的艺术特点。颔联是从构思特点说的,翁宏构思诗篇时想象力很丰富,驰骋想象上天入地,遨游沧海,正如陆机《文赋》中所形容的"精骛八极,心游万仞"①。颈联"神珠"一句运用了一个典故。这个典故出自《庄子》。《庄子·天地篇》说,黄帝游于赤水之北,遗失了玄珠,渺渺茫茫之中,无法求得。廖融用这个典故是说明翁宏的作品有一种朦朦胧胧之美的意思。"端玉"句是说翁宏诗的语言。综合起来说,廖融在诗中认为翁宏的作品具有丰富的想象力,诗中笼罩着一种朦胧迷惘的气氛;而语言晶莹如玉,没有雕琢,十分自然。从今存翁宏的作品看,廖融这首诗所描述的艺术特色是颇为符合的。至于廖融诗中说翁宏作品可与《离骚》千古并存,那应该是过誉之辞。

《全唐诗》所存翁宏的诗及《诗话总龟》所存残句,均为五言诗,而且都是五律。看来翁宏是擅长以五言律诗这一诗歌形式来抒发自己的感情。从翁宏所存的极有限的作品里,我们看到,诗人虽然是徜徉山林的隐逸之士,但他未忘世事。诗人曾经存在过希望社会安定的美好理想,他在《秋残》一诗中写道:"仍闻汉都护,今岁合休戈。"② 就是盼望刀兵停息,恢复太平的意思。他在《送廖融处士南游》一诗中感叹道:"壮志潜消尽,淳风意未还。"③ 抒发了企望美好社会的热烈感情。可见翁宏并不是完全超脱现实的隐者。但他的诗

---

① (晋)陆机著,刘运好校注整理:《陆士衡文集校注》卷一《文赋》,凤凰出版社,2007年,第9页。

② (唐)翁宏:《秋残》,《全唐诗》卷七六二,中华书局,1960年,第8656页。

③ (唐)翁宏:《送廖融处士南游》,《全唐诗》卷七六二,中华书局,1960年,第8656页。

更多的是表现他"恬淡"性格和闲适的思想感情。他的《春残》一诗很具有代表性："又是春残也,如何出翠帏? 落花人独立,微雨燕双飞。寓目魂将断,经年梦亦非。那堪向愁夕,萧飒暮蝉辉。"①

如前所述,"落花"两句为历代诗词评论家们所激赏,但他们都没有说透这两句诗好在什么地方。这两句诗的妙处不仅在于它对仗工整,音韵和谐,而且在于它写出了暮春时节的一个情致深婉的画面,这两句诗所形成的画面又和整首诗的描绘构成了一个十分鲜明的意境:淡淡的夕阳余晖抹过画面,天空中却洒着蒙蒙纷纷的微雨,残花在微雨中片片飘落,萧瑟的傍晚里,蝉在发出令人伤感的低吟,雨中花前独立着一位忧伤的、神色黯然的抒情主人公。诗人在这里极力刻画了残春时节的一种迟暮萧飒之美以及由此而萌生的一种感伤的情调。

翁宏有一些诗句写得较有气魄,如"风高弓力大,霜重角声干"②"寒清万国土,冷斗四维根"③。前者渲染了塞上苍凉强劲的气氛;后者写出中秋月色之浩瀚无边,这样的艺术形象具有"阳刚之美"的特色。但从总的方面说,翁宏的诗还是以纤丽清秀的风格为主,他经常渲染的是迟暮之感、萧索衰残之美。这和他生活在凋零的时代有密切的关系,是时代使之然。

---

① (唐)翁宏:《春残》,《全唐诗》卷七六二,中华书局,1960年,第8656页。《诗话总龟》引《雅言系述》中此诗诗题作《宫词》。

② (唐)翁宏:《塞上曲》,转引自(宋)阮阅编,周本淳校点:《诗话总龟》(前集)卷一一《雅什门》下,人民文学出版社,1987年,第122页。

③ (唐)翁宏:《中秋月》,转引自(宋)阮阅编,周本淳校点:《诗话总龟》(前集)卷一一《雅什门》下,人民文学出版社,1987年,第122页。

（二）

　　和翁宏同时代的桂林诗人王元，也是一位隐士。宋人阮阅《诗话总龟》引《郡阁雅谈》云：“王元字文元，桂林人，苦吟风月，终于贫病。”① 《雅言系述》亦云：“王元字文元，桂林人……与廖融为诗友……终于长沙。”② 明代大诗评家胡应麟《诗薮》云：“王元字文元，桂林人……后终于长沙。”③ 如上所述，王元与翁宏、廖融、陆蟾、任鹄等为诗友④，《百科明珠》一书又云：“曾弼，长沙人，依逸人王元为诗友。”⑤ 胡应麟《诗薮》又存有王元赠史虚白的诗句，则王元又与河南隐逸奇人史虚白和长沙诗人曾弼有交往⑥，可见诗人王元的交游颇广。又据《郡阁雅谈》的记载，诗人的妻子黄氏，也有文学修养，是一位非常贤惠的内助，每逢诗人深夜灵感来了的时候，黄氏就先起来点燃灯烛，准备好纸笔，然后让诗人起来写作。王元也十分敬重黄氏⑦。从上述材料看，王元和这个时期的其他隐逸诗人一样，事业上

---

① （宋）阮阅编，周本淳校点：《诗话总龟》（前集）卷一〇《雅什门》上，人民文学出版社，1987年，第112页。

② （宋）阮阅编，周本淳校点：《诗话总龟》（前集）卷一一《雅什门》下，人民文学出版社，1987年，第124页。

③ （明）胡应麟撰：《诗薮》杂编卷四，上海古籍出版社，1958年，第298页。

④ （宋）阮阅编，周本淳校点：《诗话总龟》（前集）卷一〇《雅什门》上，人民文学出版社，1987年，第116页。

⑤ （宋）阮阅编，周本淳校点：《诗话总龟》（前集）卷一四《警句门》下，人民文学出版社，1987年，第160页。

⑥ 《诗话总龟》则认为此诗是廖凝所作，未知孰是？

⑦ （宋）阮阅编，周本淳校点：《诗话总龟》（前集）卷一〇《雅什门》上，人民文学出版社，1987年，第112页。

一事无成,最后连毕生追求的诗歌创作,也没有留下多少传世之作,他是悄然在长沙的寓所去世的。从上述材料我们也还看到另一面,王元和当时许多诗友结成知交,交往中相濡以沫,感受过友情的温馨,而他的妻子黄氏在生活与事业上给他以支持关怀,使他领略过生活的幸福。比起别的隐逸诗人来说,是不幸中之幸运者了。大概正是由于他生活中曾经有过温馨与幸福,所以他的一些作品,总是充满一种深挚的人情味。

在今存王元的五首诗中,《登祝融峰》一诗很有特色:"草叠到孤顶,身齐高鸟翔。势疑撞翼轸,翠欲滴潇湘。云湿幽崖滑,风梳古木香。晴空聊纵目,杳杳极穷荒。"①

祝融峰在湖南衡山县北三十余里,为南岳衡山七十二峰的最高峰。山势高峻雄伟,峰巅有望日台、望月台;终年云雾缭绕,十分壮观。王元这首诗写出了祝融峰的巍峨气势:登上峰巅似与高飞云端的飞鸟一起翱翔;那山峰高峻的势态,似要撞到天上的星座(翼、轸,星宿名);而祝融峰的苍山翠色,染绿了潇、湘二水广阔的流域。这是多么雄浑壮阔气象。这首诗还写出了祝融峰的幽森:深邃的山崖,云横雾罩;苍苍的古木,山风拂拂……这又是祝融峰的另一番优美的景致。应该说这是五代时期山水诗中比较优秀的作品,可惜,像这样的诗歌,由于乱世,也由于诗人社会地位低下,留存下来的太少了。

他的《听琴》一诗写得别开生面,与一般的描绘音乐的作品不一样,受到当时读者的喜爱,当时还有画家根据诗意绘成图画。诗如下:"拂琴开素匣,何事独颦眉。古调俗不乐,正声公自知。寒泉出涧涩,老桧倚风悲。纵有来听者,谁堪继子期。"②

---

① (唐)王元:《登祝融峰》,《全唐诗》卷七六二,中华书局,1960年,第8653页。
② (宋)阮阅编,周本淳校点:《诗话总龟》(前集)卷一〇《雅什门》上,人民文学出版社,1987年,第112页。

全诗只有"寒泉"一联是写琴声的,他用了两个比喻:寒泉出涧,老桧倚风来渲染琴声的悲涩。这一比喻把琴声形象化,也把诗的意境突出了,形成了生动的画面。除了这一联之外,其他各联都是抒情发挥、感时伤世之语,尾联特别抒发了知音难觅的感慨,无限深沉。这些,都抹上了时代的色彩,使读者感受到时代的氛围。

王元今存三首怀人诗:《怀翁宏》《哭李韶》《题邓真人遗址》,都写得情真意切,沉郁动人,富有人情味。其中尤以《哭李韶》情更深:"韶也命何奇,生前与世违。贫栖古梵刹,终着旧麻衣。雅句僧抄遍,孤坟客吊稀。故园今孰在,应见梦中归。"①

这首诗对李韶的命途淹蹇寄予了深切的同情。关于李韶其人,《全唐诗》卷七七〇"无世次爵里可考"项下存有李韶的一首诗。其实李韶并非全不可考者,《诗话总龟》卷一一云:"李韶,郴州人,苦吟固穷……王元有诗悼之。"②可知李韶是湖南郴州人,也是一个隐逸诗人,和王元等诗人有交往。从王元的挽诗中可以看到,李韶颇有写作才能,诗歌也为人们喜爱,但生活贫苦,境况凄凉,连破屋都没有一间,只能借居于寺庙之中,而身上始终穿着破旧的麻衣。王元此诗感情深沉悲愤,对李韶不幸遭遇的哀叹,实质上也是对当时社会摧残人才的揭露与控诉。他的《怀翁宏》一诗表达了对友人翁宏的真挚关怀之情,亦颇有特色。

（三）

唐末五代时期另一位广西籍诗人陆蟾,当时颇有诗名。一些诗

① (唐)王元:《哭李韶》,《全唐诗》卷七六二,中华书局,1960年,第8653页。
② (宋)阮阅编,周本淳校点:《诗话总龟》(前集)卷一一《雅什门》下,人民文学出版社,1987年,第124页。

话在评论陆蟾时,只说他的寓居地,而不知他是何处人。如宋人王举《雅言系述》云:"陆蟾,不知何许人,居攸县司空山。"[1] 宋人张靓《雅言杂载》亦云"陆蟾寓居潭州攸县司空山"[2]。明人胡应麟《诗薮》示曰:"陆蟾,居攸县。"[3] 这些记述都是指出他寓居于潭州攸县(今湖南攸县)司空山,至于陆蟾的籍贯,均未能详。其实陆蟾是藤州镡津(今广西藤县)人。

北宋初年,高僧契嵩(亦藤州镡津人)所著《镡津文集》中有《陆蟾传》一文,记载陆蟾事迹颇详。契嵩俗姓李,字仲灵,是佛教禅宗云门宗之高僧。生于宋真宗景德三年(1006)死于宋神宗熙宁五年(1072)[4]。他七岁出家,十三岁剃度落发,十九岁游方,下湘江,登衡山,沿大江而东,游庐山,后居于杭州灵隐寺,宋仁宗赐号明教大师,著作有《镡津文集》。他早年到湖南衡山游方时,其时离陆蟾去世未远,契嵩遇到了陆蟾的朋友隐士高阆,高阆给契嵩说了陆蟾的身世、性格。契嵩怀着崇敬、惋惜的心情给自己的同乡诗人写了这篇情感深挚的传记。从《陆蟾传》的记述中,我们得知陆蟾以诗歌创作为人所知,在诗人廖融周围的诗人中他的作品是成就比较高的,亦受到廖融的看重与推崇。但陆蟾又不仅仅是一位诗人,而且是颇有大志,深有一统天下的雄才伟略的奇人,他企待着风云际遇,施展一番抱负。但是,他生于五代末世,战乱烽烟之中,未能遇上机会,于宋太宗雍熙

---

①(宋)阮阅编,周本淳校点:《诗话总龟》(前集)卷一一《雅什门》下,人民文学出版社,1987年,第124页。

②(宋)阮阅编,周本淳校点:《诗话总龟》(前集)卷一五《留题门》上,人民文学出版社,1987年,第180页。

③(明)胡应麟撰:《诗薮》杂编卷四,上海古籍出版社,1958年,第298页。

④契嵩的生卒年根据宋人陈舜俞《镡津明教大师行业记》一文。见《四部丛刊》三编《镡津文集》。

三年（986）寂寞地客死于湖南攸县之司空山中①。

他的作品只有留存于《诗话总龟》里的三首诗：《司空山闻子规》《题庐山瀑布》《春暮经石头城》②。三首诗都写得很有特色。《题庐山瀑布》一诗被人们认为是他的述志之作："正源人莫测，千尺挂云端。岳色染不得，神功裁亦难。夏喷猿鸟浴，秋射斗牛寒。流到沧溟日，翻涛更好看。"③

这首诗以景写情，写瀑布之神，述诗人之志，写得很有气魄。由于诗人着眼于述志，所以写瀑布只取其容，取其容时又处处表现志。陆蟾生逢五代之末的丧乱之世，有大志而清贫自处，亮节高风而不阿世苟合。此诗描绘瀑布"正源莫测"，象征诗人心志幽深。山岳之色不能染，瀑布依然是洁白如云；神工鬼斧亦难裁断，瀑布奔流不息——守正不阿、不附流俗、坚持理想的诗人性格，附丽于瀑布的形象中得到体现。而诗人的理想则和瀑布奔向大海的形象融合在一起：无论经过多少溪流、多少曲折，它总是要汇入江河，投入大海的怀抱，到时候，它翻起的波涛将是多么壮观、汹涌澎湃。诗人对前途充满了坚定的信念，理想充满了瑰丽的色彩。前人把这首诗作为"言诗见志"之作，是十分准确的。他的"王霸大略"没有得到申展的机会，这也是一个人才毁灭的悲剧。他的《春暮经石头城》是一首怀古诗："六朝多少事，揩肘思悠悠。落日空江上，子规啼渡头。蒹葭侵坏垒，

---

① （宋）阮阅编，周本淳校点：《诗话总龟》（前集）卷一五引《雅言杂载》，人民文学出版社，1987年，第180页。

② 《诗话总龟》（前集）卷一一、卷一五。《题庐山瀑布》一诗，契嵩在《陆蟾传》记述时题为《瀑布咏》。

③ （宋）阮阅编，周本淳校点：《诗话总龟》（前集）卷一五《留题门》上，人民文学出版社，1987年，第180页。

烟雾接沧洲。今古分明在,那堪向九秋。"①

　　石头城在今南京,三国以后六朝建都于此地,虎踞长江边。人们登山临水,有多少兴亡旧事值得追思感怀。陆蟾在诗中不去铺陈那些旧事,只是用一幅景致荒凉的画面,突出六朝繁华已像滔滔的逝水那样,一去不复返了。剩下的只是座座荒废的旧营垒,杂草丛生其间,一抹残阳斜照,宽阔的江面上空无一物,那舸舰迷津的景象已不复存在;耳边只听得杜鹃阵阵悲啼,满眼是令人惆怅的烟雾。古今的对比是这样强烈,又在这深秋九月,萧瑟秋风之中,悲凉之感就更浓了。全诗含蓄深沉,一种历史兴亡的感慨浸透画面。他的《司空山闻子规》一诗,也常被人们提起,受到人们的赞赏:"后夜入清明,游人何处听! 花残斑竹庙,雨歇岘山亭。树罅月欲落,窗间酒正醒。众禽方在梦,谁念尔劳形!"②

　　这首诗韵律上没有前两首和谐铿锵,意境也不如前两首鲜明;但这首诗运用烘托的手法,把子规(即杜鹃鸟)啼叫的孤单凄凉渲染了出来,也给人以深刻的印象。特别值得注意的是,这首诗刻画的子规的形象,是一个众鸟皆沉睡入梦,只有子规独醒啼叫的"独醒者"形象,颇具新意,寄托深远。

　　从陆蟾的几首诗来看,他写诗的才情不弱,在唐末五代时期,他的诗才是应该被人景仰的。他在广西文学发展的过程中,应该占有自己的位置。至于当时人所说他所具有的"王霸大略",由于未得遇风云际遇的机会,得不到申展,这是十分值得惋惜的事。晚唐诗人在哀悼大诗人李商隐时曾说:"虚负凌云万丈才,一生襟抱未曾开。"我

---

① (宋)阮阅编,周本淳校点:《诗话总龟》(前集)卷一五《留题门》上,人民文学出版社,1987年,第180页。

② (宋)阮阅编,周本淳校点:《诗话总龟》(前集)卷一一《雅什门》下,人民文学出版社,1987年,第124页。

们借用这两句诗来赠给陆蟾,大概也是很恰当的。

（四）

这里还应该提到《全唐诗》中另外两位广西籍诗人,他们是赵观文和林楚材。

赵观文,唐昭宗乾宁二年（895）状元,桂林人①。在当时,他是很受人羡慕的。当时诗人褚载《贺赵观文重试及第》诗云:"一枝仙桂两回春,始觉文章可致身。已把色丝要上第,又将彩笔冠群伦。龙泉再淬方知利,火浣重烧转更新。今日街头看御榜,大能荣耀苦心人。"②同榜及第的名诗人黄滔也有《和同年赵先辈观文》一诗:"玉兔轮中方是树,金鳌顶上别无山。虽然回首见烟水,事主酬恩难便闲。"③可惜赵观文没有留下诗作了,《全唐文》收有他的一篇碑文《桂州新修尧舜祠祭器碑》,是桂州观察使陈环修尧舜祠时请他写的碑文。这大概是他唯一传世的作品,但这只是一般的碑文,没有太大的文学价值。

林楚材是贺州富川（今富川县）人,生活于五代南汉朝。他的《赠致仕黄损》中的两句诗被称为警句:"身闲不恨辞官早,诗好常甘

---

① （宋）孔平仲《珩璜新论》曰:"赵观文,桂林人,状元及第。"《唐诗纪事》《登科记考》均有记载。转引自（清）徐松撰,赵守俨点校:《登科记考》卷二四,中华书局,1984年,第907页。

② （唐）褚载:《贺赵观文重试及第》,《全唐诗》卷六九四,中华书局,1960年,第7990页。

③ （唐）黄滔:《和同年赵先辈观文》,《全唐诗》卷七〇六,中华书局,1960年,第8129页。

得句迟。"①另外清人李调元编辑之《全五代诗》中收有三首林楚材的《怨诗》,而《全唐诗》又认为是李暇所作。不知孰是? 李调元《全五代诗》比《全唐诗》晚出,或许李调元另有根据也未可知,此处暂存疑。

　　《全唐诗》中除了曹邺、曹唐之外的广西籍诗人,大约就是这几位了。广西籍诗人从二曹到这几位名士,还是为唐诗的发展,为广西文化的发展做出了贡献的。对他们的遗产的研究,可以说仅仅是开始,很多问题需要进一步深入。本文做了些考证论析,只是聊充引玉之砖罢了,不当之处,祈请读者指正。

(原刊《广西社会科学》1986 年第 3 期)

---

① (宋)阮阅编,周本淳校点:《诗话总龟》(前集)卷一四《警句门》下,人民文学出版社,1987 年,第 161 页。

宋之问卒于桂州考

陶　敏

宋之问卒于何地,旧有桂州、钦州二说。谭优学《宋之问行年考》(简称《谭考》)主桂州说[1],昭民《宋之问"赐死"钦州考》力主钦州说[2],刘振娅《宋之问两谪岭南新考》(简称《刘考》)则以为"关于宋之问的死地,至今是一个谜"[3]。近年罗宗强先生《隋唐五代文学史》[4],周祖譔先生《中国文学家大辞典》(隋唐五代卷)[5]都采用了钦州说。因有进一步研究和申述的必要。

宋之问卒于桂州

主钦州说者引用的史料主要有两条,即《旧唐书·宋之问传》及宋之问《宋公宅送宁谏议》一诗。但是,这两条史料都不能作为支持

---

[1] 谭优学:《唐诗人行年考》(续编),巴蜀书社,1987年,第1—37页。

[2] 昭民:《宋之问"赐死"钦州考》,《学术论坛》1982年第6期。

[3] 刘振娅:《宋之问两谪岭南新考》,《文学遗产》1988年第6期。

[4] 罗宗强、郝世峰、项楚、李剑国著:《隋唐五代文学史》上卷,高等教育出版社,1990年,第110页。

[5] 周祖譔主编:《中国文学家大辞典》(唐五代卷),中华书局,1992年,第396页。

钦州说的证据。

《旧唐书》本传称,之问"配徙钦州,先天中,赐死于徙所"①,但徙所并不等于钦州。据《旧唐书·地理志四》,武德四年(621)置钦州总管,属桂府。至其改隶容州,当在开元中容州升都督府后。钦州既属桂府,宋之问赐死桂州,同样可说是"赐死于徙所"。其次,《旧唐书·周利贞传》云:"玄宗正位,利贞与薛季昶、宋之问同赐死于桂州驿。"②明确记载之问赐死桂州,那么,同书《宋之问传》中"徙所"也应当理解为桂州。再次,《新唐书·宋之问传》云"流钦州"③,与冉祖雍"并赐死桂州"④。所记同时被处死的人不同,而且其后有"之问得诏震汗,东西步,不引决"⑤,"荒悸不能处家事"⑥等具体记叙。显然,《新传》另有所本。舍弃两种史源各异、记载明确的史料,而取一条矛盾而含混的史料,再加推论,这是违背考据的基本原则的。

用来证明宋之问被赐死钦州的另一证据是之问的《宋公宅送宁谏议》一诗,原文是:"宋公爰创宅,庾氏更诛茅。间出人三秀,平临

---

① (后晋)刘昫等撰:《旧唐书》卷一九〇中《宋之问传》,中华书局,1975 年,第 5025 页。

② (后晋)刘昫等撰:《旧唐书》卷一八六下《周利贞传》,中华书局,1975 年,第 4853 页。

③ (宋)欧阳修、宋祁撰:《新唐书》卷二〇二《宋之问传》,中华书局,1975 年,第 5750 页。

④ (宋)欧阳修、宋祁撰:《新唐书》卷二〇二《宋之问传》,中华书局,1975 年,第 5751 页。

⑤ (宋)欧阳修、宋祁撰:《新唐书》卷二〇二《宋之问传》,中华书局,1975 年,第 5751 页。

⑥ (宋)欧阳修、宋祁撰:《新唐书》卷二〇二《宋之问传》,中华书局,1975 年,第 5751 页。

楚四郊。汉臣来绛节，荆牧动金铙……一散阳台雨，方随越鸟巢。"①
昭民同志考证诗中的宁谏议是钦州人宁悌原，很对，但进而推断诗
作于钦州，就毫无根据了。诗中"宋公"并非之问自指，而是指宋
玉。庾氏则指庾信。其《哀江南赋》云："诛茅宋玉之宅，穿径临江之
府。"② 倪璠注引《渚宫故事》曰："庾信因侯景乱，自建康遁归江陵，
居宋玉故宅。宅在城北三里。"③ 景龙四年（710），宋之问自越州流钦
州，路过荆州，此诗正作于荆州长史招待宁悌原的宴会上，所以一再
用"阳台""楚四郊""人三秀"等与楚有关的词语典故。末二句明
言在歌残宴罢、雨散云飞之际，自己将"随越鸟巢"，亦即远赴钦州，说
明诗非钦州作。既然宋之问是否到过钦州都没有直接的证据，我们
又怎么能断定他是死在钦州呢！

　　宋之问死于桂州，除《旧唐书·周利贞传》《新唐书·宋之问传》
中的明确记载外，还有史料可稽。《古今图书集成·方舆汇编·职方
典》卷一四〇三："宋之问故宅，在府城南二里，即元山观。后名真山
观。按柳开《元山观记》，以为之问左迁，爱其清致，卜为轩榭。之问
殁，夫人孙氏以为观。后五十余年，夫人族弟仓部郎中成，来为御史，
命开作记，大略如此。"④据两《唐书》孙成本传及《唐代墓志汇编》贞
元〇二六《孙成墓志》，孙成为桂州刺史，时在贞元四年（788），即之
问卒后七十余年而非五十余年；成乃自仓部郎中历京兆少尹、信苏

---

① （唐）宋之问撰，陶敏、易淑琼校注：《沈佺期宋之问集校注》卷三《宋公宅送宁
　　谏议》，中华书局，2001年，第541页。
② （北周）庾信撰，（清）倪璠注，许逸民点校：《庾子山集注》卷二《哀江南赋》，
　　中华书局，1980年，第104页。
③ （北周）庾信撰，（清）倪璠注，许逸民点校：《庾子山集注》卷二《哀江南赋》
　　注，中华书局，1980年，第106页。
④ 《古今图书集成》之《方舆汇编》之《职方典》卷一四〇三《桂林府部》，中华
　　书局，民国二十三年影印本，第171册第27页。

二州刺史后,方迁桂州刺史兼御史中丞,而非御史①。据《宋史·柳开传》,开知桂州则在北宋淳化元年(990),孙成绝不可能"命开作记"。因此,上面这段记载,确有极为明显的漏洞。但是,它又有十分可信之处:第一,它和宋之问诗文中宋曾居桂州、两《唐书》中宋赐死桂州的记载相符;第二,宋之问的夫人的确是一位道教徒,之问《陆浑南桃花汤》称"拙妻道门子"②,有可能舍宅为道观;第三,孙成确曾任仓部郎中、桂州刺史二职。一个知道上述细节的人,绝不可能闹出将唐人孙成和宋人柳开当作同时人的大笑话。合理的解释只能是,孙氏舍宅为观,柳开作《元山观记》,均实有其事,但由于地志辗转传录,文字夺讹,造成了前述的错误。可能就在"开作记"前,脱去了一段文字。可惜柳开《元山观记》今已失传,详情无可稽考了。

　　考据只能尊重事实。从现存史料看,宋之问流钦州后曾较长时期居于桂州,在桂州有宅,赐死桂州后,其妻舍宅为观,有证可稽,是可以论定的。既然史料没有任何他到过钦州、赐死钦州的实证,我们就难以断定他一定到过钦州,更不能进而推断他一定是死在钦州。

宋之问自桂州南行事考释

　　《刘考》考定宋之问流钦州时,曾长期居桂州,依都督王晙,写下了许多诗文。本来,这是证明之问赐死于桂州驿的有力佐证。但是《刘考》却认为之问死地"是一个谜"。因此,有必要对其否定的理由做进一步的考察。

① 周绍良主编:《唐代墓志汇编》贞元〇二六《孙成墓志》,上海古籍出版社,1992年,第1856页。
② (唐)宋之问撰,陶敏、易淑琼校注:《沈佺期宋之问集校注》卷四《陆浑南桃花汤》,中华书局,2001年,第585页。

　　最先怀疑桂州说的是南宋葛立方,其《韵语阳秋》卷六引述了《新唐书·宋之问传》之问赐死桂州时与妻子诀别的记载,并云:"及考之问文集,有《登大庾岭》诗云:'兄弟远谪居,妻子咸异域。'则之问赴贬时,未尝以妻子行也。又有发藤州及昭州二诗,二州皆在桂州之南,则赐死之地非桂州明矣,岂史之误欤?"[①]《刘考》赞成葛说云:"其一,考之问两谪岭南诗,两次均未携妻子前往;其二,《旧传》在先,并无赐死桂州的记载;第三,从之问集中《经梧州》《发藤州》诸诗考察,他最后确实离开桂州向钦州进发了。"[②]但是,这三点理由都难以成立。

　　葛立方所引是《早发大庾岭》诗中句,但正如《刘考》所考,此诗作于神龙元年(705)初贬泷州时,贬泷州未携带妻小,不能证明流钦州也没有携带家小。事实上,《刘考》考定作于流钦州途中的《高山引》即云:"松槚渺已远,友于何日逢。况满室兮童稚,攒众虑于心胸。"[③]面对满室童稚,足证其家室与之同行。何况,《旧唐书·周利贞传》有之问临死前诀别家室的记载,《古今图书集成》有柳开作文记其妻孙氏捐桂州宅为道观事呢?至于说《旧传》没有赐死桂州的记载,是因为作者没有看到同书《周利贞传》之故,毋庸多议。第三点才是怀疑桂州说的重要理由。

　　《刘考》所举以证明之问自桂州赴钦州的证据是其《经梧州》《发藤州》等诗。但是,我们知道,梧州(今属广西)、藤州(今广西藤县)都在西江之滨,而不是桂江(即漓江)之滨,经梧、藤二州赴钦州并不一定经过桂州。自韶州经端州溯西江赴钦州,并不经过桂州,但

①(南宋)葛立方撰:《韵语阳秋》,上海古籍出版社,1984年影印本,第83页。

② 刘振娅:《宋之问两谪岭南新考》,《文学遗产》1988年第6期。

③(唐)宋之问撰,陶敏、易淑琼校注:《沈佺期宋之问集校注》卷三《高山引》,中华书局,2001年,第557页。

同样要经过梧、藤二州。问题是：之问集中尚有《下桂江县黎壁滩》
《下桂江龙目滩》二诗，说明他确曾自桂州出发，顺漓江放舟南下。那
么，如果他不是南赴钦州的话，又是到什么地方去呢？

宋之问《广州朱长史宅观妓》诗云："歌舞须连夜，神仙莫放归。
参差随暮雨，前路湿人衣。"①《唐代墓志汇编》开元〇五七《广州都
督府长史朱府君（齐之）墓志》云："转桂州司马，迁广州都督府长
史……春秋六十有二，以开元二年（714）六月廿五日寝疾，终于广州
之官舍。"②《志》中谓朱齐之"清樽常满，每招文举之宾；芳林昼闲，
时悦季伦之妓"③。谓朱齐之嗜酒好妓乐，必即宋诗中的朱长史。此
诗当是景云二年（711）或先天元年（712）作，朱齐之前任桂州长史，
即与之问相识；后迁广州长史，之问复往依之，为"文举之宾"，故得
观"季伦之妓"。桂州、容州同隶属广州④，宋之问作为岭南流人，既
可赴桂州依于王晙；当然也可以赴广州，客于朱齐之了。

明了这一点，我们就可以知道，宋之问自桂州南行并非赴钦州。
之问首贬泷州时自云是"畏途横万里"⑤，再流钦州时自云是"别家
万里余"⑥，可他在《下桂江龙目滩》一诗中却只是轻描淡写地说"挥

---

①（唐）宋之问撰，陶敏、易淑琼校注：《沈佺期宋之问集校注》卷三《广州朱长史
　宅观妓》，中华书局，2001年，第569页。

②周绍良主编：《唐代墓志汇编》开元〇五七《朱齐之墓志》，上海古籍出版社，
　1992年，第1194页。

③周绍良主编：《唐代墓志汇编》开元〇五七《朱齐之墓志》，上海古籍出版社，
　1992年，第1194页。

④（后晋）刘昫等撰：《旧唐书》卷四一《地理志四》，中华书局，1975年，第
　1712页。

⑤（唐）宋之问撰，陶敏、易淑琼校注：《沈佺期宋之问集校注》卷二《自洪府舟行
　直书其事》，中华书局，2001年，第423页。

⑥（唐）宋之问撰，陶敏、易淑琼校注：《沈佺期宋之问集校注》卷三《自衡阳至韶
　州谒能禅师》，中华书局，2001年，第547页。

袂日凡几,我行途已千"①,当他面对险恶湍急的桂水时,竟然豁达地吟出"吾生抱忠信,吟啸自安闲"②的诗句。可见,他这次旅行并不是"万里"流放旅程中的一部分,而只是居桂州时的一次出游,而目的地应当是广州。宋之问《宿清远峡山寺》云:"香岫悬金刹,飞泉届石门。空山唯习静,中夜寂无喧,说法初闻鸟,看心欲定猿。寥寥隔尘市,何异武陵源。"③峡山寺,就在广州清远县峡山上。宋之问贬泷州后遇赦归朝,是溯西江、桂水而上,取道桂州、全州湘源,顺湘水而北归的,其《自湘源至潭州衡山县》云"纷吾望阙客,归桡速已惯"④,可证,未经广州,故诗亦非自泷州遇赦归朝时作,应当是他居桂州期间往来于广、桂之间所作。

宋之问流钦州乃自湘入粤

关于宋之问流钦州的路线,《谭考》谓乃自赣入粤。《刘考》则明确指出,宋之问神龙初贬泷州才是自赣入粤,其考订是确凿而有说服力的。但《刘考》认为宋之问景龙末流钦州是自湘入桂,则仅就他曾居桂州并曾自桂州南行立论,并未提供直接的证据,因而留下了疑点。

---

① (唐)宋之问撰,陶敏、易淑琼校注:《沈佺期宋之问集校注》卷三《下桂江龙目滩》,中华书局,2001 年,第 566 页。

② (唐)宋之问撰,陶敏、易淑琼校注:《沈佺期宋之问集校注》卷三《下桂江县黎壁滩》,中华书局,2001 年,第 567 页。

③ (唐)宋之问撰,陶敏、易淑琼校注:《沈佺期宋之问集校注》卷三《宿清远峡山寺》,中华书局,2001 年,第 573 页。

④ (唐)宋之问撰,陶敏、易淑琼校注:《沈佺期宋之问集校注》卷二《自湘源至潭州衡山县》,中华书局,2001 年,第 439 页。

　　其实,宋之问赴钦州乃由湘入粤,经韶、端、藤诸州而往,这在他的诗中完全可以得到证明(《自衡阳至韶州谒能禅师》诗)。既然之问第一次贬岭南乃自赣入粤,不可能经衡州赴韶州,故诗应当是第二次流岭南即赴钦州时作。《刘考》囿于宋之问流钦州乃自湘入桂的先入之见,谓此诗是之问"逗留桂州期间专程到韶州拜谒能禅师之作"①。然而,诗明言此行旅程"别家万里余",历经"湘岸""衡峰","自衡阳至韶州"②,所以不当是居于桂州的临时性出游,而当作于流钦州途中。

　　宋之问又有《游韶州广果寺》一诗,《刘考》定为神龙元年(705)初贬泷州时作,非是。广果寺(果或作界,此从《文苑英华》),即韶州曹溪宝林寺,为禅宗南宗六祖慧能传法处。宋姚宽《西溪丛语》卷上云:"能大师传法衣处,在曹溪宝林寺……天监二年(503),韶阳太守侯敬中奏请为宝林寺。唐中宗改中兴寺,神龙中改为广果,开元中改为建兴。"③寺、观改名"中兴",事在神龙元年(705)二月,神龙三年(707)即下令取消"中兴"之名(见《旧唐书·中宗纪》及《唐会要》卷四八)。比观上述史料,知韶州广果寺,神龙元年(705)前当名宝林寺,神龙元年(705)至三年(707)春当称中兴寺,三年(707)春以后方称广果寺。宋之问诗既称广果寺,必不作于神龙元年(705)贬泷州时,而当是作于流钦州途经韶州时,在离开韶州时,宋之问又作《早发韶州》诗云:"炎徼行应尽,回瞻乡路遥。珠崖天外郡,铜柱海南标……身经火山(火山或作大火,此从《文苑英华》)热,颜入瘴江

① 刘振娅:《宋之问两谪岭南新考》,《文学遗产》1988年第6期。
②(唐)宋之问撰,陶敏、易淑琼校注:《沈佺期宋之问集校注》卷三《自衡阳至韶州谒能禅师》,中华书局,2001年,第547页。
③(宋)姚宽撰,孔凡礼点校:《西溪丛语》卷上《能大师》,中华书局,1993年,第50页。

消。"①火山在梧州②；瘴江即合浦江之别名③。赴钦州当经梧州，廉州
又与钦州相邻，故此诗亦当赴钦州途经韶州时作。

宋之问又有《别端州袁侍郎》诗云："合浦途未极，端溪行暂临。
泪来空泣脸，愁至不知心。客醉山月静，猿啼江树深。明朝共分手，
之子爱千金。"④《刘考》定此诗为神龙元年（705）流泷州途中作，亦
非。检严耕望《唐仆尚丞郎表》，武后至睿宗朝，无袁姓侍郎。"郎"，
当从皎然《诗式》卷三所引作"御"，袁侍御，袁守一，中宗景龙元年
（707）官监察御史，党于宗楚客，诬奏魏元忠，事见两《唐书·魏元忠
传》及《册府元龟》卷一四九。《朝野佥载》卷二云："袁守一性行浅
促，时人号为'料斗凫翁鸡'。历任万年尉，雍州长史窦怀贞每欲鞭
之。乃于中书令宗楚客门饷生菜，除监察……月余，贞除左台御史大
夫……守一兢惕不已。楚客知之，为除右台侍御史……无何，楚客以
反诛，守一以其党配流端州。"⑤据《旧唐书·睿宗纪》，宗楚客景龙四
年（710）六月坐为韦后党羽被杀，所以袁守一流端州亦在景龙四年
（710）六月，与宋之问流钦州同时。换言之，《端州别袁侍御》只可能
作于睿宗朝流钦州时。

---

①（唐）宋之问撰，陶敏、易淑琼校注：《沈佺期宋之问集校注》卷三《早发韶
州》，中华书局，2001 年，第 551 页。

②（唐）刘恂撰，鲁迅校勘：《岭表录异》卷上，广东人民出版社，1983 年，第
4 页。

③（宋）乐史撰，王文楚等点校：《太平寰宇记》卷一六九《廉州》，中华书局，2007
年，第 3228 页。

④（唐）宋之问撰，陶敏、易淑琼校注：《沈佺期宋之问集校注》卷三《别端州袁侍
郎》，中华书局，2001 年，第 553 页。

⑤（唐）张鹜撰，赵守俨点校：《朝野佥载》卷二，中华书局，1979 年，第 46 页。

宋之问《发端州初入西江》云："人意长怀北，舟行日向西。"[1] 据《元和郡县图志》卷三四，康州东至端州一百九十里，西南水路至泷州一百八十里，如果之问此行是赴泷州，那只需西行百余里至康州再向南折入泷江即可，用不着"舟行日向西"了。宋之问尚有《发藤州》诗。藤州，今广西藤县，滨西江，是由端州赴钦州的必经之地。所以，上述二诗均当作于赴钦州途经端州时。

综上所考，宋之问流钦州的路线应当是：自越州出发，北渡吴江（有《渡吴江别王长史》诗），溯长江西上，至荆州，南入湘江，经衡州度岭至韶州，沿北江南下，折入西江，经端州、藤州赴钦州。

（原刊《文学遗产》2000 年第 2 期）

---

[1]（唐）宋之问撰，陶敏、易淑琼校注：《沈佺期宋之问集校注》卷三《发端州初入西江》，中华书局，2001 年，第 554 页。

晚唐桂林诗人曹唐考略

梁超然

曹唐是晚唐颇为重要的诗人,其游仙诗不仅数量丰巨,且艺术成就尤高。历代选本均选入其诗作,闻一多《唐诗大系》就选入22首,在晚唐诗人中仅次于杜牧(30首)、李商隐(24首),而多于温庭筠(19首),居第三位,可见其地位之重要。为了深入研究曹唐,现笔者将考证所得论列如后,供治文学史及广西文史研究者参考。

行年考

由于曹唐出身低微,仕宦不高,史书无传,文献记载亦极简略。今所见者均零星片断材料,对其行踪仕履考究颇不容易,仅就可考者按年代先后排比考订。

宋人计有功《唐诗纪事》卷五八有曹唐小传,云:"唐,字尧宾,桂州人。初为道士,后为使府从事。咸通中卒。"①宋人晁公武《郡斋读书志》中亦有小传,云:"曹唐字尧宾,桂州人。初为道士。咸通中,

---

① (宋)计有功撰,王仲镛校笺:《唐诗纪事校笺》卷五八《曹唐》,中华书局,2007年,第1980页。

为府从事,卒。"① 此外,关于曹唐行事之记述,则有《北梦琐言》《灵怪集》等笔记所记之传闻。后人所述如《唐才子传·曹唐传》等,均本于此。至于曹唐何时为道士,何时为使府从事,于何处为使府从事,均未详。今从曹唐诗集所存作品可约略考知其行踪。

曹唐诗集② 中有《长安客舍怀邵陵旧宴寄永州萧使君五首》,此诗系曹唐在长安为怀念入幕邵州(今湖南邵阳)时之情景寄前邵州刺史萧使君而作。考萧使君者即萧革,《新唐书》卷七一下《宰相世系一下》"萧氏齐梁房"下记曰:"革,邵州刺史。"③ 萧革之子萧郊,宣宗大中十一年(857)为宣宗宰相。萧革何时为邵州刺史未能确考。郁贤皓先生《唐刺史考全编》定为"元和中?"④,笔者前撰《唐才子传·曹唐传》笺证时定为"大和中"⑤,均不够准确。今以萧郊及曹唐行事推之,萧革为邵州刺史似当在穆宗长庆年间。曹唐诗中云"三年洪饮倒金樽""东风夜月三年饮""三年身逐汉诸侯"⑥,得知曹唐入幕邵州三年,在邵幕中颇受萧革赏识,故诗中有云"宾榻容居最上头""虚受贤侯郑重恩"⑦ 等等。由此诗观之,曹唐至迟在穆宗长庆初

---

① (宋)晁公武撰,孙猛校证:《郡斋读书志校证》卷一八,上海古籍出版社,1990年,第927页。

② 本文所引曹唐诗除注明者外,均引自《全唐诗》卷六四〇、六四一。

③ (宋)欧阳修、宋祁撰:《新唐书》卷七一下《宰相世系一下》,中华书局,1975年,第2279页。

④ 郁贤皓著:《唐刺史考全编》卷一七二《邵州》,安徽大学出版社,2000年,第2488页。

⑤ 梁超然:《曹唐传校笺》,载(元)辛文房著,傅璇琮主编:《唐才子传校笺》卷八《曹唐》,中华书局,1990年,第3册第491页。

⑥ (唐)曹唐:《长安客舍怀邵陵旧宴寄永州萧使君五首》,《全唐诗》卷六四〇,中华书局,1960年,第7344—7345页。

⑦ (唐)曹唐:《长安客舍怀邵陵旧宴寄永州萧使君五首》,《全唐诗》卷六四〇,中华书局,1960年,第7344—7345页。

年已脱离道士生涯。萧革在邵州三年，秩满转官永州后，曹唐未随往永州，而是入长安，诗中所云"不知何路却飞翻"即此之谓也。曹唐于穆宗长庆末年入长安，故敬宗宝历元年（825），曹唐能于长安送严公素。

曹唐诗集有《奉送严大夫再领容府二首》，其二云："日照双旌射火山，笑迎宾从却南还。风云暗发谈谐外，感会潜生气概间。薪竹水翻台榭湿，刺桐花落管弦闲。无因得躔真珠履，亲从新侯定八蛮。"① 此诗为在长安时奉送严大夫赴容州（今广西容县）上任而作。严大夫即严公素。严公素先在穆宗长庆元年（821）为容州刺史、容管经略使。《旧唐书》卷一六《穆宗本纪》云："（长庆元年十二月）以前容管经略使留后严公素为容州刺史、容管经略使。"② 后来又在敬宗宝历元年（825）再任容管经略使。《旧唐书》卷一七上《敬宗本纪》云："（宝历元年十一月）以殿中少监严公素为容管经略使。"③ 曹唐此诗作于宝历元年（825）严公素再任容管经略使之时，所以题目曰"再领"。曹唐居长安恐是为了应进士试。曹唐送严公素诗中用"真珠履"一典，又表达了"亲从新侯定八蛮"的意愿，即是希望严公素辟其入幕为从事之意。曹唐诗集中有《南游》一诗，诗曰："尽兴南游卒未回，水工舟子不须催。政思碧树关心句，难放红螺蘸甲杯。涨海潮生阴火灭，苍梧风暖瘴云开。芦花寂寂月如练，何处笛声江上来。"④ 此

---

① （唐）曹唐：《奉送严大夫再领容府二首》，《全唐诗》卷六四〇，中华书局，1960年，第7342页。
② （后晋）刘昫等撰：《旧唐书》卷一六《穆宗本纪》，中华书局，1975年，第492页。
③ （后晋）刘昫等撰：《旧唐书》卷一七上《敬宗本纪》，中华书局，1975年，第517页。
④ （唐）曹唐：《南游》，《全唐诗》卷六四〇，中华书局，1960年，第7343页。

是从水路向苍梧进发之客游诗。唐时赴容州多从漓江南下至梧州，转藤州，溯北流江至容州。此诗似即是往容州应辟，途中所作。

曹唐诗集中有《三年冬大礼五首》。考穆宗、敬宗、文宗、武宗四朝，穆宗长庆三年（823）无冬祭之记载，敬宗宝历二年（826）已死，实无宝历三年，武宗会昌三年（843）亦无冬大礼之记载，唯文宗大和三年（829）行冬大礼。《旧唐书·文宗本纪》："（大和三年十一月）帝亲祀昊天上帝于南郊，礼毕，御丹凤门，大赦。"① 《新唐书·文宗本纪》："（大和三年）十一月壬辰，朝献于太清宫，癸巳，朝享于太庙，甲午，有事于南郊，大赦。"② 由此观之，文宗大和三年（829）冬大礼历时三天，于太清宫、太庙、南郊三处祭祀，仪礼隆重，大赦天下。曹唐诗中云"千官整肃三天夜，剑佩初闻入太清""太一天坛降紫君""千官不动旌旗下，日照南山万树云"③ 等等，所写与史实正合，故此"三年"必是文宗大和三年（829）。诗中有云："今日病身惭小隐，欲将泉石勒移文。"④ 则曹唐于文宗大和三年（829）时滞留京都，似系应进士举。

如上所述，曹唐于宝历二年（826）前后，赴容管严公素辟，在严幕两年，据吴廷燮《唐方镇年表》一书考证，严公素于大和元年（827）离任，是则曹唐亦于此时离容又赴京应举，大和三年（829）仍滞留京师，故得观冬大礼。

---

① （后晋）刘昫等撰：《旧唐书》卷一七上《文宗本纪》，中华书局，1975年，第533页。

② （宋）欧阳修、宋祁撰：《新唐书》卷八《文宗本纪》，中华书局，1975年，第232页。

③ （唐）曹唐：《三年冬大礼五首》，《全唐诗》卷六四〇，中华书局，1960年，第7341页。

④ （唐）曹唐：《三年冬大礼五首》，《全唐诗》卷六四〇，中华书局，1960年，第7341页。

曹唐有《送康祭酒赴轮台》诗,诗云:"灞水桥边酒一杯,送君千里赴轮台。"此诗亦系曹唐在长安时所作。考《旧唐书·文宗本纪》大和七年(833)秋七月,以右龙武统军康志睦为四镇北庭行军、泾原节度使。唐制,神策、龙武等将军出镇,常例检校祭酒等衔。曹唐《送康祭酒赴轮台》中所写"霜黏海眼旗声冻,风射犀文甲缝开"①,节令与康志睦出镇北庭时正相符合。曹唐所送之康祭酒殆即康志睦。是则曹唐大和七年(833)亦在京师。

会昌五、六年(845、846)曹唐曾有江南之游。曹唐《望九华寄池阳杜员外》诗云:"戴月早辞三秀馆,迟明初识九华峰。"②此是曹唐游九华山时所作。九华山在池州青阳县境内。考有唐一代,池州刺史杜姓者仅杜牧一人,故此诗所寄之池阳杜员外,即杜牧无疑。杜牧会昌四年(844)九月迁池州刺史,至六年(846)九月移睦州刺史。曹唐春游九华山,并希望杜牧到九华山与之相会。杜牧只有会昌五、六两年之春天在池州,故曹唐游九华山必在会昌五年或六年之春天。曹唐此次到江南,不知是入幕抑或漫游? 未能详考。

曹唐在宣宗大中七年(853)曾到岳州(今湖南岳阳)会见岳州刺史李远。宋人孙光宪《北梦琐言》卷五云:"唐进士曹唐游仙诗,才情缥缈,岳阳李远员外每吟其诗而思其人。一日,曹往谒之,李倒屣而迎。曹生仪质充伟,李戏之曰:'昔者未睹标仪,将谓可乘鸾鹤,此际拜见,安知壮水牛亦恐不胜其载。'时人闻而笑之。"③李远为晚唐

①(唐)曹唐:《送康祭酒赴轮台》,《全唐诗》卷六四〇,中华书局,1960年,第7343页。

②(唐)曹唐:《望九华寄池阳杜员外》,《全唐诗》卷六四〇,中华书局,1960年,第7345页。

③(五代)孙光宪撰,贾二强校点:《北梦琐言》卷五《李远讥曹唐》,中华书局,2002年,第96页。

诗人,时论颇重之。李远为岳州刺史在宣宗大中七年(853)①。曹唐谒见李远之后,不知李远是否辟其入幕? 就李远对其倾慕之情观之,辟其入岳州幕,亦是在情理中事,然今未得确证。

曹唐《小游仙诗》其十七:"玉诏新除沈侍郎,便分茅土镇东方。不知今夕游何处,侍从皆骑白凤凰。"②此诗是混入《小游仙诗》者,实系送沈询出镇浙东之作。《北梦琐言》云:"沈询侍郎,清粹端美,神仙中人也。制除山北节旄,京城诵曹唐《游仙诗》云:'玉诏新除沈侍郎,便分茅土领东方。不知今夜游何处,侍从皆骑白凤凰。'即风姿可知也。"③宋人阮阅《诗话总龟》亦编入卷一九"纪实门"。然《北梦琐言》以为沈询"除山北节旄"则不确。《资治通鉴》宣宗大中九年(855)九月"以礼部侍郎沈询为浙东观察使"④。故"山北"应作"浙东"为是。《北梦琐言》误以此诗为《游仙诗》,故后人混入《小游仙诗》内,清人杜庭珠《中晚唐诗叩弹集》以南齐升仙之沈羲当之,盖沿《北梦琐言》"游仙诗"一说之误也。沈羲升仙虽有碧落侍郎之封,然"便分茅土镇东方"云云与沈羲毫无干涉,故应是咏沈询侍郎任浙东之作。由此诗观之,大中九年(855)曹唐亦在京师,似系自岳州李远处赴京。

曹唐可考之行踪大略如此。综上所述,可知曹唐行年列如下:

穆宗长庆二年(822)前后,应萧革之辟,入邵州刺史幕府为从

---

① 梁超然:《李远传校笺》,载(元)辛文房著,傅璇琮主编:《唐才子传校笺》卷七《李远》,中华书局,1990年,第3册第224页。

②(唐)曹唐:《小游仙诗九十八首》,《全唐诗》卷六四一,中华书局,1960年,第7347页。

③(五代)孙光宪撰,贾二强校点:《北梦琐言》卷五《沈蒋人物》,中华书局,2002年,第103页。

④《资治通鉴》卷二四九《宣宗九年》,中华书局,1956年,第8057页。

事,在邵州三年。府主萧革待之甚厚,生活极其欢惬。

敬宗宝历元年(825)自邵州至京师应举,有诗送严公素赴容管经略使任。

敬宗宝历二年(826)入容管经略使严公素幕府为从事。

文宗大和二年(828)严公素离任,曹唐自容管赴京应举。大和三年(829)得观冬大礼。

文宗大和七年(833)曹唐在京师,有诗送康志睦赴北庭。

武宗会昌五年(845)或六年(846)春天,曹唐有江南之游。至九华山,寄诗池州刺史杜牧。

宣宗大中七年(853)至岳州会李远,似在岳州从事。

宣宗大中九年(855)自岳州至京师,有诗咏沈询出镇浙东。

余未能详。

生卒年考

曹唐之生卒年,素无确切记载。闻一多《唐诗大系》于诗人生卒年均有考订(虽不甚确切),然《大系》选入曹唐诗22首,对其生卒年却无大致推断。《唐诗纪事》以为"咸通中卒"①。《郡斋读书志》亦云:"咸通中,为府从事,卒。"② 关于曹唐之卒,《灵怪集》及《唐诗纪事》均记有神话色彩之传闻。《唐诗纪事》云:"尝寓江陵佛寺,寺有亭沼,唐得句曰:'水底有天春漠漠,人间无路水茫茫。'明日,还坐沼上,有二妇人,素裳徐步,咏所作之诗。唐迫而讯之,不应,未十步而

---

① (宋)计有功撰,王仲镛校笺:《唐诗纪事校笺》卷五八《曹唐》,中华书局,2007年,第1980页。
② (宋)晁公武撰,孙猛校证:《郡斋读书志校证》卷一八,上海古籍出版社,1990年,第927页。

没。数日,唐亦殂,竟不成名。"①《太平广记》引《灵怪集》所记略同。此系志怪小说之虚构渲染。曹唐"洞里有天春寂寂,人间无路月茫茫"②之诗句,早已脍炙人口,并非卒前所作,故此传闻不可尽信。

　　明人蒋冕,桂州全县(今广西全州)人,曾搜辑整理《曹唐诗集》,其所撰《题唐曹祠部诗集后》云:"(曹唐)累为诸府从事,以暴疾卒于家。"③明人高棅《唐诗品汇·诗人爵里详节》亦谓"因暴疾卒于家"④。《广西通志》有曹唐墓在桂林之记载,则"卒于家"之说当大致可信。是则曹唐于懿宗咸通中卒于桂林。咸通共 14 年,"咸通中"姑定其卒年为咸通七年(866)。

　　又从上述行年考中可知,曹唐主要活动于穆宗长庆至宣宗大中年间。如穆宗长庆二年(822)曹唐入邵州刺史幕府为其自道士还俗后第一次应辟,则其时年岁当在 25 岁左右,以此推之,其生年约在德宗贞元十三年(797)前后。曹唐之生卒年当为(797?—866?),享年在 66 岁至 68 岁之间。此虽是大略推定,然相去不会太远。至于更确当之考订,有待于更多地发掘材料。愿识者正之。

交游考

　　今曹唐交游可考者有萧革、严公素、杜牧、李远、康志睦等,已如

①(宋)计有功撰,王仲镛校笺:《唐诗纪事校笺》卷五八《曹唐》,中华书局,2007年,第 1980 页。

②(唐)曹唐:《仙子洞中有怀刘阮》,《全唐诗》卷六四〇,中华书局,1960 年,第7338 页。

③(明)蒋冕:《湘皋集》卷二六《题唐曹祠部诗集后》,《四库全书存目丛书》集部第四四册,齐鲁书社,1997 年影印本,第 269 页。

④(明)高棅编纂,汪宗尼校订,葛景春、胡永杰点校:《唐诗品汇·诗人爵里详节》,中华书局,2015 年,第 119 页。

上述考证,此处不赘。

　　宋人阮阅《诗话总龟》引《卢瑰抒情》一书记载谓:"曹唐、罗隐同时,才情不殊。罗曰:'唐有鬼诗。'或曰:'何也?'曰:'水底有天春寂寂,人间无路月茫茫。'唐曰:'罗有女子障诗。'或曰:'何也?'曰:'若教解语应倾国,任是无情也动人。'此盖罗隐《牡丹》诗也。"①宋人葛立方《韵语阳秋》引《五代史补》所载略同。元人辛文房《唐才子传》据此记述载入传中。按罗隐生于文宗大和七年(833),较曹唐晚生近四十年。罗隐屡举进士不中之时,曹唐已届垂暮之年。今未得直接证据可证二人有交往,此传闻恐系小说家言,不一定是事实,以存疑为妥。

　　曹唐诗集中有《送刘尊师祗诏阙庭三首》。此诗其三与曹邺集中《送刘尊师应诏诣阙》重出。就此诗内容看,对刘道士进京颇多讥讽之意,曹唐曾为道士,不应有这些内容,似应为曹邺作品,曹邺另有《听刘尊师弹琴》诗。曹唐、曹邺皆与刘尊师有交往,自送别诗之感情而论,似曹唐与之感情更深。

　　此刘尊师曾到桂林阳朔修炼,据《阳朔县志》云:"仙人亭在都满村弄山顶,内列石桌。唐时刘道人常于亭中弹琴,后仙去。曹邺有诗。"②县志所谓"仙去"云云,仍系传说,据曹唐、曹邺诗,可知刘道士系应诏赴阙。晚唐时,广诏道士赴阙乃唐武宗时之事。《旧唐书·武宗本纪》云:文宗开成五年(840)正月,武宗即位,"帝在藩时,颇好道术修摄之事。是秋,召道士赵归真等八十一人入禁中,于

①(宋)阮阅编,周本淳校点:《诗话总龟》(前集)卷三九《讥诮门》下,人民文学出版社,1987年,第375页。
②(民国)张岳灵修,(民国)黎启勋纂:《阳朔县志》卷四《古迹》,台北成文出版社,1975年影印本,第572页。

三殿修金箓道场。帝幸三殿,于九天坛亲受法箓"①,"由是(邓元起)与衡山道士刘玄靖及(赵)归真胶固,排毁释氏"②。刘尊师殆即衡山道士刘玄靖。刘曾到阳朔一带修炼,与曹唐、曹邺有交往,故二曹均有送其应诏赴阙之诗,曹邺送别诗云"帝书征入白云乡"③即指唐武宗征诏天下道士之举,刘玄靖自桂州起程赴京,故曹邺、曹唐有诗送之。

其余曹唐诗中所涉及之冯处士、贾中丞、许兵马使、周侍御、郑校书、吴端公等人,今尚未能进一步确考。日后若考究有得,当补充之。

诗集考

曹唐之诗集,《新唐书·艺文志》著录有"《曹唐诗》三卷"④。而宋人书目著作如《郡斋读书志》《直斋书录解题》《遂初堂书目》等均著录"《曹唐集》一卷"。与《新唐书·艺文志》所著录不同。此或系由于散佚,或系由于刊刻之不同,今未得其详。然曹唐诗集在唐宋时广为流传则无可疑议。元人辛文房《唐才子传·曹唐传》云:"有诗集二卷,今传于世。"⑤然略早于辛文房之诗人郝天挺注《唐诗鼓

①(后晋)刘昫等撰:《旧唐书》卷一八上《武宗本纪》,中华书局,1975年,第585—586页。
②(后晋)刘昫等撰:《旧唐书》卷一八上《武宗本纪》,中华书局,1975年,第603页。
③(唐)曹唐:《送刘尊师祇诏阙庭三首》,《全唐诗》卷六四〇,中华书局,1960年,第7341页。
④(宋)欧阳修、宋祁撰:《新唐书》卷六〇《艺文志四》,中华书局,1975年,第1614页。
⑤梁超然:《曹唐传校笺》,载(元)辛文房著,傅璇琮主编:《唐才子传校笺》卷八《曹唐》,中华书局,1990年,第3册第495页。

吹》时则说："尧宾有集二卷,今无传。"① 二者未审孰是? 明大学士蒋冕《再书曹祠部诗后》云:"邺之、尧宾二曹公诗,在唐宋时尝显矣,至元有国垂百年,乃湮没无闻。皇明混一区宇以来,至我皇上纪元嘉靖,历百五十六年,盖稽古右文极盛之时也。于是前代遗文古书,往往出于江南好事之家。"② 蒋冕此跋所叙曹唐诗集流传之况得其实,金元之时殆无全本流传于世。蒋冕等人根据《文苑英华》《唐诗鼓吹》《唐音》等选本,辑出曹唐作品与曹邺诗集一并刊刻,曹唐之诗集又复有刻本传世。后之刻本多据蒋冕所刻之《二曹诗》。由是观之,曹唐之诗集,在唐宋时流传颇为广泛,各种书目均有著录,似有多种版本传世。故有三卷本、二卷本、一卷本之著录。至元代,曹唐诗集亦如其他一些唐人诗集一样湮没无闻了。至明嘉靖前后,辑刻前人诗集之风大盛之时,重又得以流传。今所传曹唐诗集,为明人唐平侯、范邦秀所辑,蒋冕参与其事。其中散佚之作恐未能辑全。

今《全唐诗》存诗二卷,系据明人重辑之曹唐诗集,散佚颇不少。据《唐才子传》等载,曹唐曾作"《大游仙诗》五十篇"③,《全唐诗》今仅存《大游仙诗》17 首。唐末诗人张为作《诗人主客图》所取之诗共四联,今均无全诗。由此可知曹唐之诗作散佚颇不少。笔者曾多方搜求,亦未有得,盼专家有以补焉。

[原刊《广西师范大学学报》(哲学社会科学版)
1989 年第 4 期]

① (元)郝天挺注:《注唐诗鼓吹》卷四,天津图书馆藏明刻本,第 1 页。
② (明)蒋冕:《湘皋集》卷二六《再书曹祠部诗后》,《四库全书存目丛书》集部第四四册,齐鲁书社,1997 年影印本,第 269 页。
③ 梁超然:《曹唐传校笺》,载(元)辛文房著,傅璇琮主编:《唐才子传校笺》卷八《曹唐》,中华书局,1990 年,第 3 册第 492 页。

李商隐寓桂居所遗址考

莫道才

唐代著名诗人、骈文家李商隐曾在桂州幕府生活近一年,今存桂幕期间创作的诗歌约四十首,骈文也有数十篇。桂幕时期是其诗歌创作和骈文创作的重要时期之一。关于李商隐在桂林的居所遗址,尚未有人探讨。如果能明确知道李商隐在桂林的居所遗址,对于更好地理解李商隐桂幕时期的文学,乃至对于今后建立李商隐纪念馆选址是有帮助的。

据刘学锴、余恕诚《李商隐诗歌集解》所附《李商隐年表》,李商隐 36 岁那年,桂管观察使郑亚辟李商隐入幕,为支使兼掌书记①。大中元年(847)三月初七,李商隐随郑亚离京赴桂州,途经江陵,四月抵潭州,六月五日抵桂林(吴在庆、傅璇琮撰《新编唐五代文学编年史·晚唐卷》认为是五月抵桂州)②。本年冬奉郑亚之命往使荆南节度使郑肃。第二年正月自江陵归桂林。随后摄守昭平郡(当为昭州)。二月,郑亚贬循州,商隐于三四月间离桂北归。

李商隐初到桂林时的感受写在《桂林》一诗中:"城窄山将压,

---

① 刘学锴、余恕诚:《李商隐诗歌集解》,中华书局,2004 年,第 2344 页。
② 吴在庆、傅璇琮:《新编唐五代文学编年史·晚唐卷》,辽海出版社,2012 年,第 188 页。

江宽地共浮。东南通绝域,西北有高楼。"过去解此诗皆从宏观角度
解,或从典故角度解释,不与李商隐在桂寓所联系。其实,此诗当为
实景实写,是诗人以所居寓所为观察坐标点写初至桂林所见。刘学
锴、余恕诚《李商隐诗歌集解》析此诗为"初至桂林描绘殊乡形胜、风
俗之作"①,甚是。诗首句写山。"城窄山将压"所写之"山"与"城"
均非泛写。句中之"城"当指夹城。夹城形状狭长,宽度不阔,故有
"窄"之说。"山"当指居所附近的山,如伏波山、独秀峰、叠彩山。这
些山均在城中或周围,而且桂林的山"发地峭竖,林立四野"②,多"旁
无延缘,悉自平地崛然特立"③。由于这些山平地拔起,高耸危峻,住
在这些山脚或附近,确有压迫之感,故云"山将压"。可以推测,李商
隐居所也应在这些山附近,所以才有这种感受。次句写水。五、六月
正值桂林汛期,故所见到的是夏季的景色,因有"江宽地共浮"之句。
"江宽"即是江水上涨之意。流经桂林城区的漓江两岸平缓,每至汛
期,江面宽度增加,故云。"地共浮"之"浮"字甚为传神,可与杜甫
《登岳阳楼》中"吴楚东南坼,乾坤日夜浮"相媲美。当指漓江上的伏
龙洲、訾家洲被水围困的景象。每至汛期,伏龙洲、訾家洲为洪水包
围,确有"地共浮"之感。稍晚于李商隐的莫休符在桂林居住期间所
撰的《桂林风土记》云訾家洲:"在子城东南百余步长河中。先是訾
家所居,因以名焉。洲每经大水,不曾淹浸,相承言其浮也。"④李商
隐此句确能传神。这说明李商隐寓所当在江滨,所以才能感受这种

---

① 刘学锴、余恕诚:《李商隐诗歌集解》,中华书局,2004 年,第 683 页。
② (唐)柳宗元著,尹占华等校注:《柳宗元集校注》卷二七,中华书局,2013 年,
　第 1786 页。
③ (宋)范成大撰,孔凡礼点校:《范成大笔记六种·桂海虞衡志》,中华书局,
　2002 年,第 83 页。
④ (唐)莫休符撰:《桂林风土记》,中华书局,1985 年,第 3 页。

景象。而且,我以为李商隐此句所指为今伏龙洲,因其正在江心,"江宽地共浮"更形象也,非临近江滨近距离观察者不能道此。而"东南通绝域,西北有高楼"也提示了其居所方位。与"东南"所"通"者,漓江也。宋人周去非《岭外代答》云:"漓水自癸方来,直抵静江府城东北角,遂并城东而南。"[①] "绝域"当指更远的西南边陲。漓江往东南方向流去,历朝贬谪游宦西南的政客文人都是由此去到遥远的边地。而"西北有高楼"历代注者都喜欢引《古诗十九首》来说明诗句的出处,但诗人这里实在没必要引用前代诗句,它实际是描写处在桂州城北的城楼,如果李商隐的居所在伏龙洲附近的漓江边上的话,城北的城门楼正在西北方向,这在宋代的城池图上还可看出这种格局,这种格局千百年来一直没有什么改变,因为这里具有地理上的天然优势,它正处在两座大山叠彩山和宝积山之间的缺口。在南宋咸淳八年(1272)刻于鹦鹉山崖壁的宋代静江府城池图上可以看到,这里有镇岭门,城门为团城,城门上有城楼。所以,历代都在这里筑城楼,登上城楼可以眺望北方故乡,以寄思念之情。其《北楼》诗云"北楼堪北望,轻命倚危阑",可证诗人闲暇时经常登临,以慰思乡之苦。元晦会昌二年(842)尝为桂管观察使,在桂林的时间比李商隐略早几年,在桂期间多建有各种游览休闲建筑。其会昌四年(844)七月刻于叠彩山风洞摩崖的《叠彩山记》记云:"山以石文横布,彩翠相间,若叠彩然,故以为名。东至二里许,枕压桂水,其西岩有石门,中有石像,故曰福庭。又门阴构齐云亭,迥在西北,旷视天表,想望归途,北人此游,多轸乡思。"[②] 而且附近还建有销忧亭,元晦刻于四望山的

①(宋)周去非著,杨武泉校注:《岭外代答校注》卷一,中华书局,1999年,第29页。

②(唐)元晦《叠彩山记》,《全唐文》卷七二一,中华书局,1983年,第7423页。

《四望山记》云："山名四望,故亭为忘忧。"①所谓忘忧,意谓忘却思乡之忧也。据明人张鸣凤《桂故》:"宝积山亦建一亭,曰'岩光'。晦镜有诗,今失所在。"②在宝积山上也建有亭。今见宋代静江府城池图的宝积山上标有望火楼,有石级而上,可能在唐代原有建筑上修建。这些地方很难说李商隐不会登临。

李商隐另一首在桂期间重要诗作是《晚晴》,诗云:"深居俯夹城,春去夏犹清。……并添高阁迥,微注小窗明。"此诗点明初夏,亦当寓桂初期所作。而首句点明"夹城"当即《桂林》诗中之"城"。刘学锴、余恕诚《李商隐诗歌集解》认为"夹城,指瓮城"。此城即《城上》"有客虚投笔,无憀独上城"之"城"。此诗颔联"沙禽失侣远,江树着阴轻"当为登城所见江滨之景。"并添高阁迥"当指居所周围环境,附近有高阁。而"微注小窗明"当指自己寓所昏暗,只有小窗透进光亮。然据莫休符《桂林风土记》,夹城在李商隐离桂后光启年间方建:"夹城:从子城西北角二百步北上,抵伏波山,缘江南下,抵子城逍遥楼,周回六七里。光启年中,前政陈太保可环创造,三分之二是诸营展力,日役万人,不时而就。增崇气色,殿若长城,南北行旅,皆集于此。"③逍遥楼是唐人抵达桂林后必登临之楼。逍遥楼在后代均有存续,抗日战争期间拆城修筑大桥时毁,"逍遥楼"三字为唐代大书法家颜真卿所作,凭拓本流传下来。手迹署具时间为"大历五年正月一日",李商隐当时应看到过。从北城进入城中后可以沿夹城直抵逍遥楼。唐人多有登临之作。宋之问写过《登逍遥楼》:"逍遥楼

①(唐)元晦《四望山记》,《全唐文》卷七二一,中华书局,1983年,第7423页。
②(明)张鸣凤撰,李文俊注:《桂故校注》卷三,广西人民出版社,1988年,第52页。
③(唐)莫休符撰:《桂林风土记》,中华书局,1985年,第5页。

上望乡关,绿水泓澄云雾间。北去衡阳二千里,无因雁足系书还。"①
王俊写下过"胜日登楼望,山川一半春"的诗句。莫休符写此书在光
化年间,距光启年间不过十年左右,当非误记,若如此则李商隐寓桂
时尚无夹城。而李商隐《晚晴》是其在桂州时期创作的名作,从未有
人疑为伪作或它所之作。那么,这是什么原因呢? 我以为,李商隐寓
桂时确已有夹城,光启年间是增修而已,否则,即使日役万人,也不
会"不时而就"。因为,"不时"所指的时间是不长的,如耗时数月就
不宜用"不时"了。以当时的修筑技术条件,夹城这一浩大工程岂能
"不时"而就? 据新修《桂林市志》采信的材料,武德五年(622)李
靖"择独秀峰正南 100 余步处筑桂州衙城"②。光启二年(886)"都督
陈环调集军民 1 万人,建夹城于独秀山北"③,此处采信的是《桂林风
土记》的资料。夹城的作用据莫休符所见主要是"南北行旅,皆集于
此",也就是说,桂林的夹城当时是具有居住的功能的。光启年间因
夹城已不能满足需要而重修扩建,故有"增崇气色"之说。李商隐当
时完全有可能住在夹城。根据"深居俯夹城"可知,他所住的地方四
周应有众多屋宇人家,登上城楼可以俯瞰夹城,因此他住的地方应是
在夹城一端,而且,他完全有可能住的是楼阁,所以才"并添高阁
迥,微注小窗明",这样才可以一览整个夹城。另一首《思归》首句即
云"固有楼堪倚,能无酒可倾? "亦证明其所居之处为楼。而且从所
居之楼上,可以看到"江月夜晴明"。而静江府城池图完整地保存了
南宋时期桂林的城市格局,也为我们提供了一个参照。从晚唐到南
宋,桂林城府并未受到战争或其他人为的破坏,其格局只是扩展。据

---

① (唐) 沈佺期、(唐) 宋之问撰,陶敏等校注 :《沈佺期宋之问集校注》卷三,中
　　华书局,2001 年,第 559 页。
② 桂林市志编纂委员会编 :《桂林市志》,中华书局,1997 年,第 41 页。
③ 桂林市志编纂委员会编 :《桂林市志》,中华书局,1997 年,第 43 页。

该城池图,在城的东侧,沿漓江而下,从叠彩山到今南门桥一路有一狭长的夹城。这应当是唐夹城的扩建。

《自桂林奉使江陵途中感怀寄献尚书》为诗人自桂林赴江陵途中所作,其对桂林生活叙述尤详:"……既载从戎笔,仍披选胜襟。泷通伏波柱,帘对有虞琴。宅与严城接,门藏别岫深。阁凉松冉冉,堂静桂森森。……"明人张鸣凤《桂故》释之云:"此数句状府廨与独秀相接,如在目中。"① 岂止如此,"宅与严城接"句明确点出其居所。冯浩注《晚晴》"深居俯夹城"指出:"夹城,犹云重阛,即'宅与严城接'之意。"② 笔者疑"泷通伏波柱"之"泷"为"栊"之误。因为后面五句的首字"帘""宅""门""阁""堂"都是与屋宇有关的事物。如作"泷"则指湍流,与后面叙述角度不一致。"栊通伏波柱,帘对有虞琴"中"伏波柱"指伏波山的石柱。伏波山岩有石柱,俗名为试剑石。范成大《桂海虞衡志》云:"伏波岩,突然而起,且千丈。下有洞,可容二十榻。穿凿通透,户牖傍出。有悬石如柱,去地一线不合。俗名马伏波试剑石。"③ "通"指看得见之意。"有虞琴"指虞山。"对"也有"通"之意。此语点明李商隐住所在严城(夹城)旁,与伏波山很近,远对虞山。"门藏别岫深"也说明其住所在山脚处。而《即日》中云:"山响匡床语,花飘度腊香。"能在床上即可听到山林鸟语,亦可证明其住所靠近山间。而且,李商隐居所西侧有一池塘,夏季有莲。其《昨夜》诗云:"昨夜西池凉露满,桂花吹断月中香。"而《寓目》一诗据刘学锴等《李商隐诗歌集解》亦当为寓桂所作,首句即云

① (明)张鸣凤撰,李文俊注:《桂故校注》卷三,广西人民出版社,1988年,第60页。

② 刘学锴、余恕诚:《李商隐诗歌集解》,中华书局,1988年,第686页。

③ (宋)范成大撰,孔凡礼点校:《范成大笔记六种·桂海虞衡志》,中华书局,2002年,第84页。

"园桂悬心碧,池莲饫眼红"。其另一首《木兰》也有"桂岭含芳远,莲塘属意疏"之句。这些都说明其居所附近有莲塘。此"西池"抑或即后来之八角塘也未必。八角塘尝为叠彩山以南至独秀峰之间最大的湖塘,近几十年因建设占用水域填埋造屋而面积渐缩小,但历史上它一直为湖塘则无异议。

这些为我们确认李商隐寓桂居所遗址提供了很好的参照。从以上诸诗可以推测,李商隐在桂居所遗址当在今叠彩山东南山脚与伏波山之间紧靠江滨处。只有这个位置,前面对诸诗所涉及的景物的解释才正好合适。

［原刊《安徽师范大学学报》(人文社会科学版)

2002 年第 1 期］

粤西诗路丛考

粤西唐诗之路的佛教文化：唐岭南节度使马总为禅宗六祖慧能竖碑事

孙昌武

禅宗六祖慧能圆寂后有三位文人书写碑文，这三位都是唐代文坛一时领袖人物。这在中国佛教史上是空前绝后的事。第一篇《能禅师碑》是王维写的，应写于天宝初。王维是虔诚的佛教信徒，又是慧能弟子神会的朋友，他的碑文具有很高文献价值是不言而喻的。大约七十年后，马总担任岭南节度使、广州刺史，于元和十年（815）奏请朝廷褒扬慧能，朝廷下诏赐给慧能"大鉴禅师"师号、"灵照之塔"塔号。马总请柳州刺史柳宗元写一篇新的碑文，即《柳河东集》里的《大鉴禅师碑》。元和十三年（818），有曹溪和尚道琳率领门徒专程前往连州（今属广东），请贬在那里的刺史刘禹锡另写一篇碑文，俗称"第二碑"。

按一般说法，慧能圆寂于先天二年（713），到马总奏请朝廷加以表彰已经过了一百多年。在百年之后，朝廷、使府做出如此隆重的举动，当然是具有特殊意义的事件，再联系前此二十年的贞元十二年（796），"敕皇太子集诸禅师楷定禅门宗旨，遂立神会禅师为第七祖，内神龙寺敕置碑记见在;又御制七祖赞文,见行于世"①,这两件事应当有内在关联,意义就更值得重视。

既然已经有王维所写的著名碑文,为什么马总又请远在柳州的柳宗元另写一篇?柳宗元写了,为什么曹溪僧人又专程到连州找刘禹锡再写一篇?这中间的缘由值得研究。

一　马总其人

马总(?—823),《旧唐书》卷一五七、《新唐书》卷一六三有传②。他少孤贫,性刚直,不妄交游。贞元十五年(799),姚南仲任郑滑节度使、郑州刺史,辟为从事。南仲是地方官员,与朝廷派遣的监军宦官薛盈珍不叶,被诬奏不法,免官。马总受到牵连,贬泉州别驾。后薛盈珍入掌枢密,福建观察使、福州刺史柳冕迎合他的旨意,打算杀掉马总,经从事穆赞审理,帮助马总脱罪免死。后量移恩王傅。元和初,迁虔州刺史;五年(810)六月,升任安南都护、本管经略使;八年(813)七月,为桂管观察使;十二月,为岭南节度使、广州刺史。后入朝,十二年(817)七月,以刑部侍郎兼御史大夫充淮西行营诸军宣慰副使,参与平定淮西吴元济之役,辅佐统帅裴度有功,先是担任蔡州留后,晋升蔡州刺史、彰义军节度使;次年五月转许州刺史、忠武军节度使。十四年(819),迁郓州刺史、天平军节度使、郓曹濮等州观察使;入为户部尚书。长庆三年(823)八月卒③。

----

① 宗密:《圆觉经大疏释义钞》卷三之下,《续藏经》,台北新文丰出版公司,1977年,第9册第554页。
② 马总,《旧唐书》本传作马摠,《新唐书》本传作马摠,今依《通鉴》。
③ (后晋)刘昫等撰:《旧唐书》卷一五《宪宗纪下》,中华书局,1975年,第462页;卷一五七《马总传》,第4151—4152页。(宋)欧阳修、宋祁撰:《新唐书》卷一六三《马总传》,中华书局,1975年,第5033—5034页。

马总性笃学，虽吏事倥偬，仍勤于著述。重要作品今存《意林》五卷，成书于贞元初，是唐代唯一一部诸子著作选集。这部书是根据庾仲容所编《子钞》增损而成的。庾仲容，南北朝梁朝人，取周、秦以后诸子杂记凡一百零七家，摘录要语，辑为三十卷，名曰《子钞》。宋高似孙《子略》称仲容《子钞》，每家或取数句，或一二百句。马总认为《子钞》摘录繁简失当，遵循《子钞》原目，加以增删，成书较《子钞》选录精严。《意林》有贞元二年（786）抚州刺史戴叔伦所作的序，称赞说"上以防守教之失，中以补比事之阙，下以佐属文之绪。有疏通广博、洁净符信之要，无僻放拘刻、激蔽邪荡之患"①。《四库全书总目》评价说："马总《意林》，一遵庾目，多者十余句，少者一二言，比《子钞》更为取之严，录之精。今观所采诸子，今多不传者，惟赖此仅存其概。其传于今者，如老、庄、管、列诸家，亦多与今本不同。"②值得注意的是，汉、魏以降历代朝廷皆尊儒术，子书除《老》《庄》外，几近湮没。到中唐时期，先秦子学得到重视，是学术史上的一大变化，马总编撰《意林》是先行者，表明他学问渊博，确有卓见。后来清乾隆有《御题意林三绝句》赞扬说："集录裁成庾颍川，《意林》三轴用兹传。漫嫌撮要失备载，尝鼎一脔知味全""都护安南政不颇，用儒术致政平和。奇书五卷铜柱二，无忝祖为马伏波""六经万古示纲常，诸子何妨取所长。节度岂徒事占毕，要知制事有良方"③。诗里连带评价了马总治理岭南的政绩。

马总受命出掌南海大镇广府，和当时国家总体形势有关。南北

---

① （元）马端临撰：《文献通考》卷二一四《经籍四一》，中华书局，1986年，第1750页。

② （清）永瑢等撰：《四库全书总目》卷一二三《子部·杂家类》，中华书局，1965年，第1060页。

③ （唐）马总：《意林》卷首，《文渊阁四库全书》，上海古籍出版社，1987年，第872册第197页下。

朝以来,江南包括岭南逐渐得到开发。经过安史之乱,函陕凋敝,东都尤甚。代宗朝负责管理财政的刘晏曾移书宰相元载,指出"东都凋破,百户无一存","起宜阳、熊耳、虎牢、成皋五百里,见户才千余"①。造成这种状况的原因,除战乱丧亡,还由于中原居民大量流移,主要是往江南,"自至德后,中原多故,襄、邓百姓,两京衣冠,尽投江、湘"②,"贤士大夫以三江五湖为家"③。这些地方社会安定,经济开发已有相当基础,遂又成为朝廷财赋仰赖之地。朝廷多派儒臣能吏担任镇帅、州守,多能注重发展农耕,兴修水利,招徕商贾,安抚流亡。据《通鉴》,元和二年(807),李吉甫编撰《元和国计簿》,统计天下方镇四十八、州府二百九十五,赋税倚办其中浙江东西、宣歙、淮南、江西、鄂岳、福建、湖南八道四十九州④。这大约是天下方镇、州府总数的1/6;纳税户144万,大约集中全国总人口的1/3。这是按唐后期开成四年(839)户口数最高年份近四百九十九万六千户计算的。岭南处在这个经济繁荣地区的南方边缘,而广州又是面向南海的大港,兼得通商、渔盐之利,必然受到朝廷重视⑤。

———————————

① (宋)欧阳修、宋祁撰:《新唐书》卷一四九《刘晏传》,中华书局,1975年,第4794页。

② (后晋)刘昫等撰:《旧唐书》卷三九《地理志二》,中华书局,1975年,第1552页。

③ (唐)穆员:《鲍防碑》,《全唐文》卷七八三,中华书局影印,1983年,第8190页上。

④ (宋)司马光编著,(元)胡三省音注:《资治通鉴》卷二三七,中华书局,1956年,第7647页。

⑤ 中唐社会危机的重要根源和表现在藩镇割据。各地藩镇大体可分为四种类型:一是中原地区拱卫朝廷的;二是西北边疆抵御回纥、吐蕃的;三是以"河北三镇"为代表的实行割据、谋求独立的;而作为朝廷财赋来源的江南方镇算作第四类,时有"天下方镇,东南最宁"之说。第四类方镇对于保障朝廷安定起着关键作用。

就广州（南海郡）具体情况说，安史之乱以后，朝廷多遴选政能文才杰出的重臣镇守。历史上知名的就有徐浩（大历二年至三年）、李勉（大历三年至七年）、路嗣恭（大历八年至十二年）、杜佑（兴元元年至贞元三年）、杨于陵（元和三年至五年）、郑权（长庆三年至四年）、崔龟从（会昌四年至五年）、萧仿（大中十三年至咸通元年）、韦宙（咸通二年至九年）、郑愚（咸通十二年至乾符元年）等。至于后来创建南汉的刘隐，也在天复元年（901）至天祐四年（907）担任过岭南节度使。当时唐朝已分崩离析，他也就自专独立了。马总即是朝廷选拔的治理岭南的一位干材①。《新唐书》本传上说，"元和中，以虔州刺史迁安南都护，廉清不挠，用儒术教其俗，政事嘉美，獠夷安之"②。

马总治理岭南的具体业绩，历史上记载的，有在汉建武十九年（43）马援于象林县南界（今越南中部）所立作为汉领地标志的铜柱之处，复以铜一千五百斤铸二柱，刻书以颂唐德。这在当时藩镇割据日趋严重的形势下，体现了他维护国家统一的立场。至于一般政绩，如上引《新唐书》等文献记载多加肯定。后来他随同裴度出征淮西蔡州，时韩愈担任行军司马，写诗赠给他，有句颂扬说"红旗照海压南荒"③，也是指他治理岭南的功绩。后来他以军功被命为天平军节度使，元稹草拟制书说："践历他官，所至皆理。处驭南海，仁声甚

---

① 附带说明，广义的岭南包括今广西即桂管观察使所辖地区，朝廷任命为桂管观察使、桂州刺史的同样多是能臣，如裴行立（元和十二年至十五年）、李翱（大和五年至七年）、郑亚（大中元年至二年）等。

② （宋）欧阳修、宋祁撰：《新唐书》卷一六三《马总传》，中华书局，1975年，第5033页。

③ （唐）韩愈著，钱仲联集释：《韩昌黎诗系年集释》卷一〇《赠刑部马侍郎》，古典文学出版社，1957年，第456页。

遥。"① 长庆三年（823），韩愈任京兆尹，依例上疏举人自代，推举的就是马总，也说"累更方镇，皆有功能"②。他死后，韩愈祭文又说："于泉于虔，始执郡符，遂殿交州，抗节番禺，去其螟蟊，蛮越大苏。"③ 可见他治理岭南确是成效显著、名声远被的。

马总莅任后请求朝廷加封慧能谥号、推尊佛教，乃是治理岭南的具体举措。

二　马总和柳宗元

柳宗元因为"永贞革新"被贬谪，先是到永州（今属湖南），担任一个闲职司马，还是"员外"编制，实同系囚。元和十年（815）初一度被征召入京，又被加贬为更边远的柳州任刺史。柳州属桂管观察使统辖，属岭南道，这样，柳宗元就成为马总的部属。实际两人早有交谊，而且是相当深厚的道义之交。

柳宗元父亲的族兄弟柳并，字柏存，官至御史，早年与马总一同受业萧颖士门下。这样，马总与柳氏乃是世交。马总撰《意林》，柳并在戴叔伦之后另作一序，称赞说"圣贤则糟粕靡遗，流略则精华尽在，可谓妙矣……予懿马氏之作，文约趣深，诚可谓怀袖百家，掌握千卷，之子用心也，远乎哉！旌其可美，述于篇首，俾传好事"④。该文作于

---

① （唐）元稹撰，冀勤点校：《元稹集》卷四三《授马总检校刑部尚书仍前天平军节度使制》，中华书局，1982 年，第 474 页。

② （唐）韩愈著，马其昶校注，马茂元整理：《韩昌黎文集校注》卷八《举马总自代状》，上海古籍出版社，2014 年，第 708 页。

③ （唐）韩愈著，马其昶校注，马茂元整理：《韩昌黎文集校注》卷五《祭马仆射文》，上海古籍出版社，2014 年，第 369—370 页。

④ （唐）柳并：《意林序》，《全唐文》卷三七二，中华书局影印，1983 年，第 3780 页下。

贞元三年（787）。后来柳宗元热衷于子学研究,考辨《列子》《文子》《鬼谷子》《晏子春秋》和《鹖冠子》等子书,在诸子研究中取得重大学术成就,开拓了子学研究的新局面,显然受到马总的影响。马总当然了解柳宗元在这方面的成就,两人学术上乃是同道。

马总和柳宗元间接的关系,前面说到贞元十五年（799）马总作为姚南仲部属被贬泉州,险遭被杀之祸,是穆赞解救了他。穆赞和柳宗元的父亲柳镇交好,为官以刚正著称。柳宗元在《先君石表阴先友记》里称赞他"强毅仁孝"①。他兄弟四人,与柳宗元一家关系殊非泛泛。穆赞曾牵涉到的一个案件,《先友记》里曾提到。事情发生在贞元五年（789）,陕虢观察使卢岳病死,卢妾裴氏有子,卢妻分配遗产不给裴氏子,裴氏上告朝廷,穆赞以殿中侍御史分司东都身份审理此案。他的上司御史中丞卢佋偏袒卢氏,胁迫穆赞给裴氏定罪,穆赞不允,卢佋就诬陷他接受贿赂,把他逮捕下狱。卢佋是奸相窦参的党羽,权重势大。穆赞的弟弟穆赏赴阙上诉,朝廷依例命御史台、刑部、大理寺三司推按。其时柳宗元的父亲柳镇是殿中侍御史,代表御史台参与审判,平反了这起冤案。从这件事也可以看出柳镇和穆赞的为人品格、政治态度是一致的。上一节说到穆赞和马总的关系,当初郑滑节度使姚南仲及其部属马总被宦官薛盈珍诬陷,薛盈珍派遣一个叫程务盈的小吏带着诬奏姚南仲的文书晋京,恰值姚部下一位牙将曹文洽奏事去长安,追赶他到长安城南长乐驿,把他杀了,然后自杀。就这件事,还有另一件同为义士的韦道安事,柳宗元作《曹文洽韦道安传》,已佚,文集里存目;又作《韦道安诗》,今存②。由此可见柳

---

① （唐）柳宗元撰,尹占华、韩文奇校注:《柳宗元集校注》卷一二《先君石表阴先友记》,中华书局,2013年,第767页。

② （唐）柳宗元撰,尹占华、韩文奇校注:《柳宗元集校注》卷一七,中华书局,2013年,第1216页;（唐）柳宗元:《韦道安诗》,《全唐诗》卷三五二,中华书局,1980年,第3945页。

宗元对马总及其早年被陷害的不幸遭遇早有了解并极表同情。

这样,柳宗元的父辈柳镇、柳并,穆氏兄弟,马总和柳宗元本人,这些人长期密切交往,相互支持。这是些才华、人品、学问都相当杰出的士大夫,又都不畏权势,刚正不阿,富于革新精神。他们相互激励,引为同道。当柳宗元贬到岭南道的柳州担任刺史,成了马总的部属,对于双方必然都是值得欣慰的事。

三　写慧能碑文,为什么请柳宗元?

这样,马总与柳宗元有相当密切的关系。适逢朝廷敕谥慧能师号这件大事,马总以镇帅身份郑重请托柳宗元书写一篇碑文,也是因为他对柳宗元器重并对柳宗元好佛有所了解,赞同柳宗元的佛教观点。

如前所述,慧能圆寂,本来有著名文人、号称"诗佛"的王维撰写碑文,而且这篇文字还是受慧能大弟子神会请托作的。按常识推断,其内容应当是得到神会首肯,甚或资料是神会亲自提供的。马总为什么还要请柳宗元另写一篇碑文? 当然是加谥立碑所需要,也是希望柳宗元写出一篇更具现实意义的文章。

柳宗元自称"自幼好佛,求其道积三十年"[①],说这句话在他四十岁前后。他又说"余知释氏之道且久"[②]。他本是一位勤于理论探讨的思想家,从思想理论角度对佛法有相当深入的了解。他活动的年代正是禅宗南宗洪州宗一派大盛的时候,而他研习有得的主要是天

---

① (唐)柳宗元撰,尹占华、韩文奇校注:《柳宗元集校注》卷二五《送巽上人赴中丞叔父召序》,中华书局,2013 年,第 1676 页。
② (唐)柳宗元撰,尹占华、韩文奇校注:《柳宗元集校注》卷二八《永州龙兴寺西轩记》,中华书局,2013 年,第 1860 页。

台宗①。洪州宗进一步发挥慧能的"顿悟""见性"思想，提出"平常心是道""即心即佛"，因而主张"道不要修""行住坐卧，应机接物，尽是道"②。这样弭平了"清净心"与"平常心"的界线，实则是把平常的"人性"等同于"佛性"，否定了修持的意义。洪州宗思想的价值与意义这里不论，其在实践中慢教轻戒，走向极端，导致呵佛骂祖、毁经灭教，从而也就破坏了宗教信仰的基础；在社会层面，则动摇了中国佛教传统上以教辅政、教化民众的作用。柳宗元又是具有鲜明革新意识的政治家，立身行事主张"有益于世"③。他心仪天台止观，天台"观心"之道要求降服结习，断除惑念，爱养心识，启发"智慧"，与洪州宗"道不要修"的观念相对立，也是从有益于世用的角度考虑的。

柳宗元对洪州宗思想有相当深入的了解。贞元元年（785）他十三岁的时候，父亲柳镇到洪州担任洪州观察使李兼的幕僚，正值洪州宗创始人马祖道一在那里开法。其时李兼部属多有马祖道一的支持者，包括后来柳宗元的岳父杨凭、文坛上的前辈权德舆等。马祖弟子分散四方，声势大振，成为南宗禅的主流。柳宗元在永州也接触过洪州学人。

而柳宗元和韩愈革正文体，倡导"古文"，重要先行者之一梁肃是柳宗元父亲柳镇的朋友，柳宗元作《先友记》，称赞他"最能为

---

① 关于柳宗元接受天台宗宗义，参阅拙著《柳宗元评传》第七章《尊崇佛教"统合儒释"》，南京大学出版社，2011 年，第 320—368 页；《柳宗元与佛教》，《文学遗产》2015 年第 3 期。

② 贾晋华：《马祖语录校注》，《古典禅研究——中唐至五代禅宗发展新探》（修订本）附录一，上海人民出版社，2013 年，第 289—296 页。

③（唐）柳宗元撰，尹占华、韩文奇校注：《柳宗元集校注》卷一一《覃季子墓铭》，中华书局，2013 年，第 747 页。

文"①。梁肃信仰天台宗,柳宗元热衷天台当受他的影响。梁肃明确反对洪州禅慢教轻戒、无修无证的门风。他说:

> 今之人正信者鲜。启禅关者,或以无佛无法、何罪何善之化化之。中人以下,驰骋爱欲之徒,出入衣冠之类,以为斯言至矣,且不逆耳。私欲不废,故从其门者,若飞蛾之赴明烛,破块之落空谷。殊不知坐致焦烂,而莫能自出,虽欲益之,而实损之,与夫众魔外道,为害一揆。由是观之,此宗(天台)之大训,此教之旁济,其于天下为不侔矣。②

柳宗元对洪州流宕忘反的门风同样加以批评,在《送琛上人南游序》里说:

> 今之言禅者,有流荡舛误,迭相师用,妄取空语,而脱略方便,颠倒真实,以陷乎己而又陷乎人;又有能言体而不及用者,不知二者之不可斯须离也。离之外矣,是世之所大患也。③

柳宗元以理性态度批评洪州禅狂放不拘的门风、流宕忘反的趋势,强调修行中体、用一致,显然又更重视"用"的方面。

当马总出任江西、岭南要职的时候,正值韩愈等人大力兴儒反

---

① (唐)柳宗元撰,尹占华、韩文奇校注:《柳宗元集校注》卷一二《先君石表阴先友记》,中华书局,2013年,第767页。

② (唐)梁肃:《天台法门议》,《全唐文》卷五一七,中华书局影印,1983年,第5256页上。

③ (唐)柳宗元撰,尹占华、韩文奇校注:《柳宗元集校注》卷二五《送琛上人南游序》,中华书局,2013年,第1696页。

佛。同时柳宗元和韩愈就佛教信仰及其思想价值、社会作用进行激烈辩论，情形广泛传播士林。柳宗元对于佛教的看法，包括他对禅宗的批评，马总当是有所了解并赞同的。加上两个人的交谊、柳宗元的文名，当朝廷颁下慧能赐号，需要建碑纪德的时候，对于马总来说，柳宗元就成为不二的人选。

四　柳碑写了什么？

柳宗元所写碑文全称是《曹溪第六祖赐谥大鉴禅师碑》。欲了解这篇作品的内容，先来看看他的另外两篇作品。

《柳州复大云寺记》是集中体现柳宗元佛教思想的文字，开头一段说：

> 越人信祥而易杀，傲化而偭仁，病且忧，则聚巫师，用鸡卜。始则杀小牲，不可，则杀中牲，又不可，则杀大牲，而又不可则诀亲戚、饬死事，曰："神不置我已矣。"因不食，蔽面死。以故户易耗，田易荒，而畜字不孳。董之礼则顽，束之刑则逃，惟浮图事神而语大，可因而入焉，有以佐教化。①

这是说，柳州当地人蒙昧无知，相信巫术，闹得户口减少，田园凋敝，而佛教神道设教，且所说法神秘又强大，容易被人接受，乃是教化的一术。这说的是佛教的社会作用。

另一篇《东海若》，是一篇寓言，主旨是要求"修念佛三昧一空有

---

① （唐）柳宗元撰，尹占华、韩文奇校注：《柳宗元集校注》卷二八《柳州复大云寺记》，中华书局，2013年，第1863页。

之说","去群恶,集万行",以达到"居圣者之地,同佛知见"①。这是强调修持佛法的必要,是佛教对个人修养的意义。

王维所作《能禅师碑》所述慧能思想主旨是:

> 于是大兴法雨,普洒客尘。乃教人以忍,曰:"忍者,无生方得,无我始成,于初发心,以为教首。"至于定无所入,慧无所依,大身过于十方,本觉超于三世。根尘不灭,非色灭空;行愿无成,即凡成圣。举足下足,长在道场;是心是情,同归性海。②

这里所说慧能所教的"忍",不是一般的容忍、忍耐,是"无生""无我",是对"般若空"的领悟。以下所作解释,就是《坛经》里说的"我此法门从上已来,顿渐皆立无念为宗,无相为体,无住为本"的意思③。一经比较就清楚,王维碑是传达慧能南宗禅本来旨意的。而柳宗元碑所述则对慧能思想做了新的解说,或者用现在流行的语汇,做了新的"诠释"。因为表彰慧能经马总奏请朝廷,所以碑文大幅引用马总的话,实际是表达柳宗元自己的看法:

> 自有生物,则好斗夺相贼杀,丧其本实,悖乖淫流,莫克返于初。孔子无大位,没以余言持世,更杨、墨、黄、老益杂,其术分裂。而吾浮图说后出,推离还源,合所谓生而静者。④

---

① (唐)柳宗元撰,尹占华、韩文奇校注:《柳宗元集校注》卷二〇《东海若》,中华书局,2013 年,第 1429 页。
② (唐)王维撰,陈铁民校注:《王维集校注》卷九《能禅师碑》,中华书局,1997 年,第 817 页。
③ (唐)慧能著,郭朋校释:《坛经校释》,中华书局,1983 年,第 31—32 页。
④ (唐)柳宗元撰,尹占华、韩文奇校注:《柳宗元集校注》卷六《曹溪第六祖赐谥大鉴禅师碑》,中华书局,2013 年,第 443 页。

这里第一句是柳宗元社会发展观的概括，即主张人类社会发展是由内部矛盾斗争形成的客观的"势"推动的，孔子的思想（儒家）也是基于这样的形势产生的。值得注意的是，他对思想史的看法，不像韩愈那样认为佛法破坏了儒道，而主张"杨、墨、黄、老"百家杂说使儒术"分裂"，而佛教"合所谓生而静者"，起到挽救儒道危机、使之恢复本源的作用。韩愈主张儒学复古，大力辟佛，柳宗元和他争论，一再提出"浮图诚有不可斥者，往往与《易》《论语》合，诚乐之，其于性情奭然，不与孔子异道"①；对于佛说可以"悉取向之所以异者，通而同之，搜择融液，与道大适，咸伸其所长，而黜其奇邪，要之与孔子同道，皆有以会其趣"②，认为"真乘法印，与儒典并用，而人知向方"③。这就是所谓"统合儒释"的思想。

正是基于这样的主张，他对慧能禅法的阐释是：

> 其道以无为为有，以空洞为实，以广大不荡为归。其教人，始以性善，终以性善，不假耘锄，本其静矣。④

这里前一句讲的是佛法的"无为""空"；后一句讲的是儒家的性善，最后归结到《易经》的"人生而静"。佛法讲"性净"，是无善无恶的超然境界；儒家讲"性静"，是先天的道德属性。柳宗元就这样把慧

---

① （唐）柳宗元撰，尹占华、韩文奇校注：《柳宗元集校注》卷二五《送僧浩初序》，中华书局，2013年，第1680页。
② （唐）柳宗元撰，尹占华、韩文奇校注：《柳宗元集校注》卷二五《送元十八山人南游序》，中华书局，2013年，第1657页。
③ （唐）柳宗元撰，尹占华、韩文奇校注：《柳宗元集校注》卷二五《送文畅上人登五台遂游河朔序》，中华书局，2013年，第1667页。
④ （唐）柳宗元撰，尹占华、韩文奇校注：《柳宗元集校注》卷六《曹溪第六祖赐谥大鉴禅师碑》，中华书局，2013年，第444页。

能的禅"统合"到儒家伦理上来。所以他在碑文里又颂扬马总的政绩："受旗纛节戟,来莅南海,属国如林。不杀不怒,人畏无噩,允克光于有仁。昭列大鉴,莫如公宜。"后面铭辞又颂扬慧能说:"其道爰施,在溪之曹。厖合猥附,不夷其高。传告咸陈,惟道之褒。生而性善,在物而具。荒流奔轶,乃万其趣。匪思愈乱,匪觉滋误。由师内鉴,咸获于素。不植乎根,不耘乎苗。中一外融,有粹孔昭。"[1] 这就把马总的治绩和慧能的禅联系起来了。

　　就这样,柳宗元站在"统合儒释"的立场来重新解释慧能的思想,结合马总治理南海的业绩,强调它的教化作用与意义。从另外的角度看,也是有意扭转洪州门风的偏颇。这是当时洪州禅大盛局面下对于禅、对于佛教发展的另一种主张。

　　马总请求朝廷给慧能赐号表彰,是治理地方的行政举措;柳宗元写慧能碑文,则是强调佛教的教化功能,归结到表扬马总。

五　刘禹锡的"第二碑"

　　刘禹锡是柳宗元的好友。在柳宗元去世前,两个人命运大体相同:一起参与"永贞革新";同是被贬谪的"八司马"一员,柳贬永州,刘贬朗州;后来同被召入京,又同被加贬远州,柳到柳州,刘到连州。元和十年(815)十月十三日朝廷赐号慧能的诏书下达到广州,立碑完成在第二年。三年后,曹溪有和尚道琳率门徒来到连州,请刘禹锡再作一通慧能碑文。其故安在? 不清楚。推测可能是因为柳宗元的碑对于慧能本人用笔墨不多,主要是表扬了马总,令慧能的门人感觉

------

[1]（唐）柳宗元撰,尹占华、韩文奇校注:《柳宗元集校注》卷六《曹溪第六祖赐谥大鉴禅师碑》,中华书局,2013 年,第 444 页。

意犹未尽。

　　刘禹锡和柳宗元不只是好友，思想观点也大体一致。比如在当时、对后世影响重大的关于"天""人"关系的辩论，两个人都反对有意志、能主宰的"天命"之"天"，主张人如果掌握自然规律则可以胜"天"。刘禹锡更提出天与人"交相胜""还相用"的颇具辩证观念的看法①。同样，对于佛教两人也有同好。刘禹锡在连州，和僧人密切交往。法名见于刘氏作品的僧人，就有文约、中巽、道准、圆皎、贞灿、圆静、文外、惠荣、名肃、存政、道琳、文约、浩初、僾师等。其中有些人来往于刘、柳两人之间，如方及、浩初，实际起到二人交往纽带的作用。柳宗元写慧能碑的事，刘禹锡当然知道，也会读过这篇作品。

　　所以，刘禹锡关于朝廷褒扬慧能一事的意义，看法和柳宗元全同，他的第二碑说：

　　　　元和十一年某月日，诏书追褒曹溪第六祖能公，谥曰大鉴，实广州牧马总以疏闻，由是可其奏。尚道以尊名，同归善善，不隔异教。一字之褒，华夷孔怀，得其所故也。马公敬其事，且谨始以垂后，遂咨于文雄今柳州刺史河东柳君为前碑……②

这里的"不隔异教"，就是肯定"统合儒释"；"同归善善"，就是柳碑所谓"始以性善，终以性善"。特别值得注意的是铭文中的这一节：

　　　　……宴坐曹溪，世号南宗。学徒爰来，如水之东。饮以妙药，

---

① (唐)刘禹锡著，瞿蜕园笺证：《刘禹锡集笺证》卷五《天论中》，上海古籍出版社，1989年，第143页。
② (唐)刘禹锡著，瞿蜕园笺证：《刘禹锡集笺证》卷四《大唐曹溪第六祖大鉴禅师第二碑》，上海古籍出版社，1989年，第105页。

差其暗聋。诏不能致,许为法雄。去佛日远,群言积亿。著空执有,各走其域。我立真筌,揭起南国。无修而修,无得而得。能使学者,还其天识。如黑而迷,仰见斗极……①

这一段意在批评南宗禅分化为不同派系的纷争,也包含不满洪州禅的意思,立意则在恢复慧能禅的本来旨意。当然,这种旨意也是基于他个人的理解。

六 马总立碑一事与唐代岭南佛教

马总奏请朝廷表彰慧能,竖碑表德,是中唐岭南佛教的具体事件,也是具有重大意义的事件。

前面说过,安史之乱以后,中原居民大量迁徙江南,包括岭南,有力地推动了这一地域的开发。官僚士大夫阶层来到这些地区,对于文化发展发挥了积极推动作用。这些人大体可分为四类:一类是朝廷命官,如马总,是镇守一方的大员,其观念、行为对于所统治地区造成直接影响,如马总尊崇、褒扬慧能;第二类是贬谪的朝官,如柳、刘,还有人们熟知的贬潮州的韩愈,其中有些是罪犯待遇,同样能发挥不同的作用;第三类是州、镇辟署的幕僚,史称"唐世士人初登科或未仕者,多以从诸藩府辟置为重"②,这种情形中晚唐更为普遍,"诸使

①(唐)刘禹锡著,瞿蜕园笺证:《刘禹锡集笺证》卷四《大唐曹溪第六祖大鉴禅师第二碑》,上海古籍出版社,1989年,第106页。
②(宋)洪迈著:《容斋续笔》卷一《唐藩镇幕府》,上海古籍出版社,1978年,第223页。

辟吏，各自精求，务于得人，将重府望"①。戴伟华《唐代使府与文学研究》一书根据文献著录总结唐代文士入幕情形，列表加以统计：安史乱前，入幕者计174人次，其后肃宗至德宗年间入幕者骤增，计1012人次，而入幕者多数在江南，其中岭南东道90人次，西道24人次②；第四类是避难举家南迁者，例如晚唐的清海节度使（即岭南节度使）刘隐和刘岩，割据广州，后来建南汉，"是时，天下已乱，中朝人士以岭外最远，可以辟地，多游焉。唐世名臣谪死南方者往往有子孙，或当时仕宦遭乱不得还者，皆客岭表。王定保、倪曙、刘浚、李衡、周杰、杨洞潜、赵光裔之徒，隐皆招礼之……皆辟置幕府，待以宾客"③。这四类人不论来到岭南主观动机如何，对推动岭南经济、文化发展大都发挥了相当巨大、显著的作用。

　　佛教本是传播文化的载体，对于岭南这样的经济后进地区，佛教更能够发挥独特的作用。安史之乱以后，随着经济重心南移，当地佛教也得到长足发展。代宗时期废黜租庸调制，实行"户无主客，以见居为簿；人无丁中，以贫富为差"的两税法④，土地开垦、兼并合法化，当时兴盛的禅宗农禅制度，得以迅速地扩张势力。据《新唐书》，开元年间造僧尼簿籍，统计人数是126100人⑤。而元和年间李吉甫在奏

①（后晋）刘昫等撰：《旧唐书》卷一三八《赵憬传》，中华书局，1975年，第3778页。

②戴伟华著：《唐代使府与文学研究》，广西师范大学出版社，1998年，第84—85页。

③（宋）欧阳修撰，（宋）徐无党注：《新五代史》卷六五《南汉世家》，中华书局，1974年，第810页。

④（后晋）刘昫等撰：《旧唐书》卷四八《食货志上》，中华书局，1975年，第2093页。

⑤（宋）欧阳修、宋祁撰：《新唐书》卷四八《百官志》，中华书局，1975年，第1252页。

章里说：

> 国家自天宝以后，中原宿兵，见在军士可计者，已八十余万。
> 其余去为商贩，度为僧道，杂入色役，不归农桑者，又十有五六。
> 是天下以三分劳筋苦骨之人，奉七分待衣坐食之辈。[①]

这里没有具体说到僧尼数字，但可见数量迅速增加的形势。以柳宗元所在柳州为例，天宝年间领县五，户数23，口数11550；元和年间领县不变，户数1287，口数缺[②]。当时的统计当然会有隐漏，但当地人口稀少是可以肯定的。而据柳宗元《柳州复大云寺记》，柳州本来有4座佛寺，3座在柳江北，大云寺在柳江南，江北600户人家，江南300户。就是说，900户人就有4座寺庙。柳宗元说永州原有大云寺，已经失火烧毁近百年了，故"三百室之人失其所依归"[③]。从这个例子可以知道，当时岭南佛教传播的广泛程度及其在当地发展的地位。

柳宗元又认为：

> 儒以礼立仁义，无之则坏；佛以律持定慧，去之则丧。是故离礼于仁义者，不可与言儒；异律于定慧者，不可与言佛。[④]

---

① (宋)王溥撰：《唐会要》卷六九《州府及县加减官》，中华书局，1955年，第1227页。

② 梁方仲编著：《中国历代户口、田地、田赋统计》，上海人民出版社，1980年，第93—108页。

③ (唐)柳宗元撰，尹占华、韩文奇校注：《柳宗元集校注》卷二八《柳州复大云寺记》，中华书局，2013年，第1863页。

④ (唐)柳宗元撰，尹占华、韩文奇校注：《柳宗元集校注》卷七《南岳大明寺律和尚碑》，中华书局，2013年，第492页。

根据他的"统合儒释"观念,儒育人以仁义,佛教人以定慧,二者对于教化都是不可或缺的。特别是岭南这种荒僻地区,发挥佛教"以教辅政"的功能就更具现实意义;又当地少数民族杂居,如桂管各州,黄洞蛮叛复不常,成为地方动乱的根源,佛教信仰又能够起到调节民族关系的作用。这也是柳宗元恢复大云寺的初衷。

讲唐代佛教史,特别是中晚唐一段的记述,大半篇幅主要讲禅宗。这也确实是禅宗极盛,在社会上、在思想界发挥重大作用的时期。但禅宗是所谓"适合中国士大夫口味的佛教"[1]。它创造出极其丰富有价值的思想、文化成果,不过其重大影响主要在官僚士大夫阶层。到20世纪30年代,太虚法师讲《改善人心的大乘渐教》,仍然实事求是地说:"在以前中国之知识界,皆读孔、孟之书,而无知识的愚夫愚妇等,则崇信神道;佛教于此,亦分两种施设:在知识界方面,施与简捷超妙的禅宗;其不读书之多数人,则施与神道设教之教化。"[2]对于唐代岭南地区民众来说,"神道设教"的方便教化显然更为适宜和必要。《大鉴禅师碑》正反映了这样的观念和态度。

总起来说,这篇《大鉴禅师碑》反映了岭南禅宗和佛教发展的实态及其整体趋势:对于中晚唐各地方镇的统治者来说,借助佛教来教化民众、维护统治秩序更为重要,因此禅宗也好,佛教整体也好,要回归到与政治密切结合、"以教辅政"的道路,在思想层面则要发扬"统合儒释"的传统,致力于劝人向善的道德建设。这也预示当时佛教包括禅宗的发展必然走上"禅教一致"的道路。

这样,了解马总推尊祖师慧能的本意和柳宗元、刘禹锡两篇慧能

---

[1] 范文澜:《中国通史简编》(修订本),人民出版社,1965年,第3编第2册第601页。

[2] 《太虚大师全书》第17册,善导寺佛经流通处出版,1980年,第7页。

碑写作的立意所在,不仅可以更全面地认识中晚唐佛教的发展态势,对于全面认识中国佛教发展的历史同样具有重要意义。

（原刊《中华文史论丛》2016 年第 3 期,原题目为《唐岭南
　　　节度使马总为禅宗六祖慧能竖碑事》）

唐代古桂柳运河"相思埭"水系的实地勘访与新编地方志的记载校正

〔日〕户崎哲彦 著，莫道才 译，廖国一 校

一、广西的古代官路

中国古代的主要交通是靠江河水道，特别是南方有纵横发达的水系网可资利用，故有所谓"南船北马"之谚。其中，从长江到湖南各地的主要干线是其水流注入洞庭湖的湘江。早在先秦时代就是如此，而且舜南巡时客死九嶷山的传说也说明了这一点。但是，从湘江上游再往南而下却有几处难关。其中之一就是南岭。唐代的行政划分上把中国南部分为江南道与岭南道，其分界线就是长江与南岭。直到今日，这种格局并未改变。南岭是江西、湖南与广东、广西的分界点。南岭是华南最大的天然屏障，也是各个水系的分水岭与源头，疏通此障碍水路才能沟通延长。因此，秦始皇在公元前217年凿开了灵渠。灵渠是位于南岭西端今广西壮族自治区兴安县境内的人工运河，它使得漓江上游与发源于海阳（洋）山的湘水（湘江）得以沟通。它将南岭的南北连接了起来，是中原地区进出岭南地区的便捷通道。灵渠的开通也使从桂州（今广西壮族自治区桂林市）经梧州通往东南容易多了。但西南方面，必须从梧州迂回而上，溯流而至柳

江。因此,修建连接桂州与柳州之间的桂柳运河"相思埭"就十分必要。相思埭对研究唐代及以后的政治、军事、经济,乃至文学的重要性不亚于灵渠。当地人虽有知晓相思江之名的人,但几乎没人知晓相思埭。笔者在桂林访问期间,于1998年7月26日,对相思埭做了调查,现将调查结果介绍如后。

二、"相思埭"的遗址

"相思埭"首见于《新唐书》卷四三上的《地理志》:"(桂州,临桂县)有相思埭,长寿元年筑,分相思水使东西流。"①

相思埭是武周长寿元年(692)筑堰围相思水开凿东西通道使之分流的水路。往东流入漓水,往西流入洛清江。因连接了桂州和柳州,也称之为桂柳运河。"埭"是指用积土筑成的堰、水门联系的河,所以相思埭俗称"陡门"(书面语称"斗门")、"陡河"。

这次调查的中心是临桂会仙乡山尾村的西陡门新村(自然村)以及睦洞村这两村的周围。从桂林市出发,沿321线高等级公路向阳朔方向行进约二十公里,到达雁山镇良丰村折向西,拐向通往永福县罗锦镇的县道(良锦公路)。走了约十公里,穿过森林到达水田地带,就是新民村、山尾村,往北约一公里处就是老陡门(自然村)。此地位于北纬25度5分25秒,东经110度13分34秒。其北约二百米就是水路,中间架有长约十米、宽约三米的石桥。这是相思埭的一部分。桥梁很低,舟船难以从下面穿行,不可能是唐代之物。走过石桥就到达西陡门新村,其东北方向约二百米就是广阔的分水塘。直到现在还残存着数十米长的石垒的水路遗迹。水门的两岸由宽30

①(宋)欧阳修、宋祁撰:《新唐书》卷四三《地理志》,中华书局,1975年,第1105页。

厘米、长 50 厘米至 1 米的条石砌成。两岸距离约三米,小船可以交行而过。当地人称之为"官方的码头"。其西北约五十米是"龙船庙"遗址,现在仅能见到一部分(不足 10 米的一条边)。龙船庙所在的位置应该是十分重要的,它处在北纬 25 度 5 分 39 秒,东经 110 度19 分 36 秒。其堰北是数公顷宽的沼泽地,水深约 1.5 米。这正是《(嘉庆)临桂县志》卷十一所说的分水塘:"流出狮子岩,汇分水塘。一东流,曲折十五里,至太平脚陡,经蒋家坝至相思江口,入漓江。一西流,弯折流经十五里,至鲢鱼陡,下大湾达苏桥合永福江,以至柳州。"[①] 今日西陡门的农民仍以之为水路乘船往返于田地。

　　从山尾村返回良锦公路走了约三公里路,在会仙乡西北折向西,沿着未做水泥硬化的村道走了约四公里路,走过民房到村子北边,即见一棵大榕树旁,现在这里有一用水泥建造的约二十米长的埠头,位于北纬 25 度 5 分 34 秒,东经 110 度 11 分 51 秒。这里与西陡门不同,是一条宽阔的水路。它往北约半里就折向东,又约一里就越来越小了。我们乘船往返这一段约花一小时。其间最宽的河床有百米以上。现在这里称为睦洞湖。今年夏季雨量增多,数日前又下过一场雨,所以,河水的水量增加了,河床也扩大了。装着稻秧的船来来往往。这使我想起了我国水户的水乡景色。放眼眺望,远山景象格外秀美,奇峰秀水很有漓江的风味。相思埭在 1987 年 5 月被确定为"桂林市重点文物保护单位"。睦洞湖现在是临桂准备用来进行对外合作开发"度假村"的预定用地。将对从良锦公路向北延伸的道路进行整修,以满足观光的需要。现在四轮驱动的吉普车行进还相当困难。从陡门村往东还不得不步行,因为中间还有水田阻断。

---

① 《临桂县志》,台北文成出版社影印光绪六年补刊本,第 170 页。

三、相思江与新编方志的记载

关于相思江的水系,最近陆续出版的新编方志《临桂县志》①《桂林市志》②全三册以及《广西地图册》③有记叙,将历代政府机构编纂的方志与这次的实地调查相比较,发现记载的内容有不一致和不明了的地方。今将结合这次调查的所见分析一下。

(一)相思江的水系

上述资料与现在地图所记的"相思江"河名多有矛盾,有几种说法。(1)《桂林市志》④说,相思江,在桂林市西南,发源于阳朔、临桂、永福三县交界处,临桂南边山乡靖远村的香草岩(自然村,也是山名),干流由南向北流经临桂的狮子口、南边山乡、六塘镇,从雁山镇良丰村折向东北的奇峰镇,在柘木镇的胡子岩(父子岩?)处注入漓江,干流长69公里。而这条河在《临桂县志》⑤则指的是大江,即良丰村以下流入良丰河的一段。(2)《临桂县志》(第77页)说相思江发源于临桂南部六塘镇清泰村的石头厂村(自然村),往北流经罗塘村、广洞村、会仙乡、四益村,至四塘乡大湾村折向西,在新村的凤凰村流入永福,经苏桥镇汇入洛清江(上游是临桂的义江)。(3)与以上二说不同的是人们最常见的《广西地图册》中"桂林漓江风景名

---

①《临桂县志》编纂委员会编:《临桂县志》,方志出版社,1996年。

②桂林市地方志编纂委员会编:《桂林市志》,中华书局,1997年。

③广西壮族自治区测绘局编:《广西地图册》(第二版),成都地图出版社,1998年。

④桂林市地方志编纂委员会编:《桂林市志》,中华书局,1997年,第192、1981页。

⑤《临桂县志》编纂委员会编:《临桂县志》,方志出版社,1996年,第77页。

胜区"① 的标记,它将在奇峰镇南面西北方向流入良丰江的一条支流标为"相思江"。但在《桂林市区》(二十三万分之一)和《临桂县》(五十五万分之一)绘的却是(1)的水系(良丰江),(2)的水系则未见了。但却标有西面自靖远、船岭、七里流至新村的水系,而这是与(2)有异的。(4)桂林市车站书报亭及书店里经常出售的《交通旅游地图》,标的则是(1)的一部分,即良丰村以下河流(良丰江或良丰河)标为"相思江"。以上的地名和水系可参照附图。

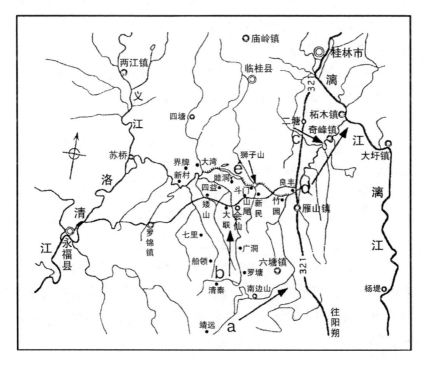

相思江的水系
注:图中a、b、c、d、e等同于文中(1)、(2)、(3)、(4)、(5)

---

① 广西壮族自治区测绘局编:《广西地图册》(第二版),成都地图出版社,1998年,第9页。

（二）古相思江

《新唐书》里所记的筑相思埭的"相思水"是名为"相思"的河流，当与今日的相思江相同。以上诸说都是与此相违的。从水系、水源的调查测量来看，它们并未有多少变化。（3）的错误是很容易看出的。它把良丰村西面上方的一条支流误以为是相思江。（1）、（2）则与《唐书》以及清代方志所记的水系不同，并与相思埭分相思水使东西分流以联络漓江和洛清江这一原则相背离。（1）说是从竹园、良丰间开始，（2）说是从大湾开始东西分流。根据今日残存的分水塘位置和方向，唐代的相思水是可以考证出来的。以陡门村的分水塘为中心，以东至良丰、竹园，西至四益、大湾间开凿连接两江的相思埭。而且，从这里的地形和东半部分残存的状态来看，西半部分也就是从狮子山以下的河道应是原来的河道，在陡门村一带水流向东。东西约十公里长，中间有南北走向的山系，因此要尽量利用平原、低地。东边有森林、牧场，西侧有水田可资利用。洛清江的支流要与桂林沟通，只能在其西北选择一个靠近而又便利的地方，而且在漓江西南方向选择还要考虑地形、地质条件以使开凿相对容易。今天，良锦公路在相思埭南面并行而过，已经取代了其交通功能。

这样我们就有了（5）种说法，即相思水的河流就是古相思江，也就是从狮子岩而下以分水塘、陡门村为中心连接东侧的漓江、西侧的洛清江的运河。但是，后来从东侧良丰村到西侧大湾村间逐渐干枯、断流，这样今天人们就误把另外水源的（1）、（2）的水系当作相思江了。

（三）相思埭的别称

相思埭有很多别称。新编《临桂县志》说"相思埭又有陡河、古桂柳运河等名称,与兴安的灵渠(东渠)相对,又有西渠之称"[①]。"相思埭(又名西渠、陡河、桂柳运河)。"[②] 另一处又说"相思埭又名南陡河、南渠、古桂柳运河"[③]。以灵渠为东而称之为西渠有很多疑问,兴安县的灵渠与桂林市西南面的相思埭的位置关系可以说不是东西关系而是南北关系,两运河的修筑是沟通南北交通的要道。北面的灵渠的开通方便了南下,而在其南面的相思埭的开通则进一步便利了南下。所以,《桂林市志》说"因在灵渠之南,故又称南渠"[④]。而没有解释西渠这一别称。今天,分水塘以东到良丰村、竹园村与良丰江交汇的一段约八公里称为东渠,分水塘以西到大湾村、新村与清水河交汇一段约七公里称为西渠。东渠早已枯涸、中断,而西渠就是残留的名存实亡的相思埭了。

综上所述,桂林,也就是唐代的桂州有两条重要的运河,北面兴安县的灵渠被称为北渠,西南面的临桂的相思埭被称为南渠。此外,全长约十五公里的南渠即相思埭,以分水塘为界也分为东渠和西渠。东渠是人工的水路,西渠是利用溪涧、湖沼改造而成。所以,东半部分已无从前的样子了。

一九九八年七月三十一日　于桂林碧居山庄

【译者附记】

户崎哲彦,日本滋贺大学教授,主要研究唐代文学、历史、哲学,是柳宗元研究专家,发表有多篇唐代文化历史研究的论文,著有《柳宗元在永州》《柳宗元永州山水游记考》等著作。其著作特点之一是注重实地考察,多从历史地理角度来考证,多采择方志的材料来

---

① 《临桂县志》编纂委员会编:《临桂县志》,方志出版社,1996 年,第 724 页。
② 《临桂县志》编纂委员会编:《临桂县志》,方志出版社,1996 年,第 7 页。
③ 《临桂县志》编纂委员会编:《临桂县志》,方志出版社,1996 年,第 290 页。
④ 桂林市地方志编纂委员会编:《桂林市志》,中华书局,1997 年,第 2222 页。

分析。1998 年 6 月至 1999 年 3 月携带日本文部省资助的课题 "唐代文学与西南少数民族语言文化" 到广西师范大学中文系做访问学者,与我共同研究。本文是户崎哲彦访学期间考察桂林唐代古运河遗址相思埭的考察报告,发表在日本读书杂志《东方》第 222 期（1999 年 8 月 8 日）。从该报告可以看出日本学者锲而不舍的治学态度和严谨扎实的学风,该文的内容对我们的方志研究与编写有一定参考价值,故译介出来以飨读者。

（原刊《广西地方志》2000 年第 4 期）

从"麻兰"到"兰麻"

莫道才

唐代文学中的地名信息往往被忽略。其实地理信息细节的考究也有意义。本文以柳宗元和李商隐关于桂州永福县同一处地名记载为例讨论。同是唐代中后期文学家的柳宗元诗《寄韦珩》与李商隐文《赛兰麻神文》都提到一个地名,但是记载刚好相反。柳宗元称之"麻兰"而李商隐称之"兰麻"。这里没有版本的错讹,但其背后隐含了从干栏式建筑到误传的地名的历史文化信息。

柳宗元在《寄韦珩》中云:

> 初拜柳州出东郊,道旁相送皆贤豪。回眸炫晃别群玉,群玉群贤也。独赴异域穿蓬蒿。炎烟六月咽口鼻,胸鸣肩举不可逃。桂州西南又千里,漓水斗石麻兰高。(漓水,水名。出阳海山,即桂江也。兰麻,山名。在今桂州理定县。今本"麻兰"恐误。○漓音离。)阴森野葛交蔽日,悬蛇结虺如蒲萄。到官数宿贼满野,缚壮杀老啼且号。饥行夜坐设方略,笓铜枹鼓手所操。(笓铜,鼓声。○枹音肤。击鼓杖也。)奇疮钉骨状如箭,(奇一作剜)。鬼手脱命争纤毫。今年噬毒得霍疾,(谓霍乱)。支心搅腹戟与刀。迩来气少筋骨露,苍白濑汩盈颠毛。(濑,瑟水流貌。《国语》曰:"班序颠毛以为民统。"纪注云:"颠,项毛发也。"○濑,则瑟切。汩,越笔切。)君今矻矻又審

逐，（○砍，口黠切，又口骨切。《尔雅》："固也，石坚也。"）辞赋已复穷诗骚。神兵庙略频破虏，（时用兵讨淮蔡，故云。）四溟不日清风涛。圣恩傥忽念行苇，十年践踏久已劳。（《诗》："敦彼行苇，牛羊勿践。"履，注云："行道也。"公得罪至是十余年矣。）幸因解网入鸟兽，（《史记》："汤出见野，张网四面。祝曰：'自天下四方，皆入吾网。'汤曰：'嘻！尽之矣。'乃去其三面。"庄子曰："入鸟不乱群，入兽不乱行。"）毕命江海终游遨。愿言未果身益老，起望东北心滔滔。（东北，珩所谪处。）①

　　这首诗中"桂州西南又千里，漓水斗石麻兰高"，是记录路途中的一段重要行程。桂林到柳州的水路在武后朝以前是走漓江下桂江在梧州转西江、浔江、柳江逆水而上。但是武后朝在漓江的良丰江口与柳江的上游、位于临桂的洛清江上游之间修建了一条人工运河相思埭。柳宗元就是经由这条水路到柳州。这句诗选取了两个地点：漓水、麻兰。"斗石"是形容漓江两岸的奇峰。漓江边有斗鸡山，山峰形状犹如雄鸡相"斗"。但是"麻兰"二字颇费解。魏仲举注云："兰麻，山名。在今桂州理定县。今本'麻兰'恐误。"元代刊本童宗说注释《注释音辩柳集》卷四二诗注云："麻兰，当作'兰麻'，山名，在桂州理定县。"② 他们都提出柳宗元诗是将"兰麻"误记为"麻兰"。这里就对这个"麻兰"一词有不同理解了。

　　唐代桂州理定县即今桂林市永福县。按，据《元和郡县志》：隋仁寿初析始安县西南地域而置兴安县，但大业二年（606）废入始安

①（唐）柳宗元撰，（宋）魏仲举注：《宋本河东先生集》卷四二《古今诗》，国家图书馆出版社，2019年，第10册，第49—52页。
②（唐）柳宗元撰，（宋）童宗说注：《增广注释音辨唐柳先生集》卷四二，元刻本。

县。唐武德四年（621）十一、十二月间复置兴安县，在县境增设宣风县，贞观十二年（638）又省入兴安县；肃宗至德二年（757）更名"理定"，宪宗时因不须避唐高宗讳复改为"治定"，后人因唐以降避讳风尚而使"理定"广泛流传在官私史籍中，导致"治定"反而被人遗忘①。明正统五年（1440）理定县并入永福县，属桂林府。今天在永福县西南的洛清江最狭窄一段确实还有叫兰麻的地方。这是永福县与鹿寨县交界的地方，洛清江两岸山势耸立，极为险要。笔者在20世纪90年代初因为在永福县广福乡挂职一年，尝到这里考察过。今天桂柳高速公路还从这一段洛清江沿线经过，可以远观到这里的山形地貌。宋代王象之在《舆地纪胜》中有过记载：

> 兰麻山，《寰宇记》云："属理定县界，在府城西南二百里，其山白，衡岳迤逦，南亘于邵州、融州等界，到此过入郴州、象州界。"柳诗"桂州西南又千里，漓水斗石麻兰高"注：漓水，水名，即桂江；兰麻，山名。②

这里也明确记载了在宋代的情况。王象之直接把柳宗元诗中的"麻兰"当作"兰麻"山。宋代李钢在《桂州与吴元中书》提及："麻兰之险，小舟荡兀，非所惮也。"（吴元中《吴元中答书》告云："自桂至象九驿，取道龙城，却减一驿。但陆出麻兰之侧颇险，故来者皆泛浔江，而一日兼两驿有半。大斾果南，或不惮小舟荡兀，即过我而往，亦良幸。"）③李钢和吴元中这里却用"麻兰"，与柳宗元同。似乎宋代也有

---

① 江田祥：《隋唐桂州理定县考》，《广西地方志》2012 年第 5 期。
② （宋）王象之：《舆地纪胜》卷一〇三，清影宋钞本。
③ （宋）李纲：《梁溪集》卷一一一，清《文渊阁四库全书》本。

"麻兰"这一称呼,他们叙述的是亲身经历。

20 世纪 90 年代出版的官修的《永福县志》对有关地理有详细梳理,多条目涉及,记云:

> 由永福沿洛清江而下三十余里,有兰麻关,极为险峻;兰麻关以下至理定鹿寨,又有八隘,为天然屏障。①
>
> 大中元年(847),著名诗人李商隐至永福写有《赛永福城隍神文》《赛兰麻山神文》《赛古榄山祠神文》。②
>
> 永福至鹿寨古道:亦称官道,途经西江渡、马尾渡、金山脚、龙溪、大石、兰麻、芦蓬沟至理定出黄冕、鹿寨,境内长 35 公里,沿途建小木桥十余座,清道光八年(1828)于理定建福济桥,为料石砌拱桥,跨洛清江,桥高三丈六尺,长十二丈。已毁。③
>
> 兰麻桥:在永福县城以南 40 里,建于道光八年(1828)砌有驿路 20 余里,小桥 18 座。有记。桥边有兰麻神庙,唐李商隐有《赛兰麻神文》。今路废桥毁。④
>
> 明万历七年(1579),永福县城西南 35 里设兰麻驿,至清康熙二十四年(1685)更名三里驿。⑤

---

① 潘健康主编,永福县志编纂委员会编:《永福县志》之《概述》,新华出版社,1996 年,第 1 页。
② 潘健康主编,永福县志编纂委员会编:《永福县志》之《大事记》,新华出版社,1996 年,第 8 页。
③ 潘健康主编,永福县志编纂委员会编:《永福县志》之《古道》,新华出版社,1996 年,第 345 页。
④ 潘健康主编,永福县志编纂委员会编:《永福县志》之《古桥》,新华出版社,1996 年,第 348 页。
⑤ 潘健康主编,永福县志编纂委员会编:《永福县志》之《邮电》,新华出版社,1996 年,第 369 页。

兰麻隘：位于永福南面，依河而下约三十五公里，在兰马（笔者按："兰麻"讹误？）塘上，有狮子崖，中有伏流平流，峭绝险峻。旧时由桂往柳路经此山，与乌纱驿路皆险隘，别无间道。擎天直上，绝顶又悬空，而下则连绵无穷，旧时为官道。唐柳宗元经此时有诗云："桂州西南又千里，漓水斗石兰麻（笔者按：这里故意改动了柳宗元的诗句？）高。"明代，韦银豹起义，攻下雒容后，令其部下多次溯江而上，经此进攻永福。后总兵康泰于兰麻、理定等处共设八隘，义军多次受阻于此。[①]

这些记载当然是有历史依据的，不是后来才有的地名。我们可以在历代文献中找到依据，比如《大明会典》云："桂林府旧有永福县兰麻驿，万历七年革。"[②]顾祖禹《读史方舆纪要》云："兰麻山：县西南四十里。《寰宇记》：'从府至柳州路经此山，过溪百余里方至平路。山中有毒。循溪水而行，有伏流，有平流。峭绝险隘，更无别路。'魏濬《峤南琐记》云：'自理定西行，兰麻、乌沙诸岭，险绝刺天，路极逼仄。每遇岭则直上，至绝顶乃下，下抵涧水乃已，渡涧水又复上，如此者三四程。诸岭每遇狭处谓之隘子，必有大小石子一堆，意必戍士积之，以备他虞。土人云：行人过隘子，必携石置之，谓之增脚力。其溪水一名下漏水。或讹为麻兰山，又讹为兰蛮山。'"[③]至今，这里还遗存有名为"兰麻"的街道。应该可以认定，在这一带是一直有名为"兰麻"的山名或地名的。明代徐霞客游历粤西也曾经过，

---

① 潘健康主编，永福县志编纂委员会编：《永福县志》之《关隘》，新华出版社，1996年，第687页。

② 申时行等修、赵用贤等纂：《大明会典》卷一四六《兵部二九》，《续修四库全书》第791册，上海古籍出版社，2002年，第503页。

③（清）顾祖禹：《读史方舆纪要》卷一○七，中华书局，2005年，第4834页。

《粤西游日记》二云：

> 丁丑（崇祯十年，公元 1637 年），六月十二日。晨餐后登舟，顺流而南，曲折西转，二十里，小江口，为永福界。又二十里，过永福县。县城在北岸。舟人小泊而市蔬。又西南三十五里，下兰麻滩。其滩悬涌殊甚，上有兰麻岭。行者亦甚逼仄焉。又二十里，下陟滩为理定。其城在江北岸。又十五里而暮。又十五里，泊于新安铺。①

潘恩有《兰麻道中作》云："单舆小队出江城，宛转春风送我行。笑客林花然欲语，避人山鸟解呼名。苍崖夹谷窥明镜，剑石连云俯太清。岭外驰驱悲道路，天涯鼓角况分明。"② 可见是历代文人旅途必经之地，道路险峻，印象深刻。

　　以上这些都是唐代以后的情形，从晚唐李商隐之后基本沿用"兰麻"了，宋代个别有用"麻兰"的。晚唐李商隐在桂州幕府期间，在为郑亚拟写公文的同时也辅佐一些公务，中晚唐的很多文人在做幕僚时往往也代替行政长官出席一些边鄙地区的官方或民间祈雨或其他祭神仪式。因为李商隐为骈文高手，擅长撰写各种祭祀文章，所以他在桂林期间写有大量的祭祀民间神庙的祭文，祈雨的祭文就有20 篇。这些祭神文基本保存了下来，有一个特点——多是距离桂林较远的周边农村的民间神。这反映了官府对民间祭祀活动的尊重和参与。干旱天气为民祈祷风调雨顺，也是官方的公务行为。李商隐

---

① （明）徐弘祖撰，朱惠荣校注：《徐霞客游记校注》卷三下《粤西游日记》二，中华书局，2017 年，第 457 页。
② （清）汪森：《粤西诗文载·诗载》卷一七，清《文渊阁四库全书》本。

在桂州做郑亚幕僚参加过桂林北边的全义县(今兴安县)的祭祀并代笔写过有关伏波神庙祭文和海阳神庙祭文。他给永福县作的祭祀文章尤其多,共留下3篇。极有可能他代替郑亚出席祭祀活动并撰写了这些祭文。其中有《赛兰麻神文》:

> 年月日,赛于兰麻之神。顷者昊日扬威,融风扇暴,禾乃尽偃,人何以堪! 神能倏忽应时,逡巡布润。云旗直集,不资秦地之决渠;雨阵斜飞,更甚成都之救火。永怀灵祐,敢荐嘉肴。神其与蕙同芳,为蓬扶直。勿虚嘉号,以累丰年。①

这里写的就是祷告神灵的话,应该是当地的一次祈雨祭祀仪式活动。炎炎季节,干旱无雨,禾苗干枯。兰麻神庙可能也是永福南边少数民族原住民比较多的聚居区的一个祭祀神庙。万历《广西通志》卷四也有记载:"兰麻山,在县西南四十里。唐桂帅遇旱祷此。其流为下漏水。"②当代编修的《永福县志》还记载现今此地仍有兰麻庙遗存。那么,何为"兰麻"呢? 没有找到有说服力的文献。李商隐这篇文章是最早所见的"兰麻"。

我们在宋代文献中看到是用"麻兰"。宋代周去非《岭外代答》卷十"蛮俗"条云:

> 蛮夷人物强悍,风俗荒怪,中国姑羁縻之而已。其人往往劲捷,能辛苦,穿皮履,上下山如飞,其械器有桶子甲、长枪、手标、

---

① (唐)李商隐著,刘学锴、余恕诚校注:《李商隐文编年校注》,中华书局,2002年,第1542页。

② (明)戴耀修,苏濬纂:《(万历)广西通志》(明天启二年后补刻本),广西人民出版社,2013年影印本,第94页。

偏刀,遏□□牌、山弩、竹箭、桄榔箭之属。民编竹苫茅为两重,上以自处,下居鸡豚,谓之麻栏。①

这是用"麻栏",与"麻兰"不同。"麻栏"是当地人称其建筑,楼上做自己的居所,楼下做养鸡养猪之用。在古代文献中,几乎都是用"麻栏"。比如明代陈士元《诸史夷语解义》卷下"提陀、麻栏、媚娘、入寮"记载云:"每村团推一人为长,谓之主户,余民皆称提陀,犹华言百姓也。民居苫茅为两重棚,谓之麻栏,犹华言阁也。民居麻栏之上,其下蓄牛豕。"②明代邝露《赤雅》卷上"獞丁"条也有记载:"冬编鹅毛,夏衣木叶。抟饭掬水,以御饥渴。缉茅索绹,伐木驾(一本作架)楹,人栖其上,牛羊犬豕畜其下,谓之麻栏子子(一本无下子字)。长娶妇别栏而居。"③可见,这种称为"麻栏"的楼阁建筑可能就是生活在山地的族群的建筑。清代官修《皇清职贡图》卷四"融县獞妇"条记载:"融县之水冷,峒左右,藤苍树古,多猿猱。獞人视若侪伍,结庐其中,号麻栏。男女群处,子娶妇始别栏焉。"④"獞妇""獞人"之"獞"就是后来用的"壮",用反犬旁在古代有歧视含义,后来改为"僮",之后又改为"壮"。其实也不完全是壮人的建筑,应该是岭南地区高山民族的建筑。清代胡煦在《红苗归化恭赋十八韵》诗云:"圣帝方垂拱,苗蛮谨率从。夜郎通汉译,罗甸尽尧封。螳臂愁车辙,鸥音乐泮雍。盛威陈虎旅,哀众立金墉。爨合东西寨,蛮分乌白踪。三年无薄伐,千嶂自销锋。獠猓怀王化,提陀(原注:苗呼百姓曰提陀)仰帝庸。两阶干羽合,百粤享王恭。不待擒过七,能令译已重。麻栏

①(宋)周去非:《岭外代答》卷一〇,中华书局,1999年,第413页。
②(明)陈士元:《诸史夷语解义》卷下,清光绪十三年应城王氏刻本。
③(明)邝露:《赤雅》卷上,清知不足斋丛书本。
④(清)傅恒等:《皇清职贡图》卷四,清《文渊阁四库全书》本。

（原注：苗人蓝茅为两重棚，谓之麻栏。）含气淑，蕉纻被春浓。橙洞
无朝警，羊肠息夜烽。铸铜留柱表，劈竹作衣缝。"①这里自注"麻栏"
为"苗人蓝茅为两重棚"。近代广西壮族地区又称干栏。古代文献中
也有写作"干阑"。《魏书·僚传》《新唐书·南平僚传》都有记载。
这种称谓其实在东南亚也有。《南史·林邑传》："其国俗，居处为
阁，名曰干阑。"如果说"麻兰"与"麻栏"同音是有可能的。在壮学
界，麻兰就是"家"的意思已经获得共识。"麻兰"应该是当地原住民
对这类建筑的称呼。"麻兰"来源于原住民语言的自称。而日本学者
户崎哲彦尝撰文考证"麻兰"可能是壮语的"家"②。这个猜测也有一
定道理。我以为，柳宗元诗中所说的"麻兰"应该是指干栏式建筑，
俗称吊脚楼，并不是地名的"兰麻"。他是在洛清江的船上往上看，故
用"高"，以形容其建筑所在地势之高。

　　笔者多年在广西桂北地区的壮侗苗瑶少数民族村寨考察，发现
这类传统建筑是比较常见的。原因是山地平地少，这样搭建可以获
得一个生活的平台。山地雨水多，湿气大，这样可以避免雨水侵蚀家
里；山地野兽和蛇多，这样可以避免野兽对人的侵害，也便于有效利
用空间养鸡、养猪、养牛，方便看护饲养。清人沈钦韩《后汉书疏证》
卷一二记载：

　　《水经注》："日南、朱吾，有文狼，人野居，无室宅，依树止
宿。"《北史》："獠依树积木，以居其上，名曰干阑。干阑，阑大
小随其家口之数。"元稹《长庆集》自注云："巴人多在山坡，架
木为居，自号阁阑头。"《南史》："林邑国其俗，居处为阁，名曰

---

① （清）胡煦：《葆璞堂集》诗集卷三，清乾隆刻本。
② 〔日〕户崎哲彦：《柳宗元の文學と楚越方言（下）》，《彦根论丛》第310号。

干阑。"《唐书》:"南诏西裸蛮作槛舍以居,东谢蛮处山巢居,波流以饮。"《桂海虞衡志》:"猺人以木叶覆屋。"《粤述》云:"采竹木为屋,覆以菁茅也。"西原蛮居,苦茅为两重,谓之麻栏。上以自处,下畜牛豕。棚上编竹为栈,一牛皮为茵席。《赤雅》:"子长,娶妇,别栏以居。"田虔《黔书》:"花苗,架木如鸟巢寝处。牯羊苗泽,悬崖穴洞以居。高者百仞,不设床第。祥獚苗荆,壁四立而不涂。门户不扃,出则以泥封之。"《广东新语》:"峯,巢居也。猺所止曰㟃、曰峒,亦曰峯。"《赤雅》:"獠,以大木一株埋地,作独脚楼,高百尺,烧五色瓦覆之。男子歌唱饮啖夜归,缘宿其上,以此自豪,曰罗汉。按罗汉者,恶少之称也。"①

这里对此有详细的考述。基本可以肯定柳宗元诗中的"麻兰"不是"兰麻",不是永福县的地名,也并非山名,而是指这里居住的少数民族的居所。"桂州西南又千里,漓水斗石麻兰高",这句诗是到柳州后回忆一路的行程,从洛清江的船上看到干栏建筑高高在山上。今天广西居住在高山上的少数民族往往还保留这样的居住建筑格局。从险峻的洛清江往山上看,确实是显得很高。故柳宗元用"麻兰高"来描写是很恰当的。柳宗元是走水路路过,而且是坐在船上,经过少数民族地区这一带已经了解这类建筑的名称叫"麻兰"了,他写的是干栏式建筑吊脚楼。因为从汉语的角度来说这个词无法理解,柳宗元记为"麻兰"应该是当地的口音。

　　从前面的分析来看,柳宗元应该说的是"干栏"建筑,不是具体的地名。而李商隐不管是否亲临了兰麻神庙的祭祀典礼,写作《赛兰麻神文》这篇祭神文章是不可能连名称也弄错的。他写这篇文章

①（清）沈钦韩:《后汉书疏证》卷一二,清光绪二十六年浙江官书局刻本。

应该是很郑重的,不可能误记误写。可能到李商隐时期,已经讹为了"兰麻",变为了一个具体的地名了。从前面的材料分析来看,后代一直就用"兰麻"一词,也许就是从李商隐开始的,也反映了李商隐这篇《赛兰麻神文》影响之大。

"麻兰"还是"兰麻",一直令后代困惑。而到了宋代还有误为"拦蛮"的,如宋代诗人陶弼的诗《拦蛮山》:"西去万重山,兹峰独限蛮。天生贼多计,民赖汝为关。设险数州地,防危一日间。守边须以道,绝顶可跻攀。"① 这应该是用汉语的思维来解读"兰麻"了。

（原刊《中国典籍与文化》2019 年第 3 期,原题目为《从
"麻兰"到"兰麻"——兼论柳宗元之"麻兰"
与李商隐之"兰麻"之关系》）

①《全宋诗》卷四〇七,北京大学出版社,1992 年,第 5005 页。

李渤《留别南溪》石刻考

林京海

　　李渤,字浚之,号成纪县子,又号白鹿先生。于唐敬宗宝历元年(825)正月,出为桂州刺史兼御史中丞、充桂管防御观察使。在桂林时,主持修浚灵渠,奏设常平义仓,开拓隐山和南溪山两处名胜,对桂林历史和山水文化的发展多有贡献,其政绩载在史册。

　　李渤任桂州刺史的时间,据《旧唐书》卷一七一本传记载:"渤在桂管二年,风恙求代,罢归洛阳。"[1] 又《新唐书》卷一一八本传亦云:"逾年,以病归洛。"[2] 按其时间乃在唐敬宗宝历二年(826)末至文宗大和元年(827)初期间。至清乾隆年间(1736—1795),刘玉麟撰《桂林岩洞题刻记》[3],于书中跋南溪山白龙洞口刻李渤大和(原书作太和)二年(828)十一月《留别南溪》石刻云:"今此刻乃题云太和二年,岂在桂当宝历二年,因风恙求代,直至太和二年始得代归洛,有此留题邪?"[4] 其后,陆增祥于《八琼室金石补正》卷一一三跋《重

---

[1]（后晋）刘昫等撰:《旧唐书》卷一七一,中华书局,1975年,第4442页。

[2]（宋）欧阳修、宋祁撰:《新唐书》卷一一八,中华书局,1975年,第4286页。

[3]《广西通志》卷二一〇《艺文略》著录:"所记二百一十六种,手拓者一百六十种,间有考证。"其文《金石略》多引用之。

[4]（清）谢启昆修,胡虔纂:《广西通志》卷二一五,广西人民出版社,1988年,第5619页。

刊留别南溪诗》石刻复申之曰："渤官桂不久,新书云'逾年以病归';《旧唐书》云'在桂管二年,风恙求代,罢归洛阳'。渤以宝历元年正月出为桂州刺史,此《留别诗》题大和二年十一月,则不止二年矣,疑史有误。"① 钱大昕《潜研堂金石文跋尾》卷八更论之曰:"据此刻,知渤在西粤不止逾年,其引病归洛,乃在大和二年,传所叙次,未得其实矣。"② 由此,李渤在桂林的时间便有了前后两种不同的意见。而以清人力主的后一种意见,在今天看来显然已经为更多的人所接受,并已被视作定论。

引起后人对唐史提出不同意见的李渤《留别南溪》石刻,位于桂林市南溪山白龙洞口石壁,摩崖石刻,今保存完好,字迹清晰。石刻内容为:

留别南溪桂州刺史兼御史中丞成纪李渤

常叹春泉去不回,我今此去更难来。欲知别后留情处,手种岩花次第开。

太和二年十一月十三日。

大宋绍兴二十年(1150)季夏,张仲宇、邓宏重命工刊整。

住岩僧如汉、慧本。

石刻高50厘米,宽97厘米。真书,正文字径7厘米;"大宋"以下题记字径2.5厘米。

李渤《留别南溪》诗,目前所知道的最早的文献著录,见于唐代

① (清)陆增祥撰:《八琼室金石补正》卷一一三,文物出版社,1985年,第800页。

② 陈文和主编,祝竹点校:《嘉定钱大昕全集》第六册《潜研堂金石文跋尾》卷八,江苏古籍出版社,1997年,第213页。

莫休符所撰著的《桂林风土记》。其略云：

> （隐山）本名盘龙岗，在府西郭三里，与延龄寺甫近。宝历年
> （825—827），前使李给事名渤，开置亭台，种植花木……山河秀
> 异，皆入画图，作屏障，为信好之珍。有从事皇甫湜、吴武陵撰碑
> 碣二所。给事……除桂林，有《叹鸟诗》曰："三朝四黜倦退征，
> 往复皆愁万里程。尔解分飞却回去，我方从此向南行。"又《题
> 隐山诗》二首："常叹源泉去不回，我今自去更难来。欲知一一
> 留心处，手植岩花次第开。""随云不厌苍梧远，似雁逢春又北
> 飞。惟有隐山溪上月，他时相望两依依。"[1]

在《桂林风土记》的记载中，有两处引起我们特别注意。第一，
其云"《题隐山诗》二首"，其中的第一首诗，除个别字句稍有出入外，
显然就是我们正拟讨论的石刻中的《留别南溪》诗。然而根据莫休
符之所见，该诗乃为题隐山所作的两首诗中的一首，与现存石刻题
"留别南溪"绝不相同。第二，其云"有从事皇甫湜、吴武陵撰碑碣二
所"，又云"有《叹鸟诗》"和"《题隐山诗》"，则莫休符所见《题隐山
诗》，应为如《叹鸟诗》之缣素诗稿，而非如"皇甫湜、吴武陵撰碑碣"
之石刻。莫休符《桂林风土记》著于唐昭宗光化二年（899），时莫休
符以罢融州（今广西融安）刺史退居于桂林，其上距李渤任桂州刺史
时，相去七十七年，所见遗迹应该较后人完整并可信。据莫休符自
序："前贤撰述，有事必书，故有《三国志》《荆楚岁时记》《湘中记》
《奉天记》。惟桂林事迹阙然无闻。休符因退居，粗录见闻，曰《桂林

---

[1]（唐）莫休符撰：《桂林风土记》，商务印书馆，1935年，第6—7页。

风土记》。"① 书中虽不无传闻,但撰述的态度尚可称为严谨。而且书中所记载的内容,以后世的调查和研究核之,确也多能符合于史实。由此,我们在石刻与文献之间,便面临着必须做出的选择:究竟孰是孰非? 为此,我们参考了目前尚存的南宋绍兴二十年(1150)前白龙洞口所有的石刻,以期作为辅助判断的证明。作为参考的石刻计有:李时亮熙宁八年(1075)题名、关杞元祐四年(1089)题名、高镈等元祐四年(1089)题名、卢约等绍圣二年(1095)题名、彭子民等元符二年(1099)题名、唐进德政和二年(1112)题名、韩公辅等政和五年(1115)题名。以上石刻,均位于白龙洞口《留别南溪》石刻的附近,从中没有发现任何一件石刻有片言只字提及李渤所刻石。因此我们怀疑《留别南溪》是否曾有过唐代刻石。

　　事实上,清代学者已经发现了《留别南溪》石刻在纪年上的错误。按其石刻纪年题为"太和二年十一月十三日"。据史书记载:宝历二年十二月,唐敬宗为宦官刘克明杀害,内枢密使王守澄等奉立穆宗第二子李昂登皇帝位,即唐文宗。翌年二月,改年号为大和。但是宋以后史书,往往把"大和"误写为"太和"。直至清代,才有学者考证金石,予以纠正。如叶昌炽《语石》云:"大和,唐文宗纪年也,著录家往往误作太和,虽通人不免。"② 而陆增祥于跋《留别南溪》石刻云:"唐文宗建号大和,史册均作太和,其见于石刻者,均不作太。"③ 钱大昕则直截了当地指出:"唐文宗纪年,本云大和,予所见石刻无有作太者,今新旧史、通鉴皆伪作太字,当据石刻正之。"④ 据此,如果《留别

---

① (唐)莫休符撰:《桂林风土记》,商务印书馆,1935年,第1页。
② (清)叶昌炽:《语石》卷一,上海书店出版社,1986年,第14页。
③ (清)陆增祥撰:《八琼室金石补正》卷一一三,文物出版社,1985年,第800页。
④ 陈文和主编,祝竹点校:《嘉定钱大昕全集》第六册《潜研堂金石文跋尾》卷八,江苏古籍出版社,1997年,第213页。

南溪》石刻真如题记所示,"盖本李渤旧迹而刊于绍兴者"①。换言之,今之石刻乃是绍兴二十年(1150)在唐代原石刻上的翻新。那么,便意味着李渤竟误记了其所生活时代的年号。如上陆增祥和钱大昕所云,这实在是唐大和年间(827—835)石刻所绝无仅有的孤例。桂林虽远在岭南,应该还不至于闭塞到连当年的年号都会误传。而李渤以一方节度,对于已经行用两年的年号不明如此,也颇不近于情理。

　　虽然陆增祥和钱大昕都发现了上述错误,但或许是囿于对石刻的迷信,他们没有再作更进一步的深究。而是依据有关文献的经验,把出错的原因,归于宋人在翻新时的误刻所致,所谓"亦以知大之误太,南宋时已然矣"②。然而,《留别南溪》石刻之误,不独纪年,其名款也同样不尽符合于史实。按其石刻名款题为"桂州刺史兼御史中丞成纪李渤"。据此,在大和二年(828)十一月及其之前,李渤应该仍在桂州刺史任上。而这显然是不可能的。根据唐史中有关宝历元年至大和二年间任桂州刺史及桂管观察使的记载,我们做出如下顺序统计:宝历元年春正月壬申(二十八日),以给事中李渤为桂州刺史兼御史中丞、桂管防御观察使。大和元年春正月戊寅(十六日),以京兆尹刘栖楚为桂管观察使。大和元年九月壬午(二十三日),桂管观察使刘栖楚卒;丙戌(二十七日),以谏议大夫萧祐为桂管观察使。大和二年八月,萧祐卒于官。大和四年(830)七月,以吏部侍郎王播为京兆尹兼御史大夫,代李谅为桂管观察使。由此,我们便排列出了自李渤之后直至大和二年末这一时间内,担任桂州刺史者,相继有刘栖楚、萧祐和李谅共三人,而李谅的任期直到大和四年的七月。需要

①(清)谢启昆修,胡虔纂:《广西通志》卷二一五,广西人民出版社,1988年,第5619页。

②(清)陆增祥撰:《八琼室金石补正》卷一一三,文物出版社,1985年,第800页。

稍加说明的,史书所以仅称刘栖楚诸人为观察使职,而不言其为刺史,是因为唐代桂管观察使例由桂州刺史兼任。据《旧唐书》卷四四《职官志》记载:"至德后,中原置节度使,又大郡要害之地,置防御使,以治军事,刺史兼之,不赐旌节。"① 是唐代官制,于诸道置防御观察使,管辖一道数州,兼领刺史。而桂林自"开耀间(681)改称管内经略使;后复置都防御、观察、招讨、制置等使……乃常称或检校尚书及中丞、桂州刺史兼桂管防御、观察等使而已"②。如长庆二年(822),白居易诗送严谟赴桂州,有所谓"官兼宪府雄"句,即此意③。因此,自刘栖楚等人来桂后,在大和元年至二年的这段时间内,李渤显然已经不可能仍在桂州刺史任上。又罗振玉撰《芒洛冢墓遗文》,收录有李逢吉撰《唐故桂管都防御观察等使桂州刺史兼御史大夫赐紫金鱼袋赠左散骑常侍刘公墓志铭》,记载刘栖楚卒于桂林事云:

> 维大和丁未岁(元年)正月,桂管都防御观察等使桂州刺史兼御史大夫河间刘公栖楚字善保,始受命之桂林,八月廿五日公薨,时年五十二……越来岁夏五月十二日,元兄河南尉栖梧泊宗儒护其丧归葬河南府河南县之邱原礼也。④

是刘栖楚于大和元年正月到桂林任职,当年八月卒于任,大和二年五月其兄栖梧和子宗儒护丧由桂林归葬洛阳,其时间历历可考。可

① (后晋)刘昫等撰:《旧唐书》卷四四,中华书局,1975年,第1923页。
② (明)张鸣凤撰,李文俊注:《桂故校注》卷二,广西人民出版社,1988年,第22页。
③ (唐)白居易:《送严大夫赴桂州》,《全唐诗》卷四四二,中华书局,1980年,第4944页。
④ 周绍良主编:《唐代墓志汇编》,上海古籍出版社,1992年,第2105—2106页。

以断定,李渤在任桂州刺史的最后时限,绝不迟于大和元年正月二十八日。

那么,我们是否可以设想有另一种可能性:李渤在求代获准,并已有新任桂州刺史前来接替之后,并没有急于离开桂林,而是徘徊徜徉于山水之间,继续留住了两年后,才于大和二年十一月恋恋不舍地告别而去,并以旧日的职衔于南溪山刻石留题。应当承认,所有的文献都一致反映出,李渤对桂林山水确实怀有一种真挚的热爱,不仅是因为他所题咏的诗文,更因为他为建设这片山水所做的开启先河的工作。从中晚唐起,一个带有普遍性的现象,是宦桂士人对桂林山水异乎前人的特别关注,所谓"桂林山水名天下,发明而称道之,则唐、宋诸人之力也"[①]。更准确地说,以"发明"和"称道"相结合,是在中晚唐时期开始形成的一种风尚。这种风尚的形成,为中国古代典型的山水行为——以士大夫文人为主体的搜隐发幽、修建亭台、诗酒觞咏、摩崖题刻等等综合行为的表现,树立了模式。而桂林则是当时主要的"试验区"之一,李渤则又是其中最为投入,并且成绩显著者之一。对此,其兄李涉曾在《玄岩铭》中记载道:

> 渤受天雅性,生不杂玩。少尝读高士传、列仙经,游衡霍幽邃之境,巢嵩庐水石之奥。凡落所觏,必皆砻磨天璞,剪凿遗病,意适而制,非主于名。宝历初,自给事中出藩于桂,一之年治乡野之病,二之载搜郛郭之遗,得隐山、玄岩,冥契素尚。[②]

---

① (清)吴征鳌修,(清)黄泌、(清)曹驯纂:《临桂县志》卷一,桂林市档案馆翻印光绪卅一年本,1963年,第14页。
② (唐)李涉:《玄岩铭》石刻,今存南溪山玄岩。

并为之"勒铭洞石",以"表远迹于他年"。但是,如果认为李渤因此便会长时间在桂林留住,则我们以为仍不具有这种可能性。

李渤在桂林所作诗文,以今天所能见者有诗5首和文章2篇。其《奏桂管常平义仓状》记叙当时桂林之情形说:"臣之所管,僻在岭外,迫以山贼,人尤难理。"[1]这种描叙一方面反映了当时桂林客观的社会环境,而另一方面它所透露的,主要还是中原士人视岭南为畏途的心理。当时的实况是,凡来桂州任职者,都无例外地会怀有穷途失意的感觉,其证明在唐代诗文中举目可见。如李渤在来任桂州刺史时,为告别朋友而作的《叹鸟诗》,倾吐的就是这种面对"往复皆愁万里程"的失落和苦闷。而且这种心情即使当他在桂林已经努力做出一定政绩之后,或者在积极地投身到山水之中时,也并没有能获得更多的减弱。我们可以清楚地从李渤为"自贺若获荆球与蛇珠"的南溪山而作的《南溪诗》中,感受到他在"南眺苍梧,北望洞庭"时隐怀的"萧条风烟外,爽朗形神寂"的戚楚愁绪[2]。这种心情在唐代南来桂林的士人中是很常见的,更何况李渤又是因为在朝中直言而被贬谪南来,因此,更难以轻易去怀。虽然他一再表示有"若值浮邱翁,从此谢尘役"[3]的念头,但很难想象他会"酒一卮兮琴一曲,嵯岩之下可以穷年"[4],在桂林真正地长住下来。而现存的资料亦表明,他在桂林所从事的所有山水活动,都是在其任职期间,即宝历元年至二年之间的事情,之后则绝无所闻。

李渤在桂林的诗作中,有一首是为来桂林看望他的弟弟李涉作

①(唐)李渤:《奏桂管常平义仓状》,《全唐文》卷七一二,中华书局,1983年,第7310页。

②(唐)李渤:《南溪诗序》石刻,今存南溪山玄岩。

③(唐)李渤:《南溪诗序》石刻,今存南溪山玄岩。

④(唐)李涉:《玄岩铭》石刻,今存南溪山玄岩。

的长诗。在这首诗中,李渤对自己一生的经历进行了回顾和反省。他在诗中写道:

> 庐山峨峨依天碧,捧排空岸千万尺。社榜长题高士名,食堂每记云山迹。我本开云此山住,偶为名利相索误。自负心机四十年,羞闻社客山中篇。忧时魂梦忆归路,觉来疑在林中眠。……嗟余流浪心最狂,十年学剑逢时康。心中不解事拘束,世间谈笑多相妨。广海青山殊未足,逢著高楼还醉宿。朝走安公枥上驹,暮偷陶令篱边菊。近年诗思殊无况,苦被时流不相放。云腾浪走势未衰,鹤膝蜂腰岂能障。送尔为文殊不识,贵从一一传胸臆。若到湖南见紫霄,会须待我同攀陟。①

昔年庐山遐栖高蹈的白鹿先生,偶为名利之念,自以为能为国家“太平之运”“起与天下士君子乐成而享之”②。但是,一旦真正踏上仕途后,却处处不解时事,与世间“谈笑多相妨”,屡屡忤旨,触犯权贵,以致颠沛终身,最后流落广海。在这样的情形下,他一方面仍在努力履行自己的公职,“一之年治乡野之病”,以表白其公心;另一方面又娱情于山水和自然,“二之载搜郛郭之遗”,寻求排遣内心的苦闷。由此,我们想到同为中晚唐诗人钱起的《送毕侍御谪居诗》中的诗句:“忠荩不为明主知,悲来莫向时人说。沧浪之水见心清,楚客辞天泪满缨。”③真可移作李渤身临桂林山水中时心境的绝好注脚。而所谓

---

① (唐)莫休符撰:《桂林风土记》,商务印书馆,1935 年,第 12 页。
② (唐)韩愈:《与少室李拾遗书》,《全唐文》卷五五四,中华书局,1983 年,第 5607 页。
③ (唐)钱起:《送毕侍御谪居诗》,《全唐诗》卷二三六,中华书局,1980 年,第 2604 页。

"朝走安公枥上驹,暮偷陶令篱边菊",一"走"一"偷",不仅是李渤当时真实生活和心境的写照,也是当时士大夫文人、知识分子在穷途失意时普遍的生活和心境的写照:经营山水的目的,是借山水徜徉寻求往日自我的回归和袒露自己"心清"的人格。虽然这种方式的目的性极为隐晦,并不容易为人理解。但在李渤看来,山水的可人恰恰在于它的理解是由自我肯定来实现的,并不需要他人参与。因此,我们可以说,李渤对于桂林山水的热爱,主要是源自内心的需求,而非单纯外在客观的欣赏。也就是说,其娱情山水乃是一种因内心需求而借助外在的手段。而这种手段显然并非是唯一的。比如"高楼醉宿"便同样具有达到目的的作用,甚至在程度上,有时比"广海青山"更为充分和快意。因此,李渤无需也绝不会拘泥于某一处具体的山水形迹,就如他在与李淑的诗中虽极力铺陈往昔庐山的风光,但却回归到洛阳一样。更何况桂林僻在岭南,其不能长住就更加可想而知了。

　　李渤之"罢归洛阳"实际上是以"风恙求代"为借口的辞官,虽然他完全可以在秩满后,于宝历二年末或大和元年初正常离开桂林,或者还可以企盼着作朝官的可能,但他却主动选择了"罢归洛阳"一途。从李渤写给李淑的长诗中不难看到,他离开或者说辞官的决心是早已下定的。所以才与李淑约定"若到湖南见紫霄,会须待我同攀陟",重温当年"游衡霍幽遐之境"的旧梦①。因此,一旦获准离去后,相信李渤会有"他时相望两依依"的惜别之情,但绝难有真正留住的实际行动。

　　我们通过上述讨论认为:《留别南溪》石刻绝非李渤在大和二年的留题。该石刻除诗之内容确为李渤所作外(且无根据证明是为南

---

① "紫霄"疑为"紫盖"之误,衡山三峰之一。诗中有云:"别来几度得音书,南岳知□□□□。"或当时李淑正游止于衡山。

溪山留题），其余部分初步推断为宋人的附会。由于没有更多的资料证明，因此尚难以做出进一步的认识。现有的证据是，通过《留别南溪》石刻与刻于南溪山之绍兴十八年（1148）署名"郡人张仲宇书"之《题张真人歌》的比较，发现二者之间的书法特征十分相像。因此，我们怀疑《留别南溪》石刻或者就是出于张仲宇的手笔。由石刻考证引申出的结论：唐史关于李渤"在桂管二年"的记载乃是可信的，准确的时间应该是宝历元年正月至大和元年正月。而在考证的过程中我们发现，中晚唐时期来桂文人对桂林山水的"发明"和"称道"，并非仅限于桂林一地的孤立现象；其"发明"源于当时的社会政治，因而表现为以文人士大夫"内圣"心态为主要动机的时代特点。

（原刊《社会科学家》1996年第2期）

附录　粤西唐诗之路研究著作论文索引

一、文献整理（按作者年代先后排序）

[1]（唐）曹唐著，陈继明注：《曹唐诗注》，上海古籍出版社，1996 年。

[2]（唐）曹邺著，梁超然、毛水清注：《曹邺诗注》，上海古籍出版社，1982 年。

[3]（唐）莫休符撰：《桂林风土记》，中华书局，1985 年。

[4]（唐）刘恂撰：《岭表录异》，中华书局，1985 年。

[5]（宋）范成大撰，严沛校注：《桂海虞衡志校注》，广西人民出版社，1988 年。

[6]（宋）范成大撰，孔凡礼点校：《范成大笔记六种·桂海虞衡志》，中华书局，2002 年。

[7]（明）张鸣凤著，齐治平、钟夏校点：《〈桂胜·桂故〉校点》，广西人民出版社，1988 年。

[8]（明）张鸣凤撰，李文俊注：《桂故校注》，广西人民出版社，1988 年。

[9]（清）汪森编辑，桂苑书林编辑委员会校注：《粤西诗载校注》，广西人民出版社，1988 年。

[10]（清）汪森编辑，黄盛陆等校点：《粤西文载校点》，广西人民出版社，1990 年。

［11］（清）汪森编辑，黄振中、吴中任、梁超然校注：《粤西丛载校注》，广西民族出版社，2007 年。

［12］（清）梁章钜著，蒋凡校注，梁超然审订：《〈三管诗话〉校注》，广西人民出版社，1996 年。

［13］（清）梁章钜辑：《三管英灵集》，广西师范大学出版社，2015 年。

［14］广西民族研究所编：《广西少数民族地区石刻碑文集》，广西人民出版社，1982 年。

［15］杜海军辑校：《桂林石刻总集辑校》，中华书局，2013 年。

［16］杜海军辑校：《广西石刻总集辑校》，社会科学文献出版社，2014 年。

［17］桂海碑林博物馆编：《桂林石刻碑文集》，漓江出版社，2019 年。

二、著作类（按出版时间先后排序）

［1］广西统计局编：《古今广西旅桂人名鉴》，广西统计局，1934 年。

［2］刘英、余国琨、刘克嘉选注：《桂林诗词》，上海古籍出版社，1987 年。

［3］梁超然：《八桂诗人论及其他》，广西人民出版社，1988 年。

［4］刘英：《名人与桂林》，广西人民出版社，1990 年。

［5］韦湘秋：《广西百代诗踪》，广西人民出版社，1995 年。

［6］魏华龄、张益桂主编：《桂林历史文化研究文集》，漓江出版社，1995 年。

［7］胡大雷、何林夏主编：《粤西文化与中华文化研究》，广西师范大学出版社，1998 年。

［8］盘福东：《八桂文化》，辽宁教育出版社，1998 年。

［9］邓祝仁、苏洪济：《鉴真与桂林》，中央文献出版社，2004 年。

［10］岑路:《历代诗人与广西》,广西民族出版社,2006 年。

［11］张益桂:《广西石刻人名录》,漓江出版社,2008 年。

［12］张明非主编:《广西古代诗文发展史》,广西师范大学出版社,
2012 年。

［13］钟乃元:《唐宋粤西地域文化与诗歌研究》,民族出版社,
2012 年。

［14］莫道才主编:《八桂文化与文学研究论集》,广西师范大学出版
社,2013 年。

［15］张益桂、张阳江:《桂林历史人物录》,广西师范大学出版社,
2013 年。

［16］梁德林:《唐风宋韵八桂情:唐宋名人在广西的文学创作》,广西
师范大学出版社,2013 年。

［17］廖国一、李欣妍编著:《独秀峰摩崖石刻》,广西师范大学出版
社,2013 年。

［18］〔日〕户崎哲彦:《唐代岭南文学与石刻考》,中华书局,2014 年。

［19］桂林市文物局编:《桂林文博研究文集》,广西师范大学出版社,
2014 年。

［20］殷祝胜:《唐代文士与粤西》,广西师范大学出版社,2015 年。

［21］何婵娟:《桂北石刻文学研究》,广西人民出版社,2015 年。

［22］彭子龙:《广西历代经籍志:汉—明》,广西师范大学出版社,
2016 年。

［23］王德明:《广西古代文学思想史》,广西师范大学出版社,
2017 年。

［24］吕余生、廖国一等著:《中原文化在广西的传播与影响》,广西人
民出版社,2017 年。

［25］张彦:《〈三管英灵集〉研究》,社会科学文献出版社,2019 年。

[26] 莫道才等编著:《广西历代诗歌》,广西师范大学出版社,
　　 2021 年。

[27] 莫道才等编著:《广西石刻》,广西师范大学出版社,2021 年。

三、期刊论文(按发表时间先后排序)

(一)地理类

[1] 陈伟明:《唐五代岭南道交通路线述略》,《学术研究》1987 年第
　　 1 期。

[2] 谭发胜、林京海:《桂柳运河相思水初议》,载魏华龄、张益桂主编
　　 《桂林历史文化研究文集》,漓江出版社,1995 年。

[3] 谢汉强:《柳宗元诗文注释中有关柳州地理的一些问题》,《广西
　　 地方志》1996 年第 6 期。

[4] 陈乃良:《湘桂古道新考》,《岭南文史》1998 年第 1 期。

[5] 〔日〕户崎哲彦著,赵克、张民译:《唐代诗人所发现的山水之
　　 美与岭南地区——中国岭南地区文学研究的倡言》,《东方丛刊》
　　 1999 年第 4 辑,广西师范大学出版社,1999 年。

[6] 〔日〕户崎哲彦著,莫道才译,廖国一校:《唐代古桂柳运河"相
　　 思埭"水系的实地勘访与新编地方志的记载校正》,《广西地方志》
　　 2000 年第 4 期。

[7] 陈乃良:《潇贺古道与古广信文化》,《岭南文史》2004 年第 2 期。

[8] 韦浩明:《交通变迁对唐宋时期贺州的影响——潇贺古道系列研
　　 究之六》,《贺州学院学报》2006 年第 4 期。

[9] 廖幼华:《唐宋时期邕州入交三道》,《中国历史地理论丛》2008
　　 年第 1 期。

[10]刘建新:《柳宗元过往灵渠考》,《广西地方志》2008年第5期。

[11]彭少华:《桂柳运河诸名考》,《广西地方志》2009年第3期。

[12]周如月:《古代岭南"鬼门关"考》,《广西地方志》2009年第3期。

[13]罗媛元、赵维江:《"桂岭"考论》,《广西社会科学》2009年第4期。

[14]周建明:《唐代桂林旅游景观的开发与发展》,《广西地方志》2013年第5期。

[15]罗媛元:《唐代文人在广西的地理分布》,《贺州学院学报》2015年第4期。

[16]王元林:《隋唐五代时期岭南海陆丝路变迁与苍梧郡地位的变化》,《广西民族大学学报》(哲学社会科学版)2017年第1期。

[17]雷冠中、雷日朗、谭茂同、韦毅江:《寻找仙人山——柳宗元诗所载仙人山地址考辨》,《广西民族大学学报》(哲学社会科学版)2017年第1期。

[18]莫道才:《从"麻兰"到"兰麻"——兼论柳宗元之"麻兰"与李商隐之"兰麻"之关系》,《中国典籍与文化》2019年第3期。

[19]李培生:《唐代"瀼州道"及瀼州位置新考》,《广西地方志》2019年第6期。

[20]刘思彤、骆桂峰:《"纸上之材料"与"地下之材料"相互印证——湘桂古道的界定与考察》,《桂林航天工业学院学报》2021年第1期。

[21]莫道才:《当诗人邂逅桂林山水——湘桂古道与粤西诗路》,《桂学研究》(第八辑),广西师范大学出版社,2022年。

（二）历史类

［1］昭民：《宋之问"赐死"钦州考》,《学术论坛》1982 年第 6 期。

［2］李云逸：《沈佺期"配流岭表"考辨》,《学术论坛》1983 年第 4 期。

［3］梁超然：《唐末五代广西籍诗人考论》,《广西社会科学》1986 年第 3 期。

［4］朱淑瑶：《隋唐时期广西社会经济的发展》,《广西师范大学学报》（哲学社会科学版）1986 年第 4 期。

［5］梁超然：《晚唐桂林诗人曹唐考略》,《广西师范大学学报》（哲学社会科学版）1989 年第 4 期。

［6］尹楚彬：《曹邺生平考辨》,《广西师范大学学报》（哲学社会科学版）1990 年第 2 期。

［7］王良志：《柳宗元从桂林到柳州路线考析》,《社会科学天地》1990 年第 4 期。

［8］戴义开：《柳宗元由桂赴柳路线辨证》,《社会科学天地》1991 年第 3 期。

［9］毛水清：《论李商隐与郑亚》,《唐代文学研究》（第六辑）,广西师范大学出版社,1996 年。

［10］尚永亮：《柳宗元刘禹锡两被贬迁三度经行路途考》,《唐代文学研究》（第七辑）,广西师范大学出版社,1998 年。

［11］白耀天：《唐代在今广西设置的州县考》,《广西民族研究》1998 年第 4 期。

［12］白耀天：《唐代在今广西设置的州县考（下）》,《广西民族研究》1999 年第 2 期。

［13］陶敏：《宋之问卒于桂州考》,《文学遗产》2000 年第 2 期。

［14］章继光：《在荣辱中升沉的诗魂——宋之问、李绅迁谪岭南与诗歌创作关系之比较分析》，《中国韵文学刊》2001 年第 2 期。

［15］莫道才：《李商隐寓桂居所遗址考》，《安徽师范大学学报》（人文社会科学版）2002 年第 1 期。

［16］唐晓涛：《唐代贬官与流人分布地区差异探究：以岭西地区为例》，《玉林师范学院学报》2002 年第 2 期。

［17］唐晓涛：《唐代桂管地区贬官人数考析》，《学术论坛》2003 年第 2 期。

［18］李纯蛟：《晚唐诗人曹邺生平略考》，《西华师范学院学报》2003 年第 6 期。

［19］唐晓涛：《论唐代桂东地区人口、政区和经济区的发展》，《广西社会科学》2003 年第 8 期。

［20］唐晓涛：《唐代贬官谪桂问题初探》，《广西民族研究》2004 年第 2 期。

［21］邓祝仁、苏洪济：《盛唐桂林略说：以鉴真和尚旅居桂林一年为视角》，《经济与社会发展》2004 年第 2 期。

［22］翟海霞：《沈佺期骧州赦归考辨》，《青海师专学报》（教育科学）2005 年第 2 期。

［23］唐晓涛、蒙维华：《唐代邕管、容管流人考》，《经济与社会发展》2007 年第 2 期。

［24］叶嘉莹：《李义山〈海上谣〉与桂林山水及当日政局》，载《迦陵论诗丛稿》，北京大学出版社，2008 年。

［25］李冠华：《唐代"开湘状元"贺州刺史李邰》，《文史春秋》2009 年第 3 期。

［26］陈小锦：《广西科举浅谈》，《广西师范学院学报》（哲学社会科学版）2010 年第 3 期。

[27]殷祝胜:《杨谭任桂州刺史时间考辨》,《河池学院学报》2011年
第1期。

[28]郝晓静:《沈佺期〈初达驩州〉中驩州位置辨析》,《西北师大学
报》(社会科学版)2012年第2期。

[29]滕云:《从唐代广西诗人曹邺的诗作看其科举历程》,《柳州师专
学报》2012年第3期。

[30]罗凯:《唐代容府的设置与岭南五府格局的形成》,《中国边疆史
地研究》2015年第2期。

[31]覃正:《唐代铜州与容州治所之考析》,《玉林师范学院学报》
2015年第4期。

[32]殷祝胜:《刘贲贬谪柳州的时间及缘由新探》,《广西师范大学学
报》(哲学社会科学版)2017年第1期。

[33]言瑶、李志红:《湘桂古道历史文化名人研究》,《桂林航天工业
学院学报》2020年第4期。

[34]钟乃元:《柳宗元自桂赴柳路线献疑及新说》,《唐代文学研究》
(第二十一辑),社会科学文献出版社,2022年。

(三)诗歌及其他文学

[1]毛水清:《桂山漓水写襟抱——谈李商隐在桂林》,《学术论坛》
1980年第4期。

[2]曹旭、徐国民:《柳宗元〈柳州戏题〉辨正》,《上海师范大学学报》
(哲学社会科学版)1980年第4期。

[3]梁超然:《晚唐诗人曹唐及其诗歌》,《唐代文学论丛》(第一辑),
陕西人民出版社,1982年。

[4]李跃:《试论柳宗元在柳州时期的诗》,《广西师范大学学报》(哲
学社会科学版)1982年第1期。

［5］霍松林：《说柳宗元〈登柳州城楼寄漳、汀、封、连四州〉》,《名作欣赏》1983 年第 1 期。

［6］余博贺：《论曹邺的诗》,《华南师范大学学报》（社会科学版）1985 年第 1 期。

［7］覃延欢：《浅谈唐代广西文化的发展》,《广西社会科学》1986 年第 3 期。

［8］戴伟华：《柳宗元贬谪期创作的"骚怨"精神——兼论南贬作家的创作倾向及其特点》,《文学遗产》1994 年第 4 期。

［9］章继光：《宋之问贬流岭南诗论》,《求索》1999 年第 5 期。

［10］莫山洪：《柳宗元柳州寄赠诗与居柳心态》,《柳州师专学报》2000 年第 3 期。

［11］谢汉强：《柳宗元在柳州时期的文学创作》,《唐代文学研究》（第九辑）,广西师范大学出版社,2002 年。

［12］廖国一：《唐代旅桂名人对桂林文化的影响》,《广西文史》2002 年第 1 期。

［13］区克莎：《柳宗元柳州时期的诗歌探析》,《广西社会科学》2002 年第 6 期。

［14］刘绍卫：《柳宗元柳州山水诗的语言审美特征》,《柳州师专学报》2003 年第 1 期。

［15］钟良、罗显克：《简论沈佺期在岭南的诗歌创作》,《钦州师范高等专科学校学报》2003 年第 4 期。

［16］莫山洪：《从永州到柳州：论柳宗元山水诗的演变》,《广西大学学报》（哲学社会科学版）2004 年第 3 期。

［17］王锡九：《从此忧来非一事——略论柳宗元柳州时期的诗歌》,《唐代文学研究》（第十一辑）,广西师范大学出版社,2006 年。

［18］黄斌、黄铮：《唐代桂林山水诗与桂林旅游审美的自觉》,《桂海

论丛》2006 年第 2 期。

[19]陈时君：《论柳宗元柳州时期的心路历程及诗歌创作》,《湖北广播电视大学学报》2006 年第 2 期。

[20]李寅生、黄永有：《论李商隐桂游诗创作》,《河池学院学报》2006 年第 3 期。

[21]〔日〕户崎哲彦：《惊恐的喻象——从韩愈、柳宗元笔下的岭南山水看其贬谪心态》,《东方丛刊》2007 年第 4 辑,广西师范大学出版社,2007 年。

[22]莫道才：《〈粤西丛载〉误载唐玄宗诗考——李隆基〈丹霄驿〉非昭州作及伪作说》,《河池学院学报》2007 年第 4 期。

[23]周玉林：《奇景·奇情·奇诗：唐代桂林山水诗特点浅析》,《山东文学》2007 年第 11B 期。

[24]贾先奎：《论唐宋旅桂诗人心态之变化》,《梧州学院学报》2008 年第 1 期。

[25]刘海波：《从〈粤西诗载〉看唐人对广西情感印象的演进》,《河池学院学报》2009 年第 4 期。

[26]钟乃元：《唐代广西送别诗初探》,《广西社会科学》2009 年第 5 期。

[27]上官云、张晶：《唐诗中城市意象的空间意义：以桂林为例》,《广西社会科学》2011 年第 11 期。

[28]张明非：《唐代粤西生态环境与贬谪诗》,《唐代文学研究》(第十四辑),广西师范大学出版社,2012 年。

[29]卢晶晶：《李商隐旅桂诗伤感诗风研究》,《钦州学院学报》2012 年第 1 期。

[30]梁德林：《唐代名臣张说流钦州后的诗歌创作》,《广西文史》2012 年第 2 期。

［31］钟乃元：《论初唐流贬岭南诗人的生命体验及其诗歌创作》，《广西师范大学学报》（哲学社会科学版）2012年第3期。

［32］莫道才、杨颖：《唐宋时期文学家在广西的文化传播——以桂、邕、容、柳四州的文人活动为考察视域》，莫道才主编《八桂文化与文学研究论集》，广西师范大学出版社，2013年。

［33］尹逸如：《宋之问桂州山水诗略论》，《名作欣赏》2014年第30期。

［34］殷祝胜：《桂林山水文的兴起与唐代桂帅的山水景观开发》，《桂学研究》（第二辑），广西师范大学出版社，2015年。

［35］罗仲联、潘克业：《柳宗元柳州诗文的内容与艺术风格》，《学园》2015年第14期。

［36］周洁：《唐代山西人旅桂诗初探》，《广西民族师范学院学报》2016年第2期。

［37］郭殿忱：《柳宗元咏柳州诗异文校释》，《广西科技师范学院学报》2016年第3期。

［38］殷祝胜：《唐代邕、容两管地区的文学创作活动考述》，《百色学院学报》2016年第6期。

［39］殷祝胜：《论唐代诗文中对粤西的笼统叙写》，《广西民族师范学院学报》2016年第6期。

［40］宾妮：《唐代桂林山水诗的文化底蕴特色》，《广西文博》（第一辑），广西人民出版社，2017年。

［41］景遐东、夏卉：《柳宗元柳州时期诗文创作探析》，《湖北师范大学学报》（哲学社会科学版）2017年第4期。

［42］殷祝胜：《唐代桂州的文学创作活动考述》，《桂学研究》（第五辑），广西师范大学出版社，2019年。

［43］李宜学：《论李商隐流寓桂林时期诗作的空间书写》，《古代文学

理论研究》2019 年第 1 期。

［44］〔日〕户崎哲彦、杨勇：《韩愈〈送桂州严大夫〉诗对宋代桂林的
　　　影响——唐宋时期之"八桂"与"湘南"的变化》，《桂学研究》（第
　　　六辑），广西师范大学出版社，2020 年。

［45］肖悦、黄赫男：《柳宗元笔下的岭南文化地理——以柳宗元在柳
　　　州的诗歌为中心》，《贺州学院学报》2020 年第 3 期。

［46］张廷银：《嘉庆〈广西通志〉所见柳宗元佚诗〈花石岩〉再辨》，
　　　《中国地方志》2020 年第 4 期。

［47］高平：《柳宗元〈酬曹侍御过象县见寄〉新释》，《湖南科技学院
　　　学报》2020 年第 6 期。

［48］黄武：《士穷见节义　其文如其人——浅析柳宗元柳州诗文之美
　　　德》，《名家名作》2020 年第 9 期。

［49］秦冬发：《桂林逍遥楼碑猜想与考证》，《桂学研究》（第七辑），
　　　广西师范大学出版社，2021 年。

［50］卢盛江：《粤西唐诗之路视野下的柳宗元诗歌》，莫道才主编《柳
　　　宗元研究新探：中国柳宗元研究会第九届年会暨国际学术研讨会
　　　论文集》，社会科学文献出版社，2021 年。

［51］黄小玲：《唐代咏桂诗研究述论》，《长江丛刊》2021 年第 1 期。

［52］莫道才：《柳宗元对"桂林山水甲天下"的发现与定位》，《文学
　　　地理学》（第十辑），中国社会科学出版社，2022 年。

［53］南超：《风物书写与诗风嬗变——柳宗元柳州风土诗创作的变
　　　与因》，《湖北文理学院学报》2022 年第 6 期。

（四）民族宗教类

［1］林半觉：《桂林之佛教碑刻》，《狮子吼月刊》1941 年第 2 期。

［2］罗香林：《唐代桂林摩崖佛像考》，载《唐代文化史研究》，商务印

书馆,1946 年。

[3]覃延欢:《浅谈唐代广西文化的发展》,《广西社会科学》1986 年第 3 期。

[4]蒋廷瑜:《桂林唐代摩崖造像》,《东南文化》1992 年第 5 期。

[5]廖国一:《广西的佛教与少数民族文化》,《宗教学研究》2000 年第 4 期。

[6]廖国一:《湘桂走廊早期民族与中原王朝政治文化的关系》,《民族史研究》(第三辑),民族出版社,2002 年。

[7]廖国一:《佛教在广西的发展及其与少数民族文化的关系》,《佛学研究》2002 年总第 11 期。

[8]〔日〕户崎哲彦:《唐代桂林佛教文化史初探》,载张培锋、湛如、普慧编《文学与宗教——孙昌武教授七十华诞纪念文集》,宗教文化出版社,2007 年。

[9]蒋廷瑜:《广西唐宋时期佛教遗迹述略》,载于《桂岭考古论文集》,科学出版社,2009 年。

[10]杜海军:《桂林摩崖唐代男观音像考:广西石刻研究之二》,《玉林师范学院学报》2010 年第 6 期。

[11]刘儒:《论唐代岭南连州、柳州的地域文化及民族政策——以刘禹锡、柳宗元诗文创作为中心》,《惠州学院学报》(社会科学版)2013 年第 1 期。

[12]孙昌武:《唐岭南节度使马总为禅宗六祖慧能竖碑事》,《中华文史论丛》2016 年第 3 期。

[13]殷祝胜:《从〈桂林风土记〉看唐代桂林民众对佛道二教的接受》,《广西民族研究》2017 年第 1 期。

[14]陈曦、洪德善:《桂州窑遗址出土陶塑佛教造像初步研究》,《敦煌研究》2017 年第 6 期。

[15]黄海云:《湘桂走廊佛教传播及其影响初探》,《广西教育学院学报》2018年第2期。

[16]江田祥:《唐代桂州地方神祠与祈雨空间研究——以李商隐诗文集为中心》,《社会科学战线》2018年第12期。

[17]李东、阳跃华:《桂林龙泉寺区域唐五代造像遗址调查》,《中国国家博物馆馆刊》2019年第2期。

[18]骆亚男、刘坚、李东:《唐代摩崖造像考察及研究——以桂林西山唐代摩崖造像为例》,《社会科学家》2019年第4期。

[19]胡春涛:《广西桂林唐代摩崖造像风格样式与来源》,《艺术探索》2020年第6期。

[20]刘勇、胡小玉:《桂林唐代摩崖观音像初步研究》,《敦煌研究》2021年第4期。

[21]刘勇:《桂林唐代佛教瘗龛考古调查与初步研究》,《考古与文物》2022年第3期。

（五）石刻

[1]谭发胜、林京海:《试论桂林石刻的产生、发展及保护》,载魏华龄、张益桂主编《桂林历史文化研究文集》,漓江出版社,1995年。

[2]林京海:《李渤〈留别南溪〉石刻考》,《社会科学家》1996年第2期。

[3]陈微:《桂林石刻诗歌初探》,《广西地方志》2009年第6期。

[4]郭声波、姚帅:《石刻资料与西南民族史地研究:〈唐南宁州都督爨守忠墓志〉解读》,《中南民族大学学报》(人文社科版)2010年第4期。

[5]杜海军:《论桂林石刻的文献价值与特点——广西石刻研究之一》,《广西师范大学学报》(哲学社会科学版)2010年第3期。

［6］杜海军：《广西石刻的历史成就与整理之不足——广西石刻研究之三》，《广西师范大学学报》（哲学社会科学版）2011 年第 4 期。

［7］阳国亮：《略论中国古代石刻艺术文化——以广西桂林为例》，《文化与传播》2012 年第 6 期。

［8］〔日〕户崎哲彦：《桂林石刻及其研究法》，载莫道才主编《八桂文化与文学研究论集》，广西师范大学出版社，2013 年。

［9］汤静：《唐代李渤桂林题刻与桂林山水》，《中共桂林市委党校学报》2013 年第 2 期。

［10］杜海军：《石刻文献之历史功用——广西石刻研究之七》，《广西师范大学学报》（哲学社会科学版）2014 年第 1 期。

［11］刘汉忠：《柳州古代石刻文献价值述论》，《广西地方志》2014 年第 6 期。

［12］杜海军：《广西石刻在我国文献史上的独特贡献——广西石刻研究之八》，《广西师范大学学报》（哲学社会科学版）2015 年第 6 期。

［13］刘楷锋：《论广西传统文献匮乏背景下石刻的文献价值》，《广西师范大学学报》（哲学社会科学版）2015 年第 6 期。

［14］李雨：《桂林佛教石刻初探》，《青年文学家》2016 年第 2 期。

［15］张伟：《南宁市摩崖石刻时空分布特征研究》，《中共南宁市委党校学报》2017 年第 2 期。

［16］陈曦：《唐宋时期桂林石刻的文化价值》，《北方文学》2017 年第 36 期。

［17］潘晓军：《柳州摩崖石刻与宗教历史研究》，《广西博物馆文集》（第十三辑），广西人民出版社，2018 年。

［18］蔡文静：《摩崖石刻中的唱和诗文研究》，《宁波大学学报》（人文科学版）2020 年第 2 期。

[19] 石天飞:《瑶族石刻唐诗之路考论》,《西泠艺丛》2020 年第 6 期。

[20] 胡春涛:《广西桂林摩崖造像、石刻与文化空间》,《美术界》 2020 年第 8 期。

四、学位论文(按通过时间先后排序)

[1] 钟乃元:《唐宋粤西地域文化与诗歌研究》,广西师范大学 2010 年博士学位论文。

[2] 刘海波:《唐代岭南进士与文学》,广西师范大学 2010 年硕士学位论文。

[3] 邹巧燕:《桂林石刻诗歌研究》,广西师范大学 2011 年硕士学位论文。

[4] 李欣妍:《桂林独秀峰摩崖石刻的研究》,广西师范大学 2012 年硕士学位论文。

[5] 孙蕾:《唐朝广西对外交通研究》,广西民族大学 2012 年硕士学位论文。

[6] 姜立刚:《唐代流贬官员分布研究》,西南大学 2013 年博士学位论文。

[7] 梁晗昱:《论古代桂林山水诗的产生、发展及其流变》,广西大学 2013 年硕士学位论文。

[8] 董灵超:《唐宋五部涉桂笔记研究》,广西师范大学 2014 年博士学位论文。

[9] 孔欢:《地域视野下的唐代涉桂诗风貌初探》,西南大学 2016 年硕士学位论文。

[10] 李兴:《唐中后期桂邕容三管研究》,黑龙江大学 2017 年硕士学

位论文。

[11]冯凯:《柳宗元奉诏北还到再贬柳州诗歌新变》,辽宁师范大学
2018年硕士学位论文。

[12]梁智谦:《唐代岭南贬谪诗歌研究》,郑州大学2019年硕士学位
论文。

[13]舒乙:《岭南文化与柳宗元晚期诗文创作关系研究》,中国石油
大学2019年硕士学位论文。

[14]陈意:《桂林地区唐宋时期摩崖造像研究》,兰州大学2020年硕
士学位论文。

[15]邱奕登:《桂林龙隐岩(洞)摩崖石刻书法研究》,广西师范大学
2021年硕士学位论文。

[16]陈如雅:《广西兴安石刻校注与研究》,广西民族大学2022年硕
士学位论文。

[17]曾日泉:《桂林普陀山摩崖石刻书法研究》,广西师范大学2022
年硕士学位论文。